中国文学概论

段凌辰 著

河南大学出版社
·郑州·

图书在版编目(CIP)数据

中国文学概论/段凌辰著. --郑州:河南大学出版社,2025.1. -- ISBN 978-7-5649-6200-5

Ⅰ. I206

中国国家版本馆 CIP 数据核字第 20259YP554 号

中国文学概论
ZHONGGUO WENXUE GAILUN

责任编辑　陈　炜
责任校对　范国东
封面设计　翟淼淼

出版发行　河南大学出版社
地　址:郑州市郑东新区商务外环中华大厦 2401 号
邮　编:450046
电　话:0371-86059752(大众文化出版中心)
　　　　0371-86059701(营销部)
网　址:hupress.henu.edu.cn

排　版　郑州市今日文教印制有限公司
印　刷　河南华彩实业有限公司
版　次　2025 年 1 月第 1 版
印　次　2025 年 1 月第 1 次印刷
开　本　710 mm×1010 mm　1/16
印　张　16.5
字　数　260 千字
定　价　98.00 元

(本书如有印装质量问题,请与河南大学出版社营销部联系调换。)

序

汲段凌辰有《中国文学概论》问世。予尝谓中国哲学史最难为,以其腹大如洞庭湖;文学史最难为,以其尾大如扬子江。今段生之为,其将扬帆鼓舵以泛此浩漾之津耶?是未可知也。予虽无似,愿为水手焉,长年焉。送君者自崖而反,君自此远矣。

己巳六月盛暑中,黄侃书

自 序

昔明人论文,有"索子散钱"之妙喻;今借以譬中国文论,亦得相通。自近十数年来,国内衡文之士,每好掇拾异土余论,矜为新获;而浅见者流,不读先民故籍,遂谓中国无文学批评可言。然吾尝检彼辈之论,其不为先民所已发者,十者之中,无一二焉。寻前哲论文之语,多散见群书,无系统组织;其著为专书者,亦不屑于章节款目之繁碎。故例以明人之喻,亦适如一屋散钱,所欠者索子而已。

甲子乙丑以来,承乏中州大学,授《中国文学概论》。苦坊间无善本,辄披简先哲故言,纂成是编。剿袭补缀,自知无当;惟以索子贯散钱,或略有整齐之功。大雅君子有以教之,则幸甚矣。

中华民国十八年四月十七日,
汲县段凌辰识于河南中山大学

出版说明

该书系段凌辰先生早年执教河南中州大学时期精心撰写的学术专著,作为"掇英楼文学丛书之一"付梓。上册于 1929 年由瑞安集古斋书社印行(现藏于北京清华大学图书馆);下册于 1933 年由北平著者书店发行(现藏于北京师范大学图书馆)。

因段凌辰先生 1947 年 7 月 26 日英年早逝,家中所藏书籍已荡然无存。今由其文孙段纳女士百般辑求,辑为完璧,以飨读者。

附言:本书原责任编辑谢景和先生用力良多,此次再版仍受益于其贡献。特此说明。

目 录

第一篇　文学之定义 / 1

论文学定义不宜拘于"文"字之训诂/评萧统萧绎阮元章太炎黄季刚胡适罗家伦潘梓年及西人之文学定义/文学定义之诠释

第二篇　历代文学观念概述 / 9

周秦以前之文学观念/孔门论诗/汉魏六朝之文学观念/韩愈文学观念之渊源/唐宋以后之文学观念/评文以载道之说/评新旧之争

第三篇　文学之范围 / 25

六朝文笔诗笔词笔之区分/萧统文选之体例/唐宋以来文质经界之不明/姚鼐曾国藩等选文多以非文学作品入选/阮元论文学之范围/章太炎黄季刚论文学之范围/文学范围之划定

第四篇　文学之功效 / 32

评梅光迪"文学非实用的"说/陆机论文学之功效/古人论文学与国家社会及个人之关系/梁启超论小说支配人道之力/论文学作用分"刺激""慰藉"二种/总论文学之功效

第五篇　文学之特质 / 39

（一）具体与分析

（二）主观与客观

（三）真实与虚伪

（四）永久价值与暂时价值

第六篇　文学之起源 / 55

古人论文学起源约有三说/文学发生之理由/初民文学必为韵语/最初文学之特质

第七篇　文学之进化 / 59

评文学退化说/评文学进化说/评文学无进无退说/文学进化之标准

第八篇　文学与时代 / 65

古人论文学有"治世""衰世""乱世"之分文学与世运递降说/文学不与世运递降说/论文学一代有一代之所胜/各代作风之不同/论文情之变由于政治理乱世道险夷/论文风之变由于世情取舍学术向背/论文风之变由于文士提倡辞人祖述/论文学盛衰由于君上崇替/论文学本身有不得不变之理

第九篇　文学与地域 / 77

四方诗声之缘起/国风以地域区分之原因/汉书地理志论各地文学之不同/论文学区分南北之故/南北文学之异点/南北文学之同化/文学家生产之地域与文学派别之关系

第十篇　文学家之个性 / 85

曹丕沈约刘勰苏洵诸人论文学家之个性/文学家著作有迟速难易之别/作品数量与作品美恶无关/论同时代之文人有个性之异/论同时同地之文人有个性之异/就文学中之一体证文人之个性/文人官感敏钝之不同/因文观人之法/论后世不能因文定人之故/论文辞必不能欺尽天下后世

第十一篇　创造与摹仿 / 98

文学贵创造说/文学不贵摹仿说/论摹仿为进至创造必经之阶级/摹仿之方法/论摹仿与个性并无妨碍

第十二篇　文学与道德 / 106

文德论之略史/论文人道德不宜求全责备/文人易招毁谤之原因/文人道德与其思想之关系/论文人精神与礼法有不相容处/论中国文人思想受儒家之影响甚小/论中国文人思想受道家之影响甚大/文人不守礼教之原因/论圣哲仙佛

帝王之教不足以服文人之心/论文人多持现世快乐主义/论文人失德多由于环境之逼迫/论文人相轻之故/论文人修德之要

第十三篇　中国文学之特点 / 123

论中国文学不逊于西洋/芬诺罗萨论中国文字之优点/刘师培论中国文学之特点/构成中国文学特点之原因：/(一)文字单音孤立/(二)文字词性无定/(三)格律复杂/(四)韵书久经编定有固定之次第/(五)文人多拟古步韵之作/中国文学之特点：/(一)词类之互借/(二)音形相应/(三)对偶律/(四)位次律离合诗及灯谜诸类文字

第十四篇　文学之工具 / 137

论为文宜先识字/论语言之由来及其与文字之关系/论文字之由来(一)神造说(二)人造说/中国文字构造之条例/形声义三者与文学之关系/论中国文学用字之无定/论文人用字之弊/四声之发明及其辨别之方法/诗韵词韵曲韵之略史及其区别/中国文法之由来/各种词类之诠释/句之种类/论句读有系于音节与系于文义之异/论各种词类之功用/论为文不宜拘泥于文法/古书文句异例略述/论中国文法与外国文法之异/论实际文法理论文法之异/论谋篇安章之术/修辞略例

第十五篇　文学之实质 / 178

文学情感可分为三方面/郑业建分文情为七类/论文情不宜种分类别/论学中自私之情与苦痛之情/论文情宜深挚真实/论文情不必出于作者自身/文情之分析/论想像之作用/文学中想像之分类/创造的想像/联想的想像/解释的想像/论文学中之幻想/论想像与情感之关系

第十六篇　文学之分类 / 196

魏晋以前文学分类略史/任昉分文章为八十四题/刘勰之文学分类法/文选分文为三十九类/唐文粹宋文鉴南宋文范金文雅金文最元文类明文在之分类/论文选文粹以下诸书分类之不当/真德秀储欣姚鼐曾国藩等之文学分类法/论曾姚诸家分类之不当/章太炎之文学分类法/论章氏分类之不当/论分文学为说理叙事述情三类之不当/对于文学分类之主张

第十七篇　文学之源流派别 / 213

刘勰颜之推等文学源于五经说/任昉等论各体文字之缘起/章学诚论文学之源流/文之源流派别/诗之源流派别/论新诗/赋之源流派别/词之源流派别/戏曲之源流派别/论新剧/小说之源流派别/论近年之短篇小说

第十八篇　结论 / 242

中国文学之缺点/近人论文之弊

整理后记 ………………………………………………… 段纳 / 245

第一篇　文学之定义

中国人之于学术,向乏系统观念。高才硕学之士,语其造诣,未尝无独到之处;然若询以某学之定义,则能答者殊鲜。是固不独文学为然也。许慎《说文解字》第三下"史部"云:

　　史,记事者也。

此有似史学定义矣。然若细审之,无论所记何事,均得名之为史乎?是不问而知其陋也。惟文学亦然。

《易经·系辞下》曰:

　　物相杂,故曰文。

此谓物之彩色相杂,非谓文学也。《周礼·冬官考工记》曰:

　　青与赤谓之文,赤与白谓之章,白与黑谓之黼,黑与青谓之黻,五彩备谓之绣。

此则"文""章"与"黼""黻""绣"连言,与"物杂"之义相类,亦谓采色也。《说文解字》第九上"文部"云:

　　文,错画也,像交文。

此亦沿"物杂""青赤"之义而来,明"文"字之本义;若举以释文学,斯大谬矣。或又谓"文章"当作"彣彰",两义有别,作"文章"者误也。《说文解字》第九上"彣部"云:

　　彣,𢒈也。

段玉裁《说文解字注》曰:

　　有部(《说文解字》第七上)曰:"𢒈,有彣彰也。"是则有彣彰谓之彣,彣与文义别。凡言"文章",皆当作"彣彰",作"文章"者省也。文训遒画,与彣义别。

《说文解字》第九上"彡部"彰字下云:

彰,彣彰也。

段玉裁又注曰:

彣,各本作文,今正○文,遒画也,与彣义别,古人作"彣彰"。今人作"文章",非古也。

懋堂之意,盖谓"彣"含华美之义,文不过遒画而已。故力辨"彣""文"之别。然"文"训"物相杂",训"青与赤",训"遒画",何尝无华美之义乎?果如懋堂所论,则刘熙《释名》卷第四《释言语》第十二有曰:

文者,会集众彩以成锦绣,会集众字以成辞义,如文绣然也。

此释"文"字,兼"色彩""文辞"而为言,懋堂将何以为辞乎?盖彩绣之美,乃"文"本义;属辞美同彩绣,故亦名"文"。称"文"已足,"彣"则孽乳之辞。若拘拘于"文"字形体之间,小学家之多事也。故居今日而言文学之定义,当求之于文学本体,不宜于训诂考据上求之;苟求之于训诂考据,则非至于穿凿不止也。

然则吾国之文学定义,究如何乎?曰:国人于学术乏系统观念,前已言之矣。检中国历代论文之书颇不为少;如求一适当之文学定义,则殊不易得。刘勰《文心雕龙》一书,论文之专籍也。其精到之处,卓绝千古;然遍览全书,求数语足为文学之定义而无愧色者,则终不获见。以舍人之才之学之识,著论文专书;犹尚如此,余籍盖可知矣。今举历代文人论文之语,有似文学定义者,略评品之,使学者见其一斑焉。

萧统《文选序》曰:

事出于沉思,义归乎翰藻。

"事出沉思",谓精心结撰,非可率尔操觚也。"义归翰藻",所谓"综缉辞采,错比文华"也(亦《文选序》中语)。此则重视修辞,忽乎文学内蕴矣。梁元帝《金楼子立言篇》曰：

> 吟咏风谣，流连哀思者，谓之文。

此言较昭明为善。然吟咏风谣，谓韵文也；文体固不尽于有韵，故失之太狭矣。唐宋以来，文士多有所蔽，其言不为典要；容俟次篇论之，兹不多赘。递于有清，阮元复祖述昭明之说，明示文学之定义。其《书梁昭明太子文选序后》(《揅经室三集》卷二)曰：

> 沉思翰藻，始名之为文。

详阮氏力崇孔子《文言》，以为千古文章之正统。其言曰：

> 孔子《文言》，实为万世文章之祖。此篇奇偶相生，音韵相和。如青白之成文，如咸韶之合节。非清言质说者比也，非振笔纵书者比也，非结屈涩语者比也。是故昭明以为经也史也子也，非可专名之为文也；专名为文，必沉思翰藻而后可也。自齐梁而后，溺于声律，彦和《雕龙》，渐开四六之体。至唐而四六更卑。然文体不可谓之不卑，而文统不可谓之不正。……如必以比偶非文之古者而卑之，则孔子自名其言曰文者，一篇之中，偶句凡四十有八，韵语凡三十有五，岂可以非文之正体而卑之乎？(《书梁昭明太子文选序后》)

阮氏又有《文言说与友人论古文书》(并见《揅经室三集》卷二)亦推阐此说。又著《文韵说》(《揅经室续集》卷二)，明骈俪亦为韵文，持论甚精。其以孔子为护符，固甚无理；以偶语韵语为文，专重修辞，其失亦与西儒赫胥黎(Huxley)相同。赫氏之言曰：

> 文学即美丽之文字。

文字美丽，固为文学要件；而文学之价值，不仅存于文字之间。其说之非，不问可知，然阮氏生于古文昌盛之期，敢摈之于文学之外，不惟不许其为古文，且不名之为文(详见《与友人论古文书》)。亦可谓豪杰之士矣。洎乎近世，章太炎先生又立异说。《国故论衡》中《文学总略》曰：

> 文学者,以有文字箸于竹帛,故谓之文;论其法式,谓之文学。

章氏之所谓"文",即吾人之所谓"文学";其所谓"文学",乃论文学之学,学者不可不知也。依章氏所论,则学校之点名簿,商店之流水账,皆文字著于竹帛者,皆能名之为文学乎?其失与西儒安诺德(Mathew Arnold)相似。安氏之言曰:

> 文学者,甚大之名词也。凡著于竹帛之文字,皆在其中。如游克立德之《几何原本》(Euclids' Elements),牛顿之《学理之原》(Newton's Principia)皆文学也。

此说与章氏均病过宽。盖章氏为小学家,止拘于"文"字之训诂,未见文学之本体也。吾师黄季刚先生《文心雕龙·原道篇札记·论文辞封略》曰:

> 文辞之事,章采为要,尽去既不可法,太过亦足招讥。必也酌文质之宜而不偏,尽奇偶之变而不滞。复古以定则,裕学以立言。文章之宗,其在此乎。

先生明文质之用,平骈散之争,其识甚高。惟模仿为初学之事,必"复古以定则",则文体将永无变化;其失与今日力主创造者相均。无学固不足以为文学家,然立言不专为文学家之能事;盖文有别材,不尽关于学识也。故"裕学立言"之说,亦有微疵。《胡适文存》卷一《什么是文学——答钱玄同》曰:

> 文学有三个要件:第一要明白清楚,第二要有力能动人,第三要美。

胡氏之言,骤观之似当无病,实则不然。夫文学者,艺术也。艺术以美为原则,其曰"要美",吾诚不能反其所论;然美不空存,因物而见;舍物而言美,则所谓美者,失其资借,亦虚无缥缈之论矣。胡氏之意,以为美即"明白清楚"也。苟如是,则二者可并而为一,何必析而为二?胡氏以为"动人之力",即美之力也。如此,则二者又可并而为一,更不必析而为二。故胡氏之文学第三要件,不能成立也。

夫文学乃作者情思之流露,与读者无与。窥作者之初心,固不计读者为何等人;甚而有读者与否,作者亦无容心也。何也?作者流露其情思则已,不问读者之受用与否也。今胡氏曰："要明白清楚。"夫明白清楚，对深奥难解而言，乃对读者而言也。苟如是，则作者当作文时，必先审读者能解与否。使读者不解，则此文将永远不作，其情思将永蓄胸中，不使外露，天下宁有斯理乎？且明白清楚与深奥难解，视读者而异。王渔洋之《秋柳诗》（胡氏《文学改良刍议》所举），朱彝尊之《沁园春》（胡氏本篇所举），在胡氏读之，以为深奥难解易生误会矣（胡氏不解，不足为《秋柳》《沁园春》病；二作不善，不足为王朱病。以旧诗词不尽如王朱之作；王朱之作，亦不尽如《秋柳》《沁园春》也）；在能诗能词者读之，其意固了然也。胡氏之《尝试篇》《孔丘》《老鸦》，在胡氏以为明白清楚有文学之价值矣；而在深于文学者读之，则用意俗浅，市井童稚之所为耳。不能以胡氏以为深奥难解易生误会，遂谓《秋柳》《沁园春》为无文学价值；犹之不能以《尝试篇》《孔丘》《老鸦》，作者个人以为明白清楚，遂谓其有文学之价值也。或曰：胡氏所以主张文学"要明白清楚"者，乃今日注重平民文学之故也。深奥艰涩者，平民不易解，故胡氏以明白清楚为言。曰：文学只有是与不是，无平民与否之可言。平民文学，文学也；非平民文学，亦文学也。文学自有文学之原则，合其原则，即为文学；不合其原则，即非文学。不能以其宜于平民与否，而遂轩轾其价值也。诚如所论，则胡氏之《尝试集》，宜尽人能解矣。吾见其未必然也。是故施耐庵之《水浒传》，曹雪芹之《红楼梦》（以上二书，胡氏均尝为作考证），刘铁云之《老残游记》（本篇所举）平民读之易解，其文学之价值固在（实则《水浒》《红楼》，亦非平民尽人所能领会）；屈宋之骚赋，李杜之诗歌，平民读之，不必尽人能解，其文学之价值，亦仍在也。其价值所在，在其合于文学之原则，不在其平民与否也。尝试论之，世间深奥之学理，平民多不能解；而其价值，即存乎。是如英儒罗素之哲学，世人鲜有能解之者；而罗素之声誉，即因此而大。如世人尽为罗素，其哲学亦不足贵矣。哲学如此，文学亦何独不然乎？且文学之作品，常以陈意含蓄，与读者以寻思之余地，其价值乃见。反是而将本意点破，则读者索然无味矣。胡氏之《论短篇小说》也（《胡适文存》卷一），亦尝以此意讥白居易，谓为"有点迂腐气"。详其所以作如是论，以白氏之诗，明白过甚，好将本意点破。今玩此论，始知胡氏自相矛盾，始知其迂腐气，实更甚于乐天也。吾常谓明白清楚，乃科学哲学记述说理文字之要件，与文学不相关涉，今胡氏持之以谈文学，则亦见其浅于文学矣。

胡氏之文学第二要件，为"有力能动人"。举《血府逐瘀汤歌诀》及李慈铭《齐子中姜镈歌》为例。《齐子中姜镈歌》，胡氏不解，不足为其诗病。以中国之旧诗，不尽如此也。《血府逐瘀汤歌诀》，原与百家姓同体，不过取便记诵耳。作者固不期其能感人，读者亦未尝以文学许之。故胡氏此例，亦不能成立也。至所谓"有力能动人"。则其作用亦对读者而言。文学乃作者之心声，与读者无与，其理已申于前矣。文之所以能动人者，以其想像高妙也，以其感情深挚也，以其有艺术手段也。苟有高妙之想像，深挚之情感，精美之艺术手段，则不求动人而人自动；不此之求，而坐求其力之能动人，则亦近于愚矣。

总之：胡氏此论，其病根在重视读者，蔑视作者，欲牵作者以就读者。充其所论，若世无通文学之人，则文学家即不当有文学作品之表现；苟作者之情感想像，举世无能喻者，则作者之情感想像，即当深藏五内，即不当表露于外也。恶乎可！

自胡氏以下，言文学定义者，以罗家伦为最著名。其《什么是文学——文学界说》（中华书局出版《国语文类选》第一卷第一类）曰：

> 文学是人生的表现和批评，从最好的思想里写下来的，有想像，有感情，有体裁，有合于艺术的组织：集此众长，能使人类普遍心理，都觉得他是极明了，极有趣的东西。

此定义较胡氏为善，然未免失之过繁。"文学为人生之表现与批评，从最好之思想写出。"此乃当然之事，无庸明言。至所谓"明了有趣"，与胡氏之病略同。所谓"普遍心理"，亦不无微疵。"普遍"两字之界限，颇难划定。刚性之人，爱读《水浒》，柔性人则否；柔性之人，爱读《红楼》，刚性人则否。此二者孰为普遍心理，孰为非普遍心理乎？吾意想像丰富感情真挚之文学，即不能尽人受其感动，至少有一部分人，受其感动。止言"想像感情"足矣，不必赘及普遍心理也。罗氏之文学界说，乃总集西洋各家之文学界说而成。然窃观西儒著名文学批评家温齐斯特（Winchester）之所言，则异于是。温氏著《文学批评之原理》，分文学之原质为四(上海民智书局出版《新文艺评论——什么是文学》王捷侠译)。分列于左：

(1) 情绪——……他是高尚文学形体之目的；有时为达到目的的一种方法。

(2) 想像——想像是激醒情绪的要紧条件。没有想像就没有警醒情绪的机会；结果文学作品不能到最好的地步。

(3) 思想——……在文学的教训或诱掖的不同性质里，思想是狠要紧的原质；因他是作品所以写出的动机。

(4) 形体——形体本身不是一种目的，乃是思想或感觉借以表现的方法；也是狠要紧的，因此可以看出来作者之表现能力与艺术的手腕如何。

详上四端，惟"思想"一端，为病甚大，此中外谈文学者之通病，不独温氏为然也。夫以思想为文学要素，吾固不能谓为非是。然试问所谓思想者，理想乎？幻想乎？吾知其答为理想也。苟如是，则试问宋玉之《神女赋》，曹植之《洛神赋》，文学乎？非文学乎？吾知其答为文学也。诚如是也，则所谓神女洛神者，实有之事乎？子虚之事乎？易言之，理想乎？幻想乎？吾知其答为幻想也。是故文学之中，实杂有幻想，即所谓"无理之思想"是也。若然，则与其谓为"思想"，何若谓为"想像"？盖思想不能包"幻想"，而想像则兼二者而有之。观古今中外之大思想家，如中国之老庄，法国之柏格森(Bergson)，皆不纯为文学家；更观古今中外之富于想像者，如中国之曹雪芹，英国之沙克雷(W. M. Jhackeray)则皆为文学家，即知余言不谬矣。或曰：文学家无思想乎？曰：是何言也！凡文人之成家者，皆有特殊之思想，其作品即根此思想而出。惟文学家之思想，见于篇什之间者，非如哲学家之有系统组织也。如李白之思想，与杨朱相近。吾人读《列子》，可见杨朱思想之大体。若研究李白之思想，则非持《李太白集》几经分析综合而不能得。盖文学家作品之所表现者，为其对于事物之情感。其对事物所以作此情感，则根其思想而来。故非直接的而为间接的，与哲学家有别。易言之，即文学家作品之所表现者，非其思想之本体，乃由其思想所产生之物也。斯理也，温齐斯特非不知之。其言曰："思想是作品所以写出的动机。"然则思想不过写出之动机耳，非文学作品中之要素明矣。

近见潘梓年君之《文学概论》(北新书局出版),其第二讲《论内质与外形》,较温氏为善。潘氏分文学之要素为四,表列如下:

  文学的要素
   1. 智慧的
   2. 情绪的 ⎫
   3. 想像的 ⎬ 内质
   4. 组织或风格或技能的——外形

潘氏所明四端,与温氏大致相同。惟潘氏虽以"智慧的"为文学要素,然并未纳入文学之"内质与外形"之中。其《关于文学中理智的要素》,另立一讲,本讲并未论及,此所以较温氏为善也。前人文学定义之善否,略如上评。今据其善者,略为去取,明文学之定义如下:

  文学者,以美丽之文辞,表达深挚之情感及丰富之想像者也。

以此为文学定义,庶无大谬。今复将其理由,略申论之。

文学何以必有"美丽之文辞"?曰:文学者,艺术也。艺术以美为原则;故非综缉辞采,错比文华,不足餍读者之心。

文学何以必有"深挚之情感"?曰:艺术以美为原则,美于人心属感情作用,故文学必有情感。如情感不深挚,其所表达者,必不能尽至,欲得读者之感应难矣。

文学何以必有"丰富之想像"?曰:文学之作用,在满足人生精神上之需要;而凡人之性,非能以现境界而自满足者也。然此蠢蠢躯壳,其所能触能受之境界,又顽狭短局而至有限也。故常欲于其直接以触以受之外,而间接有所触有所受,所谓身外之身,世界外之世界也。此等识想,不独利根众生有之,即钝根众生亦有也。而道其根器使日趋于钝日趋于利者,其力量无大于文学。文学所以能如此者,全恃其有丰富之想像;使想像不丰富,必不能变换人之常触常受之空气,道人游于他境界也。(自"凡人之性"以下略本梁启超《论小说与群治之关系》)

第二篇　历代文学观念概述

前篇所述，止及文学之定义，于历代文学观念，语焉不详。兹复杂集历代文人论文之语，以见某时代文学观念之同一倾向焉。"文学"一名，初见《论语·先进篇》。其言曰：

　　德行颜渊闵子骞冉伯牛仲弓，言语宰我子贡，政事冉有季路，"文学"子游子夏。

此所谓孔门四科也。详"文学"与"德行""言语""政事"对举，殆泛指一切知识学问，与今日所谓"文学"者有别。故邢昺《论语疏》曰：

　　文章博学，则有子游子夏二人也。

此解可谓达其旨矣。更以游夏二子之自身证之。据《论语·阳货篇》："子之武城，闻弦歌之声。"诗乐相通，子游似为文学之士。然乐本为儒家治世之具，其事亦无足怪。若证以《礼记·檀弓》，则子游实明礼之士耳。至于子夏，《论语·八佾篇》虽称其"可与言诗"。然据《史记·仲尼弟子列传》："孔子既没，子夏居西河教授，为魏文侯师。"又汉代经师，多谓源出子夏；则子夏乃传经之士也。《论语》其他论文之处甚多，其义亦同于斯。如《学而篇》孔子曰：

　　行有余力，则以学"文"。

何晏《集解》引马融曰：

　　文者，古之遗文。

邢昺疏曰：

　　注言古之遗文者，则《诗》《书》《礼》《乐》《易》《春秋》六经是也。

是则以六经为"文"矣。又如《雍也篇》孔子曰：

> 君子博学于"文"，约之以礼。亦可以弗畔矣夫。

邢昺疏曰：

> 此章言君子若博学于先王之遗文，复用礼以自检约，则不违道也。

此又以先王之遗文为"文"矣。又如《公冶长篇》子贡曰：

> 夫子之"文章"，可得而闻也；夫子之言性与天道，不可得而闻也。

邢昺疏曰：

> 子贡言夫子之述作威仪礼法，有文采形质著明，可以耳听目视，依循学习，故可得而闻也。

朱熹《论语集注》亦曰：

> 文章，德之见乎外者。威仪文辞皆是也。

是则所谓"文章"，又越乎述作文辞之外。与《八佾篇》称："周监于二代，郁郁乎文哉！"《泰伯篇》称："焕乎其有文章！"《子罕篇》称："文王既没，文不在兹乎！"兼礼乐法度而言，其义相类。故《公冶长篇》子贡问曰：

> 孔文子，何以谓之"文"也？

孔子答曰：

> 敏而好学，不耻下问，是以谓之"文"也。

足见孔氏于"文"字之解释，固甚广泛矣。其后"文学"之名，又屡见于韩非之书（《墨子》《荀子》等书中，亦有"文学"之名，其义亦甚广泛，兹不论）。其《六反篇》曰：

> 学道立方，离法之民也，而世尊之曰"文学之士"。

其下文又曰：

> 寡闻从令，全法之民也，而世少之曰朴陋之民也。

上下相参，则知韩非所谓"文学之士"，乃博学多闻著书立说之人也。其《五蠹》篇曰：

> 儒以"文"乱法。

又曰：

> 夫离法者罪，而诸先生以"文学"取。

又曰：

> 工"文学"者非所用，用之则乱法。

又曰：

> 然则为匹夫计者，莫如修（行）仁义而习"文学"。……"文学"习则为明师，为明师则显荣。此匹夫之美也。

又曰：

> 富国以农，拒敌恃卒，而贵"文学"之士……举行如此，治强不可得也。

又曰：

> 今修"文学"，习言谈，则无耕之劳而有富之实，无战之危而有贵之尊，则人孰不为也。

此篇所谓"文"，殆指"书简之文""先王之语"而言；其所谓"文学之士"，殆指"称先王之道""盛容服""饰辩说""疑当世之法"者而言也（见韩非本书）。《显学篇》曰：

> 藏书策，习谈论，聚徒役，服"文学"而议说，世主必从而礼之，曰："敬贤士，先王之道也。"夫吏之所税，耕者也；而上之所养，学士也。耕者则重税，学士则多赏，而索民之疾作而少言谈。不可得也。

此所谓"文学"，亦指智辩而言。故韩非之所谓"文学"，其广泛亦与孔门相似。于知周秦以前之所谓"文学"，乃兼指一切知识学问而言。其于"文学"之本体，无明了之观念也。

周秦以上之文学观念,已如上述。

此外孔门之论诗,亦有足称者。《论语·为政篇》孔子曰:

> 《诗》三百,一言以蔽之,曰:"思无邪。"

此论殆根其伦理观念而来。后儒"发乎情止乎礼义"之说,实基于此。言诗而牵及道德,不能谓非孔氏作之俑也。盖儒家列诗于六艺,以为治世立身之具。故颇注意其作用,惟恐发生恶影响也。故《卫灵公篇》孔子曰:

> 放郑声,远佞人。郑声淫,佞人殆。

何晏《集解》引孔安国曰:

> 郑声佞人,亦俱能惑人心,与雅乐贤人同,而使人淫乱,故当放远之。

于此可知孔氏之论诗,仍不离其伦理观念也。《泰伯篇》孔子曰:

> 兴于诗,立于礼,成于乐。

何晏《集解》引包咸曰:

> 兴,起也。言修身当先学诗。

朱熹《集注》曰:

> 诗本性情,有邪有正,其为言既易知;而吟咏之间,抑扬反复,其感人又易入。故学者之初,所以兴起其好善恶恶之心而不能自已者,必于此而得之。

《集注》又引程子曰:

> 天下之英才,不为少矣。特以道学不明,故不得有所成就。夫古人之诗,如今之歌曲,虽闾里童稚,皆习闻之而知其说,故能兴起。今虽老师宿儒,尚不能通其义,况学者乎?是不得兴于诗也。

由此观之,则孔子实以诗为修身之本,又何怪其有"思无邪"之论乎?惟如是也,故《关雎》之诗,本写男女恋爱之情,而孔子亦有特殊之解释。《泰伯篇》孔子曰:

师挚之始,《关雎》之乱,洋洋乎盈耳哉!

《集解》引郑玄曰:

> 周道衰微,郑卫之音作,正乐废而失节。鲁太师挚识《关雎》之声而首理其乱,有洋洋盈耳,听而美之。

此纯为赞美之词。《八佾篇》孔子曰:

> 《关雎》乐而不淫,哀而不伤。

《集解》引孔安国曰:

> 乐不至淫,哀不至伤,言其和也。

《集注》曰:

> 淫者,乐之过而失其正者也。伤者,哀之过而失其和者也。《关雎》之诗,言后妃之德,宜配君子。求之未得,则不能无寤寐反侧之忧;求而得之,则宜其有琴瑟钟鼓之乐。盖其忧虽深,而不害于和;其乐虽盛,而不失其正。故夫子称之如此,欲学者玩其辞,审其音,而有以识其性情之正也。

朱氏此解,较孔安国更为明晰。以仲尼之意如此,故卫宏《关雎序》(从姚际恒《古今伪书考》说)曰:

> 是以《关雎》乐得淑女以配君子,忧在进贤,不淫其色,哀窈窕,思贤才,而无伤善之心焉。是《关雎》之义也。

实则《关雎》之中,何尝有"进贤不淫其色"之意乎?又何尝有"思贤才无伤善之心"之意乎?是皆孔门诗教使然耳。孔氏论诗之用,尚不仅此,《阳货篇》孔子曰:

> 小子何莫学夫诗?诗可以兴,可以观,可以群,可以怨,迩之事父,远之事君,多识于鸟兽草木之名。

绎其所言,殆谓诗可以"感发意志""考见得失""群居切磋""怨刺君政""教人忠孝""资人多识"。其数诗之作用,可谓多矣。又《汉书·艺文志》称:"古者诸侯卿大夫交接邻国,以微言相感,当揖让之时,必称诗以谕其志。"故诗又与言语有关。此亦诗之作用之一端,孔氏亦甚注意及之。《季氏篇》孔子戒其子伯鱼曰:

> 不学诗,无以言。

《子路篇》孔子曰:

> 诵诗三百,授之以政,不达。使于四方,不能专对。虽多亦奚以为?

盖诗之为教,"温柔敦厚"(《礼记·经解》);故"主文而谲谏,言之者无罪,闻之者足以戒"(《关雎序》)。子贡"善为说辞",亦以其"可与言诗"乎!由此观之,孔门论诗,注重诗之作用,殆无可疑矣。详古者称诗,本以为"言志"之物,故《尚书·舜典》曰:

> 诗言志,歌永言。

而孟子论诗,亦以"不以辞害志"为言(《万章》上)。孔氏非不明此义也,《左传·襄公二十五年》仲尼称子产曰:

> 《志》有之:言以足志,文以足言。不言谁知其志?言之无文,行之不远。

此虽非论诗,寻其旨趣,实与"言志"之义相通也。抑孔氏论诗,所以重在诗之作用者,亦有故焉。闲尝论之,孔氏所恃以为治平之具者,政治伦理也。政治伦理之用于社会,以得最大多数之人民之幸福为准,故不得不期其实效。故孔子所主虽与法家之功利主义有别,然实与功利相近,此其论诗所以然欤?

递于汉世,文学之观念,渐趋明了(汉令通一艺以上,补文学掌故,郡国举贤良文学,其名似亦由"知识学问"之义而来,故不备论)。扬雄《法言·问神篇》曰:

> 言,心声也。书,心画也。声画形,君子小人见矣。声画者,君子小人之所以动情乎?

此所谓书,本泛指著于竹帛者而言。然以"心画"二字形容之,便觉含有艺术性。盖子云本为辞赋家，故能作此妙语也。《汉书·艺文志·六艺略》论诗曰：

> 哀乐之心感，而歌咏之声发。

《诗赋略》又曰：

> 感于哀乐，缘事而发。

此明诗歌之生，由于情动。后之言文学者，亦莫能外。卫宏《关雎序》曰：

> 诗者，志之所之也。在心为志，发言为诗。情动于中而形于言；言之不足，故嗟叹之；嗟叹之不足，故永歌之；永歌之不足，不知手之舞之足之蹈之也。

卫氏所论，较孟坚更为透彻。古者诗与音乐舞蹈相合，更可证其为纯粹之艺术也。历三国至六代，论文之士更多；其文学之观念，亦甚精绝。然主情之论，则仍沿汉人之旧说。陆机《文赋》，屡以情志为言，无论矣。挚虞《文章流别论》（据《关陇丛书》张鹏一校补本）曰：

> 古之作诗者，发乎情止乎礼义。情之发，因辞以形之。

《文心雕龙·明诗篇》曰：

> 人禀七情，应物斯感，感物吟志，莫非自然。……观其结体散文，直而不野，婉转附物，怊怅切情。

《诠赋篇》曰：

> 原夫登高之旨，盖睹物兴情。情以物兴，故义必明雅；物以情观，故词必巧丽。

《体性篇》曰：

> 夫情动而言形，理发而文见。盖沿隐以至显，因内而符外者也。

《物色篇》曰：

> 是以诗人感物,联类不穷。流连万象之际,沉吟视听之区。写气图貌,既随物以宛转;属采附声,亦与心而徘徊。

《金楼子·立言篇》曰:

> 至如文者,惟须绮縠纷披,宫徵靡曼,唇吻遒会,情灵摇荡。

钟嵘《诗品》曰:

> 气之动物,物之感人,故摇荡性情,形诸舞咏。

观上所举,六代论文之主情,可见一斑矣。其尤足引起吾人之注意者,则其论文多以音乐绘画相匹也。古者诗乐舞三者本为一事,读《关雎序》可见,兹不多赘。魏文帝《典论·论文》曰:

> 文以气为主,气之清浊有体,不可力强而致。譬诸《音乐》,曲度虽均,节奏同检,至于引气不齐,巧拙有素,虽在父兄,不能以移子弟。

此以音乐喻文人之禀赋也。陆机《文赋》曰:

> 暨"音声"之迭代,若"五色"之相宜。

沈约《宋书·谢灵运传论》曰:

> 夫"五色"相宣,"八音"协畅。由乎玄黄律吕,各适物宜。欲使宫羽相变,低昂舛节。若前有浮声,则后须切响。一简之内,音韵尽殊;两句之中,轻重悉异。妙达此旨,始可言文。

萧统《文选序》曰:

> 众制锋起,源流闲出。譬陶匏异器,并为"入耳之娱";黼黻不同,俱为"悦目之玩"。作者之致,盖云备矣。

《文心雕龙·诠赋篇》曰:

> 丽辞雅义,符采相胜。如组织之品"朱紫",画绘之著"玄黄"。

《情采篇》曰:

故立文之道,其理有三:一曰形文,"五色"是也。二曰声文,"五音"是也。三曰情文,五性是也。"五色"杂而成黼黻,"五音"比而成韶夏,五情发而为辞章。

观上数例,足见一斑。盖六朝人之视文学,本以为艺术之一种,故不惟注意其内容之感情,于其外形之辞藻音韵,亦甚注意。辞欲其丽,有似五色;音欲其协,有似八音。故云然也。至彦和"形文声文情文"之说,则又与西儒黑智尔(Hegel)"目艺耳艺心艺"之论暗合,其见识真有足令人惊异者。

闲尝论之,文学与绘画、音乐,本属同源。初民之文字,多像事物之形,故与绘画相似。文学先有诗歌,初民之诗歌,传述以口,必音调协畅,足悦口耳,故与音乐相近。后世三艺分立之故,乃文化发达自然之结果也。然文学之内容本为"情感"。其修辞果能如绘画,调声苟能如音乐,则岂非兼三艺之长?故六朝人之文学见解,实远过唐宋以后也。

降及唐世,文学之观念大变。其转变之迹,历历可见。集其成者,厥为韩愈。后世论者专以属之韩氏一人,谓为"起八代之衰",斯大谬也。愈之文学观念,具见其《答李翊书》《答刘正夫书》《与冯宿论文书》《题欧阳生哀辞后》等篇。《答刘正夫书》曰:

> 或问:为文宜何师?必谨对曰:宜师古圣贤人。曰:古圣贤人所为书俱存,辞皆不同,宜何师?必谨对曰:师其意,不师其辞。

然师古圣贤人,不易骤几于成也;故必有相当之功力。《答刘正夫书》又曰:

> 汉朝人莫不能为文,独司马相如太史公刘向扬雄为之最。然则用功深者,其收名也远。若皆与世沉浮,不自树立,虽不为当时所怪,亦必无后世之传也。

然则用功之方法如何。《答李翊书》曰:

> 将蕲至于古之立言者,则无望其速成,无诱于势利,养其根而俟其实,加其膏而希其光。根之茂者其实遂,膏之沃者其光晔。仁义之人,其言蔼如也。

又曰：

> 学之二十余年矣。始者非三代两汉之书不敢观，非圣人之志不敢存。处若忘，行若遗。俨乎其若思，茫乎其若迷。

又曰：

> 行之乎仁义之途，游之乎诗书之源。无迷其途，无绝其源，终吾身而已矣。

是其所言，直与修德养性无异。韩氏所以如此云云者，以其视气为文章之本，气之盛否，文章因之。非有相当之修养，不能期气于盛也。故《答李翊书》又曰：

> 气，水也。言，浮物也，水大而物之浮者，大小毕浮。气之与言犹是也。气盛，则言之长短与声之高下皆宜。

盖韩氏视道德与文章，本为一体。既慕古人之道，则不得不通古人之辞。此其所以倡古文也。其《题欧阳生哀辞后》曰：

> 愈之为古文，岂独取其句读不类于今者邪？思古人而不得见，学古道则欲兼通其辞；通其辞者，本志乎古"道"者也。

昌黎之文学观念，大略如是。惟既以慕古道而学古文，则必尚理，不尚理不足"明古道"也。

故陆希声《李观文集序》评之曰：

> 文以理为本，而辞质在所尚。元宾（李观字）尚于辞，故辞胜其理；退之尚于质，故理胜其辞。退之虽穷老不休，终不能为元宾之辞；假使元宾后退之之死，亦不能及退之之质。此所以不相见也。

古文本宜于说理，故此论亦近是。然退之古文之功力甚深，其于"道"犹有未至。退之之所谓"古道"，儒家之言耳。今观其论述儒道之文，殊无所发明。其所最痛恶者，佛老之学也。今观其攻击佛老之语，亦不能中病。如《原道》《原性》等篇是已。考退之之文学观念所以如此者，亦自有其渊源在。退之少时，尝为萧颖士所知，又从独孤及梁肃之门人游。独孤及出李华之门。梁肃与萧颖士子存相善。李华宗子翰，退之每称之；李观亦华族子，与退之同举进士。诸人皆善于古文，故退之不能不受其熏染也。李舟《独孤常州集序》曰：

> 人无文则礼无以辨其数，乐无以成其章，有国者无以行其刑政，立言者无以存其劝诫。文之时用大矣哉！在人贤者得其大者，礼乐刑政劝。诚是也，不肖者得其细者，或附会小说以立异端，或雕斫成言以裨对句，或志近物而玩童心，或顺庸气以谐俚耳。其甚者则矫诬盛德，污蔑风教，为蛊为蠹，为妖为孽。噫！文之弊有至是者，可无痛乎？……先大夫尝因讲文为小子曰：吾友兰陵萧茂挺（颖士字），赵郡李遐叔（华字），长乐贾幼邻（至字），洎所知河南独孤至之（及字），皆宪章六艺，能探古人述作之旨。贾为玄宗巡蜀分命之诏，历历如西汉时文。若使三贤继司王言，或载史笔，则典谟训诰誓命之书，可仿佛于将来矣。……常州发论措词，皆王霸大略。孝悌之至，达于神明。善与人交，久而敬之。当官正色，不畏强御。加之以仁惠爱物，吏民敬畏。而文又如是乎？……

观此序可识退之文学观念所自矣。

不惟此也，在退之之前，萧李诸子之外，为古文者，亦大有人在。与萧李同时者有元结，退之《送孟东野序》尝称道之，皇甫湜所谓"拔戟成一队"者也。前于萧李者有陈子昂，其文疏朴近古，退之至有"国朝盛文章，子昂始高蹈"之叹。故卢藏用《唐右拾遗陈子昂文集序》曰：

> 昔孔宣父以天纵之才，自卫反鲁，乃删《诗》，定《礼》，述《易》道而修《春秋》，数千百年，文章粲然可观也。宋齐之末，盖憔悴矣。逶迤陵颓，流靡忘返。至于徐庾，天之将丧斯文也。后进之士，若上官仪者，继踵而生，于是风雅之道，扫地尽矣。《易》曰：物不可以终否，故受之以泰。"道"丧五百岁而得陈君。

由此观之，则韩氏文学观念之所从来远矣。更溯而上之，其文学观念之所自，实远在隋以前。李谔《上隋文帝论文体轻薄书》，力主改革文体。文帝发号施令，咸去浮华。炀帝亦有非轻侧之论。盖隋兴自北土，进并江南。故朝中文士，多为北产，与江左文风有异也。魏征《隋书·文学传序》，李延寿《北史·文苑传序》皆曰：

> 江左宫商发越，贵于清绮；河朔词义贞刚，重乎气质。气质则理胜其词，清绮则文过其意。理深者便于时用，文华者宜于咏歌。此其南北词人得失之大较也。

北朝文章重理，于此可见。故北朝文士论文，亦有主理之说。如颜之推《颜氏家训·文章篇》是已。此篇论文之用，在"敷显仁义发明功德"。固似后人"文以明道"之论，无论矣。此外尤有吾人所当注意者焉。其言曰：

> 文章当以理致为心肾，气调为筋骨，事义为皮肤，华丽为冠冕。今世相承，趋末弃本，率多浮艳。辞与理竞，辞胜而理伏；事与才争，事繁而才损。放逸者流宕而忘归，穿凿者补缀而不足。时俗如此，安能独违，但务去泰去甚耳。必有盛才重誉、改革体裁者，实吾所希。

故韩氏之文学观念，实渊源于北朝；而后人专以改革之功，属之韩氏，何哉？然韩氏不独为一代文宗，其言不仅影响于后世，当时亦颇有助之者焉。其友柳宗元《答韦中立论师道书》曰：

> 始吾幼且少，为文章以辞为工，及长，乃知文者以"明道"，是固不苟为炳炳烺烺，务采色，夸声音，而以为能也。凡吾所陈，皆自谓近"道"。而不知"道"之果近乎远乎？吾子好"道"而可吾文，或者其于"道"不远矣。

柳氏既以"明道"为言，故亦必有相当之功力。《答韦中立论师道书》又曰：

> 故吾每为文章，未尝敢以轻心掉之，惧其剽而不留也。未尝敢以怠心易之，惧其弛而不严也。未尝敢以昏气出之，惧其昧没而杂也。未尝敢以矜气作之，惧其偃蹇而骄也。抑之欲其奥，扬之欲其明；疏之欲其通，廉之欲其节。激而发之欲其清，因而存之欲其重。此吾所以羽翼夫道也。

此与韩氏之言相似，然则其道将何所本？《答韦中立论师道书》又曰：

> 本之《书》以求其质，本之《诗》以求其恒，本之《礼》以求其宜，本之《春秋》以求其断，本之《易》以求其动。此吾所以取道之原也。

此与韩氏"游诗书之源"之言，又若自一口出。是知韩柳之关系，不仅在其友谊矣。李翱为韩氏高弟，论文亦以"道"为主。其《答王载言书》曰：

> 吾所以不协于时而学古文者，悦古人之行也。悦古人之行者，爱古人之"道"也。故学其言不可以不行其行，行其行不可以不重其"道"，重其"道"不可以不循其礼。

此其言承韩氏绪论无疑矣。历五代而至有宋，文人论文，仍不外韩氏之义。欧阳修《答吴充秀才书》曰：

> 圣人之文，虽不可及，然大抵"道"胜者，文不难而自至也。

周敦颐《通书·文辞》第二十八曰：

> 文所以载"道"也……文辞艺也，"道德"实也。……不知务"道德"，而第以文辞为能者，艺焉而已。噫！弊也久矣。

永叔为宋代文宗，茂叔为理学先道，其文学观念如是，余可想见。兹复引李耆卿《文章精义》之说，以为宋世论文之殿。其陈骙《文则》，首以"六经之道"为言。不赘述矣。《文章精义》曰：

> 《易》《诗》《书》《礼》《春秋》《论语》《大学》《中庸》《孟子》，皆圣贤"明道"经世之书，虽非为作文设，而千万文章，从是出焉。

元代论文，亦无异说。王构《修词鉴衡》曰：

> 夫文，传"道"而明心也，故圣人不得已而为之。

明代文人论文，仍掇拾唐宋绪余，不敢少易。焦竑《与友人论文书》曰：

> 窃论君子之学，凡以致"道"也。道致矣，而性命之深窅，与事功之曲折，无不了然于中者，此岂待索之外哉？吾取其了然者而抒写之，文从生焉。故性命事功其实也，而文特所以文之而已。

方以智《文章薪火》开首便曰：

性"道"犹春也，文章犹花也。

顾亭林《日知录》卷十九《论文须有益于天下》曰：

文之所以不可绝于天地间者，曰："明道"也，纪政事也，察民隐也，乐道人之善也。

宁人本为通儒，而亦笃信"文以明道"之说。故知邪说风靡一世，虽豪杰亦不能自拔也。降及清代，古文大盛。虽经钱大昕（《与友人书》）阮元李申耆（《骈体文钞序》）诸儒之抨击，而其势仍不稍衰。故终清之世，为古文辞者，仍以"明道"为护符焉。刘大櫆《论文偶记》曰：

作文本以义礼适世用。而明义礼适世用，必有待于文人之能事。

姚鼐《复鲁絜非书》曰：

鼐闻天地之"道"，阴阳刚柔而已。文者，天地之精英，而阴阳刚柔之发也。

曾国藩《与刘孟容书》曰：

古之知"道"者，未有不明于文字者也。能文而不能知"道"者或有矣，乌有知"道"而不明文字者乎？

又曰：

所贵乎圣人者，谓其立行与万事万物相交错而曲当乎"道"，其文字可以教后世也。吾儒所赖以学圣贤者，亦借此文字以考古圣之行，以究其用心之所在。

又曰：

国藩窃谓今日欲"明先王之道"，不得不以精研文字为要务。……聪明魁桀之士，或有识能撰著，大抵孔氏之苗裔。其文之醇驳，一视乎见"道"之多寡以为差。见"道"尤多，文尤醇焉，孟轲是也。次多者，醇次焉。见少者,文驳焉。尤少者,尤驳焉。

曾氏此篇,于"文以载道"之旨,言之最详。文长不多录。故唐宋以后之文学观念,皆在韩愈笼罩之中。其言大而无当,安得无说以正之乎?

常谓中国人之言"道",大抵不出三义。《中庸》曰:"道不远人,人之为道而远人,不可以为道。"儒者明道德之目为"仁义礼智信",均示人以为人之方者。此当属于伦理学范围,与文学无关。此其一。老子曰:"天下万物生于有,有生于无。"又曰:"道生一,一生二,二生三,三生万物。"是"无"者,老子之所谓道也。此明宇宙变化,哲学之所谓宇宙论耳,于文学又无关。此其二。庄子曰:"夫道无乎不在? 在蝼蚁,在稊稗,在瓦甓,在屎溺。"故物之存于天地之间者,皆有道寓乎其中。文学将明此"道"乎? 是则格物致知,又物质科学之事。与文学又无关。此其三。今曰"文以载道",其所载于三者果何属? 若以儒者之言为然,吾见夫今日之讲伦理学者,未得称为文学也。若以老氏之言为然,吾见夫今日之讲宇宙论者,未得称为文学也。若以格物致知为然,吾见夫今日之讲博物理化者,未尝自命为文学家也。是故"文以载道"之说,除惑人耳目之外,毫无足取焉。

近年以来,新文学之说大盛。体裁结构,力效西洋。于旧日文学,抨击无所不至。实则新旧之争,甚为无味。文学只有是与不是,无新旧之可言。何也? 新文学所重者,想像也;旧文学所重者,亦想像也。新文学所重者,感情也;旧文学所重者,亦感情也。新文学之想像,为吾人之想像;旧文学之想像,亦为吾人之想像。新文学之感情,为吾人之感情;旧文学之感情,亦为吾人之感情。其所异者,乃表达想像、感情之工具耳,即今人之所谓艺术手段是也。艺术手段,文学之外形也;感情想像,文学之内容也。其外形虽异,其内容则同,其为文学亦同。盖文学之外形,本不一致。如骈文与散文,韵文与无韵文,其为文学一也。且文学之外形,常有变动。如文言化为白话,英文译为中文,苟其表达尽致,其价值仍无损也。吾人研究文学,应有文学之统一观念,焉能以新旧而轩轾其价值乎? 平心论之,近年学者之文学观念,实较往昔为有系统,第一篇言之详矣。至其所创作者,除短篇小说之外,其他各体,率不能臻于佳妙。盖中国文学,与世界各国相较,本自有其特长。以数年之功,欲胜过之,殊为不易。此则吾人所当努力者也。

第三篇　文学之范围

文学之定义既明,文学之范围,自不难定。盖文学范围之广狭,根文学之观念而生。历代文学观念既不相同,文学之范围,亦因而有殊矣。周秦以前之文学观念,本不明了。故凡先生之遗文,辩士之谈说,均纳入文学范围之中(详见第二篇)。自汉至于六朝,文士论文,以情辞声韵为重,故文质之界甚严。

《文心雕龙·总述篇》曰:

> 今之常言,有"文"有"笔"。以为无韵者,"笔"也。有韵者,"文"也。

李延寿《南史·颜延之传》曰:

> 宋文帝问延之诸子才能。延之曰:"竣得臣'笔',测得臣'文'。"

据上二例,是"文"与"笔"有别也。姚思廉《梁书·刘潜传》曰:

> 潜字孝仪,秘书监孝绰弟也。……孝绰常曰:"三'笔'六'诗'。"三即孝仪,六孝威也。

《梁书·庾肩吾传》曰:

> 简文与湘东王论文曰:"阳春高而不和,妙声绝而不寻。竟不精讨锱铢,核量文质。有异巧心,终愧研手。是以握瑜怀玉之士,瞻郑邦而知退;章甫翠履之人,望闽乡而叹息。'诗'既若此,'笔'亦如之。"

以上二例,"诗笔"并言。"诗"为韵文之一体,与"笔"对举,明"笔"为无韵也,《南史·孔珪传》曰:

> 高帝取为记室参军,与江淹对掌"辞""笔"。

姚思廉《陈书·岑之敬传》曰:

> 之敬始以经业进,而博涉文史,雅有"辞笔"。

据上二证,均"辞笔"并言。按"辞"之为体,亦异直言。孔子《系辞》,多用偶语韵文。屈原宋玉之作,汉人标为《楚辞》,其文不用韵者绝少。是知"辞"者,固以偶语韵文为限也。由此观之,六朝文质之经界,可谓严矣。然则所谓"笔"者,果何物乎?《梁书·任昉传》曰:

> 昉尤长载"笔",才思无穷。

《南史·沈约传》亦曰:

> 彦升工于"笔"。

《礼记·曲礼篇》曰:"史载笔。"任彦升长于碑版,乃记事之属,故曰:"笔。"《陈书·徐陵传》曰:

> 国家有大手笔,必命陵草之。

《陈书·陆琼传》曰:

> 琼素有令名,深为世祖所赏。及讨周迪陈宝应等,都官符及诸大手"笔",并敕付琼。

此亦谓诏制碑版之类。唐张说善碑志,称燕许大手"笔",殆以此耳。据此,则"笔"乃官牍史志无韵文之总名,惟以直质为工,弗尚藻彩。故《史记》称孔子修《春秋》亦曰:"笔则笔,削则削。"后世以降,凡散行无韵之质言,皆"笔"类也。六朝文学之经界,既已如此,故选文者亦不得不重时论而严其体例。《文选序》曰:

> 若夫姬公之籍,孔父之书,与日月俱悬,鬼神争奥,孝敬之准式,人伦之师友。岂可重以芟夷,加之剪截。老庄之作,管孟之流,盖以立意为宗,不以能文为本。今之所撰,又以略诸。若贤人之美辞,忠臣之抗直,谋夫之话,辩士之端,冰释泉涌,金相玉振。所谓坐狙丘,议稷下,仲连之却秦军,食其之下齐国,留侯之发八难,曲逆之吐六奇。盖乃事美一时,语流千载。概见坟籍,旁出子史。若斯之流,又亦繁博。虽传之简牍,而事异篇章,今之所集,亦所不取。至于记事之史,系年之书,所以褒贬是非,纪别异同。

方之篇翰,亦已不同。……

昭明所选,固亦未能尽善;然其严立文学之封略,不可谓无功也。至唐以后,文学之观念大变,文学之范围,亦因之而扩大。韩愈自述其所最服膺之书,曰《易》,曰《书》,曰《诗》,曰《春秋左传》,曰《庄子》,曰《离骚》(本曾国藩咸丰九年四月二十一日《家书》),此不尽为文学也。韩愈自述其所服膺之人,曰司马相如,曰太史公,曰刘向,曰扬雄(《答刘正夫书》)。此不尽为文学家也。柳宗元自述其所得:正者:曰《易》,曰《书》,曰《诗》,曰《礼》,曰《春秋》。旁者:曰《谷梁》,曰《孟子》,曰《荀子》,曰《老子》,曰《庄子》,曰《国语》,曰《离骚》,曰《史记》(《答韦中立论师道书》)。此不尽为文学也。韩柳之所祖述者,既不尽为文学,又何怪后世之宗法韩柳者,其所作轶出文学范围之外乎?然柳氏之文名,在唐世固不甚大,不为当时所重。而韩氏则唐人有定评焉。刘禹锡《中山集·祭韩氏郎文》曰:

子长在"笔",予长在"论"。持矛举楯,卒不能困。

赵璘《因话录》曰:

韩文公与孟东野友善。韩公文至高,孟长于五言,时号孟"诗"韩"笔"。

是则退之所善,固非文而为"笔"也。故杜牧读《杜韩集》诗曰:

杜"诗"韩"笔"愁来读,似倩麻姑痒处搔。

然则后世文家奉韩氏为正宗,均误"笔"为"文",不明文学之范围,明矣。闲尝论之,"明道"本非文学专有之事,以"明道"之文为文学,势必致轶出文学范围之外。唐宋以来之文学家,鲜能不犯此病。刘熙载《文概》开首便曰:

六经,文之范围也。

余生平最恶此语,以六经不尽为文学,其言大而无当也。唐宋以后,文质之界限既泯,故选文者亦多以非文学之作品入选。姚鼐之《古文辞类纂》,自杂记、箴、铭、赞、颂、辞赋、哀祭诸类之外,其余各类,鲜有能当文学之名者。王先谦《续古文辞类纂》,更不及姚氏矣。至曾国藩之《经史百家杂钞》,则直以经史为名,不问而知其有非文学之作品。故其失与姚王均也。

在清世有宗《文选》之遗意而与古文家争正统者,厥为阮元。阮氏既以昭明为法,故其划定文学之范围,亦甚明晰。其《书梁昭明太子文选序后》曰:

> 昭明所选,名之曰文。盖必文而后选也。非文则不选也。经也,史也,子也,皆不可专名之为文也。……专名为文,必沉思翰藻而后可也。

阮氏既以为经、史、子与文有别,故于己所著述,亦严其鸿沟之界焉。《揅经堂集自序》曰:

> 余三十余年以来,说经记事,不能不笔之于书。然求其如《文选序》所谓"事出沉思、义归翰藻"者甚鲜,是不得称之为"文"也。余今年届六十矣,自取旧帙,授儿子辈。重编写之,分为四集。其一,则说经之作。拟于贾邢义疏,已云僭矣。十四卷。其二,则近于史之作,八卷。其三,则近于子之作,五卷。凡出于四库书史子两途者,皆属之。言之无文,惟纪其事达其意而已。其四,则御试之赋,及骈体有韵之作。或有近于古人所谓"文"者乎?然其格亦已卑矣!凡二卷。又诗十一卷,共四十卷。

其子福复师其意著《文笔对》一篇,历引唐以前史书所载,以成其说。刘师培之《文章辨体》(《中古文学史》第二课),乃承阮氏父子而为言也。

递于近世,章太炎先生之说,又与阮氏异。章氏明文学之定义,本甚广泛。故其定文学之范围,亦极广泛。《国故论衡》中《文学总略》曰:

> 凡云"文"者,包络一切箸于竹帛者而为言。故有成句读"文",有不成句读"文"。兼此二字,通谓之"文"。

章氏所定文学范围,既已如此。故凡"表谱之体,旁行邪上,条件相分。会计之簿录,算术之演草,地图之名字"皆纳入文学范围之中。此其非是,毋庸赘述。

吾师黄季刚先生之文学主张,本与昭明阮氏相近。然以其为太炎高弟也,故论文学范围,亦左右其词,不肯显然相背。黄先生《论文辞封略》曰:

> 窃为文辞封略,本可弛张。推而广之,则凡书以文字著之竹帛者,皆谓之"文"。非独不论其有文饰与无文饰,抑且不论其有句读与无句读。此至

大之范围也。……再缩小之,则凡有句读者皆为文,而不论其有文饰与无文饰。纯任文饰,固谓之文矣。即朴质简拙,亦不得不谓之文。此类所包,稍小于前,而经传诸子,皆在其笼罩。若夫文章之初,实先韵语。传久行远,实贵偶词。修饰润色,实为文事。敷采摛文,实异质言。则阮氏之言,良有不可废者。即彦和泛论文章,而《神思篇》以下之文,乃专有所属,非泛为著之竹帛者而言,亦不见遍通于经传诸子。

观末段可窥见黄先生主张之大略矣。

故论文学之范围,不宜依体类而定;如依体类而定,则便有绝不可通者。如韵文,文学也。然如陈献章诗云:"吾道有宗主,千秋朱紫阳。说敬不离口,示我入德方。"此得为文学乎?下此《百家姓》《汤头歌诀》,更无论矣。又如小说,文学也,然如干宝之《搜神记》,任昉之《述异记》,均有文学之价值乎?下此如陆翙《邺中记》、刘餗《隋唐嘉话》之类,更无足称矣。常人所以为韵文小说为文学者,不过就其多者而言;实则号称韵文小说者,亦不尽有文学价值也。然此间有一问题焉。陈献章诗《百家姓》《汤头歌诀》《搜神记》《述异记》等,何故无文学价值乎?曰:以其外无美丽之文辞,内乏情感想像耳。然则定文学之范围者,可以知所从事矣。任检古今人之篇章而分析之,其文辞美丽感情深挚想像丰富者,即为文学。否则非文学也。例如欧阳修之《朋党论》:

> 臣闻朋党之说,自古有之,惟幸人君辨其君子小人而已。大凡君子与君子以同道为朋,小人与小人以同利为朋。此自然之理也。
>
> 然臣谓小人无朋,惟君子则有之。其故何哉?小人所好者,利禄也;所贪者,货财也。当其同利之时,暂相党以为朋者,伪也;及其见利而争先,利尽则交疏。甚者反相贼害,虽其兄弟亲戚,不能相保。故臣谓小人无朋,其暂为朋者,伪也。
>
> 君子则不然。所守者道义,所行者忠信,所惜者名节。以之修身,则同道而相益;以之事国,则同心而共济。始终如一,此君子之朋也。故为人君者,但当退小人之伪朋,用君子之真朋,则天下治矣。……

修辞既不足称,想像感情,亦无可言。此决非文学也。又如刘峻《重答刘秣陵沼书》：

> 刘侯既重有斯难,值余有天伦之戚,竟未之致也。寻而此君长逝,化为异物；绪言余论,蕴而莫传。或有自其家得而示余者,余悲其音徽未沫,而其人已亡；青简尚新,而宿草将列,泫然不知涕之无从也。虽隙驷不留,尺波电谢；而秋菊春兰,英华靡绝。故存其梗概,更酬其旨。若使墨翟之言无爽,宣室之谈有征,冀东平之树,望咸阳而西靡；盖山之泉,闻弦歌而赴节。但悬剑空垄,有恨如何!

以此篇与《朋党论》相较,其修辞之得失,感情想像之丰啬,真不可同日而语,得不谓之为文学乎?

或曰：如君所论,则古今作品,能当文学之名者,实不多觏。无乃狭隘过甚乎？

曰：近世学术日精,求精则不厌其狭。故凡某种学科之某部分,可以独立成科者,不嫌其离母科而独立,如伦理学心理学之与哲学是也。吾意文学亦不应侵入其他学科范围之内,应严立文学与非文学之界限,确定文学之范围也。文学之目的,在使人感；而所谓叙述说理之文,其目的则在使人知。叙述之文近于史,说理之精至者,则为哲学。此与文学判然两途,摈之于文学范围之外可也。

或又曰：如君所论,则必文辞感情想像三事兼备,始能当文学之名。然古今文人之文学作品,能三事兼备者,为数甚少。其仅具一事二事之文,能予之以文学之名否乎？

曰：曹丕有言："文以气为主。气之清浊有体,不可力强而致。譬诸音乐,曲度虽均,节奏同检。至于引气不齐,巧拙有素。虽在父兄,不能以移子弟。"（《典论·论文》）盖习文学者,不惟须明师之雅训,有相当之修养,更应有文学之天才。明师所训,工力所致,止能及于规矩。至神而明之,则存乎其人之天才。天才难于外假,此文学所以之难能也。自古文士之作,能兼备三事者,不过屈原宋玉等数人；相如子云以下,俱不及已。故论文亦不宜吹毛索瘢,如必吹毛索瘢,则古今无文学作品矣。故仅具一事二事之文,亦可以文学之名予之,不过其价值有高下耳。且如木玄虚郭景纯之《海赋》《江赋》,其情感固无足取,而修辞则甚博雅。某氏之《今古奇观》，修辞结构，未臻佳妙；而造情设想，亦有足多者。此等作品，如不予以文学之名，将无所归矣。

或曰：然则他科假文学为手段者，将何以名之乎？

曰：此等作品，仍当以其科之所明为主，不宜与纯文学同视。如庄周之《南华经》，哲学而兼文学也；司马迁之《史记》，历史而兼文学也；郦道元之《水经注》，地理而兼文学也。然《南华经》本为哲学，《史记》本为历史，《水经注》本为地理。其假文学为手段，不过重其效用耳。故仍当以哲学、历史、地理之名归之，不宜滥施以文学之名。举此三例，他亦准是。然于此亦足征文学之功用所被之广也。

第四篇　文学之功效

今试任执一人而以询文学之功效，使其立予以具体之答复，人鲜有能说出之者。此其何故哉？盖文学之为用虽广且大，而非能如物质科学之显著，故难言也。梅光迪以"非实用的"为文学特质之一，以为"文学为物，饥不可食，寒不可衣，故无功效可言"（《文学概论讲义》第一章）。文学之不可衣食，固也，然人类生活之要求，固不尽于物质方面；精神方面，且较之为尤重焉。其曰不可衣食，止就物质方面而言耳。故梅氏又曰：

> 文学既为主观感情描写事物之具体现象，又无关实用，宜若遭人屏弃。然人皆嗜之，探讨不厌者，以其为美术故也。美术虽无裨于实用，而深合于人性最高一部分之需求。如锦绣之衣，无益于温；山海之味，无益于饱。然食不厌精，衣不厌华，人性所同。文学功用，亦犹是耳。

文学既深合于人性最高一部分之需求，非其功效而何？惟梅氏之言，止及文学功效之消极方面，其积极方面，则未明言。故所论虽当而未尽也。古人论文，于文之功效亦常注意及之。如孔门论诗，视为治世立身之具，唐宋以来有文以明道之说，皆就其功效而言，其说已详于第二篇，兹不赘述。

考文字与语言，本属同科。以语言不能持久行远也，故文字因之而生。语言之用，在达情意；文字之用，在代语言。又以质言不便记诵不易动人也，故必加之以文采，谐之以音韵。而文学于是乎生。以此言之，文学之用，岂不彰明较著哉！惟人事日繁，文明日进，故文学之用，亦因之而大。前人所论，有足述者。陆机《文赋》曰：

> 伊兹文之为用，固众理之所因。恢万里使无阂，通亿载而为津。俯贻则于来叶，仰观象乎古人。济文武于将坠，宣风声于不泯。涂无远而不弥，理无微而不纶。配沾润于云雨，象变化乎鬼神。被金石而德广，流管弦而

日新。

此总论文学之功效，骤观之不易明了。详古人论文之用，有偏重国家社会者；即姚永朴所谓"匡时"也（《文学研究法》卷一《功效》第六）。如卫宏《关雎序》曰：

治世之音安以乐，其政和；乱世之音怨以怒，其政乖；亡国之音哀以思，其民困。故正得失，动天地，感鬼神，莫近于诗。先王以是经夫妇，成孝敬，厚人伦，美教化，移风俗。

上以风化下，下以风刺上，主文而谲谏，言之者无罪，闻之者足以戒。……至于王道衰，礼义废，政教失，国异政，家殊俗，而变风、变雅作矣。国史明乎得失之迹，伤人伦之废，哀刑政之苛，吟咏情性，以风其上，达于事变而怀其旧俗者也。……是以一国之事，系一人之本，谓之风；言天下之事，形四方之风，谓之雅。雅者，正也，言王政所由废兴也。政有小大，故有小雅焉，有大雅焉。颂者，美盛德之形容，以其成功告于神明者也。……

有偏重个人者，即姚永朴所谓"达情"也（《文学研究法》卷一《功效》第六）。钟嵘《诗品》曰：

若乃春风春鸟，秋月秋蝉，夏云暑雨，冬月祁寒。斯四候之感诸诗者也。嘉会寄诗以亲，离群托诗以怨。至于楚臣去境，汉妾离宫。或骨横朔野，或魂逐飞蓬，或负戈外戍，杀气雄边。塞客衣单，孀闺泪尽。或士有解佩出朝，一去忘返；女有扬娥入宠，再盼倾国。凡斯种种，感荡心灵。非陈诗何以展其义？非长歌何以骋其情？故曰："诗可以群，可以怨。"使穷贱易安，幽居靡闷，莫尚于诗矣。

有合国家社会与个人兼重者。如曹丕《典论·论文》曰：

盖文章，经国之大业，不朽之盛事。年寿有时而尽，荣乐止乎其身。二者必至之常期，未若文章之无穷。是以古之作者，寄身于翰墨，见意于篇籍，不假良史之辞，不托飞驰之势，而声名自传于后。

《颜氏家训·文章篇》亦曰：

> 朝廷宪章，军旅誓诰，敷显仁义，发明功德，牧民建国，施用多途。至于陶冶性灵，从容讽谏，入其滋味，亦乐事也。

由此观之，大而国家社会，小而个人，均为文学功效所能及，其用可谓大矣。故某氏《论中国文之特色》(河南高等学堂《国文讲义》)有曰：

> 吾且历言吾国之文有用之效力乎：《伊训》五篇，而嗣王克终允德；《盘庚》三命，而新民克奠攸居。此文之用也。秦穆作誓，遂成霸国之基；子产有辞，实为诸侯之赖。此又文之用也。汉文之赐敕一下，而南粤俯首以输诚；光武之玺书数言，而窦融倾心而款附。此又文之用也。余若朝廷下罪己之辞，而军民为之感泣；父老观新主之诏，而扶杖喜其太平。此又文之用也。旷代以来，凡此之类，不可枚举。至于淳于设辞，罢长夜之饮；长门献赋，回主上之心。陈琳之檄愈风，杜甫之诗祛疟。则固才人之游戏，亦足征文字之通灵矣。是故读欢愉之文，则足以令人喜；读愁苦之文，则足以令人悲。读屈原宋玉之文，则令人幽忧而思深；读相如子云之文，则令人发扬而意畅。读孔明之《出师表》，则令人发忠爱之念；读苏氏之《族谱序》，则令人生孝悌之心。读陶靖节之文，能令人萧然以忘世；读韩昌黎之文，能令人穷困而益坚。略举一节，足以为例。文之感人如此其深也，又如此其浅而易入也。……

某氏之言，至明且切。然则文学果假何力而能如是乎？

梁启超《论小说与群治之关系》(《饮冰室壬寅癸卯文集》卷十二)，析小说之力，甚为详悉。其言曰：

> 抑小说之支配人道也，复有四种力：
>
> 一曰熏。熏也者，如入云烟中而为其所烘，如近墨朱处而为其所染。《楞伽经》所谓"迷智为识转识成智"者，皆恃此力。人之读一小说也，不知不觉之间，而眼识为之迷漾，而脑筋为之摇扬，而神经为之营注。今日变一二焉，明日变一二焉，刹那刹那，相断相续，久之，而此小说之境界，遂入其灵台而据之，成为一特别之原质之种子。有此种子故，他日又更有所触所

受者，旦旦而熏之。种子愈盛，而又以之熏他人，故此种子遂可以遍世界。一切器世间有情世间之所以成所以住，皆此为因缘焉；而小说则巍巍焉具此威德以操纵众生者也。

二曰浸。熏以空间言，故其力之大小，存其界之广狭；浸以时间言，故其力之大小，存其界之长短。浸也者，入而与之俱化者也。人之读一小说也，往往既终卷后数日或数旬，而终不能释然。读《红楼》竟者，必有余恋有余悲；读《水浒》竟者，必有余快有余怒。何也？浸之力使然也。等是佳作也，而其卷帙愈繁事实愈多者，则其浸人也亦愈甚。如酒焉，作十日饮，则作百日醉。我佛从菩提树下起，便说偌大一部《华严》，正以此也。

三曰刺。刺也者，刺激之义也。熏浸之力利用渐，刺之力利用顿。熏浸之力在使感受者不觉，刺之力在使感受者骤觉。刺也者，能使人于一刹那顷，忽起异感而不能自制者也。我本蔼然和也，乃读林冲雪天三限，武松飞云浦一厄，何以忽然发指？我本愉然乐也，乃读晴雯出大观园，黛玉死潇湘馆，何以忽然泪流？我本肃然庄也，乃读实甫之《琴心》《酬简》，东塘之《眠香》《访翠》，何以忽然情动？若是者，皆所谓刺激也。大抵脑筋愈敏之人，则其受刺激力也，愈速且剧。而要之必以其书所含刺激力之大小为比例。禅宗之一棒一喝，皆利用此刺激力以度人者也。……

四曰提。前三者之力，自外而灌之使入；提之力，自内而脱之使出。实佛法之最上乘也。凡读小说者，必常若自化其身焉，入于书中而为其书之主人翁。读《野叟曝言》者，必自拟文素臣。读《石头记》者，必自拟贾宝玉。读《花月痕》者，必自拟韩荷生，若韦痴珠。读"梁山泊"者，必自拟黑旋风若花和尚。虽读者自辩其无是心焉，吾不信也。夫既化其身以入书中矣，则当其读此书时，此身已非我有，截然去此界以入于彼界。所谓华严楼阁，帝纲重重，一毛孔中，万亿莲花，一弹指顷，百千浩劫。文字移人，至此而极。然则吾书中主人翁而华盛顿，则读者将化身为华盛顿；主人翁而拿破仑，则读者将化身为拿破仑；主人翁而释迦孔子，则读者将化身为释迦孔子；有断然也。度世之不二法门，岂有过此？

此四力者，可以卢牟一世，亭毒群伦，教主之所以能立教门，政治家所以能组织政党，莫不赖是。文家能得其一，则为文豪；能兼其四，则为文圣。有此四力而用之于善，则可福亿兆人；有此四力而用之于恶，则可以毒万千载。而此四力所最易寄者惟小说。可爱哉小说！可畏哉小说！

梁氏又继述小说功效之大，持论更为警策。其言曰：

吾中国人状元宰相之思想何自来乎？小说也。吾中国人佳人才子之思想何自来乎？小说也。吾中国人江湖盗贼之思想何自来乎？小说也。吾中国人妖巫狐兔之思想何自来乎？小说也。若是者岂尝有人焉，提其耳而诲之，传诸钵而授之也？而下自屠氇贩卒，妪娃童稚，上至大人先生，高才硕学，凡此诸思想，必居一于是。莫或使之，若或使之。盖百数十种小说之力，直接间接以毒人如此其甚也（即有不好读小说者，而此等小说既已渐渍社会，成为风气；其未出胎也，固已承此遗传焉；其既入世也，又复受此感染焉；虽有贤智，亦不能自拔。故谓间接）。今我国民惑堪舆，惑相命，惑卜筮，惑祈禳；因风水而阻止铁路，阻止开矿；争坟墓而阖族械斗，杀人如草；因迎神赛会而岁耗百万金钱，废时生事，消耗国力者，曰：惟小说之故。今我国民慕科第若膻，趋爵禄若鹜，奴颜婢膝，寡廉鲜耻；惟思以十年萤雪，暮夜苞苴，易其归骄妻妾、武断乡曲一日之快；遂至名节大防扫地以尽者，曰：惟小说之故。今我国民轻弃信义，权谋诡诈，云翻雨覆，苛刻凉薄；驯至尽人皆机心，举国皆荆棘者，曰：惟小说之故。今我国民轻薄无行，沉溺声色，绻恋床笫，缠绵歌泣于春花秋月，销磨其少壮活泼之气；青年子弟自十五岁至三十岁，惟以多情多感多愁多病为一大事业，儿女情多，风云气少；甚者为伤风败俗之行，毒遍社会，曰：惟小说之故。今我国民绿林豪杰，遍地皆是，日日有桃园之拜，处处为梁山之盟，所谓"大碗酒大块肉分秤称金银论套穿衣服"一等思想，充塞于下等社会之脑中，遂成为哥老、大刀等会；卒至有如义和拳者起，沦陷京国，启召外戎，曰：惟小说之故。呜呼！小说之陷溺人群，乃至如是，乃至如是！……

任公之论，论小说也。实则其他诗文，亦皆如是；不过较之小说，有显晦缓急之别耳。昔沈约《宋书·谢灵运传论》,有"刚柔迭用"之说;刘勰《文心雕龙·镕裁篇》,亦发"刚柔立本"之论。姚鼐窃之,谓文为阴阳刚柔之发(《答鲁絜非书》)。曾国藩更广之为太阳太阴少阳少阴四象(见吴汝纶《记古文四象后》)。此言不尽无理。今就文学之功效言之,大抵阳刚之文,利在刺激;阴柔之文,宜于慰藉。例如骆宾王为《徐敬业以武后临朝移诸郡县檄》:

> 伪临朝武氏者,性非和顺,地实寒微。昔充太宗下陈,尝以更衣入侍;洎乎晚节,秽乱春宫。密隐先帝之私,阴图后庭之嬖。入门见嫉,蛾眉不肯让人;掩袖工谗,狐媚偏能惑主。践元后于翚翟,陷吾君于聚麀。加以虺蜴为心,豺狼成性,近狎邪僻,残害忠良,杀姊屠兄,弑君鸩母。人神之所共疾,天地之所不容。犹复包藏祸心,窥窃神器;君之爱子,幽之于别宫;贼之宗盟,委之以重任。呜呼!霍子孟之不作,朱虚侯之已亡。燕啄皇孙,知汉祚之将尽;龙漦帝后,识夏庭之遽衰。敬业皇唐旧臣,公侯冢子,奉先君之成业,荷本朝之厚恩。宋微子之兴悲,良有以也;袁君山之涕流,岂徒然哉!是用气愤风云,志安社稷,因天下之失望,顺宇内之推心。爰举义旗,誓清妖孽。南连百越,北尽三河,铁骑成群,玉轴相接。海陵红粟,仓储之积靡穷;江浦黄旗,匡复之功何远。班声动而北风起,剑气冲而南斗平;喑呜则山岳崩颓,叱咤则风云变色。以此制敌,何敌不摧;以此图功,何功不克?公等或家传汉爵,或地协周亲,或膺重寄于爪牙,或受顾命于宣室。言犹在耳,忠岂忘心?一抔之土未干,六尺之孤安在?倘能转祸为福,送往事居,共立勤王之勋,无废旧君之命,凡诸爵赏,同指山河。若其眷恋穷城,徘徊歧路,坐昧先几之兆,必贻后至之诛。请看今日之域中,竟是谁家之天下!

此文真所谓"气薄云天,笔挟雷霆",读之者自不觉为之慨愤激昂。武后叹为才人,归咎于宰相不举,真可谓临海知己矣。又如岳飞《满江红》:

> 怒发冲冠,凭栏处、潇潇雨歇。抬望眼,仰天长啸,壮怀激烈。三十功名尘与土,八千里路云和月。莫等闲、白了少年头,空悲切!
>
> 靖康耻,犹未雪;臣子恨,何时灭?驾长车,踏破贺兰山缺。壮志饥餐胡虏肉,笑谈渴饮匈奴血。待从头收拾旧山河,朝天阙。

拔山倒海之气,足使山岳崩颓,风云变色。与同志者,固当精神百倍;当其锋者,谁不退避三舍乎?此所谓阳刚之文,其用利在刺激也。又如陶潜《移居》第一首:

> 昔欲居南村,非为卜其宅。闻多素心人,乐与数晨夕。怀此颇有年,今日从此役。弊庐何必广,取足蔽床席。邻曲时时来,抗言谈在昔。奇文共欣赏,疑义相与析。

又如陶潜《饮酒》第五首:

> 结庐在人境,而无车马喧。问君何能尔?心远地自偏。采菊东篱下,悠然见南山。山气日夕佳,飞鸟相与还。此中有真意,欲辨已忘言。

又如王维《归嵩山作》:

> 清川带长薄,车马去闲闲。流水如有意,暮禽相与还。荒城临古渡,落日满秋山。迢递嵩高下,归来且闭关。

又如王维《归辋川作》:

> 谷口疏钟动,渔樵稍欲稀。悠然远山暮,独向白云归。菱蔓弱难定,杨花轻欲飞。东皋春草色,惆怅掩柴扉。

读此等诗,又恍若临桑田草庐,听山水清音,潇洒之想,油然而生。"穷贱易安,幽居靡闷"真非虚语。此所谓阴柔之文,其用宜于慰藉也。文学功效,固不可以一二端尽,然大略已具足矣。

总之,文学之功效,在作者方面,可以发引性灵,播声百代。在读者方面,就消极而言,可以满足人性最高一部分之需求;就积极而言,则不惟满足需求而已,兼可以转移人之精神之方向也。又尝论之,人类之精神,为其生活之原动力,而文学实可以左右之。其功效之大,可想而知。惟是之故,故凡学术家、政治家欲推行其学说或政见,恒假文学为手段。清末之立宪运动,近年之新文化运动,清末及近年之革命运动;其恃文学为宣传鼓吹之具,尤为显著。盖非是不易转人之精神,坚人之信仰,其收效不能如是之速也。

第五篇　文学之特质

文学之定义既明,其范围又已确定。就其本体而论其特质,并非难事。然若不与科学、哲学相比较,其特质不易显著。明乎文学与科学、哲学相异之点,其特质自见矣。梅光迪谓文学与科学、哲学之异点有四(《文学概论讲义》第一章),今本其目而略为去取,亦著为四事。至持论则不必定袭梅氏也。

（一）具体与分析

文学家之目的,与科学家、哲学家之目的,根本不同。盖一在求美一在求真,迥乎异矣。

惟科学、哲学之目的在求真也,故其于一事也,必将原因结果种种经过,详为分析,以求真理之所在。于一物也,必将内外各体,详为解剖,而后敢定其是非。非然者,其事非真伪,不敢强为断定也。

文学家之目的,既在乎美,而美之存在,恒寄于物之全体。故文学家之观察一物也,其所见者,常为全物,而非物之某一部分。盖美物一经分析,其美即将失去矣。

譬有一花于此,其瓣蕊萼叶枝干,茂丽异常。植物学家欲研究此花,必将瓣蕊萼叶枝干,分为数部;甚或将各部更为分析,目力之所不及者,更以显微镜察之,其研究之结果始见。然若将一花分为数部,更取各部而分析之,其花之美,尚何存乎？文学家之欣赏此花也,必综各部而合观之,然后施以艺术手段之描写,其青枝绿叶、嫣红姹紫之态,始毕见纸上矣。

文学家与科学家、哲学家之观察事物,既已不同如是。故其论断是务之态度,亦判然异途。

譬如善恶二字,哲学中判断人生行为之名词也。顾哲学家言,必推究何者为善,何者为恶,人生行为为何宜善而不宜恶,源源本本,成一有系统之学说。

文学家则异是。彼不言何者为善,何者为恶等问题,而惟状一善人恶人,使其声音笑貌,历历如生,毕现于读者之前。不必成一学说,而善恶之价值自见。易言之,即哲学家所用者为"分析"方法,文学家所用者为"具体"方法也。兹举数例,以见一斑。如杜甫之《石壕吏》:

> 暮投石壕村,有吏夜捉人。老翁逾墙走,老妇出门看(一作老妇出看门,又看字或作首)。吏呼一何怒!妇啼一何苦!听妇前致词:"三男邺城戍。一男附书至,二男新战死。存者且偷生,死者长已矣!室中更无人,惟有乳下孙。有孙母未去,出入无完裙。老妪力虽衰,请从吏夜归。急应河阳役,犹得备晨炊。"夜久语声绝,如闻泣幽咽。天明登前途,独与老翁别。

此诗不言人主不当穷兵黩武,惟写战争时百姓所受之害,所谓具体方法异乎科学、哲学者也。故胡适评之曰:"这首诗写天宝之乱,只写一个过路投宿的客人夜里偷听得的事,不插一句议论,能使人觉得那时代征兵之制的大害,百姓的痛苦,丁壮死亡的多,差役捉人的横行,一一都在眼前,捉人捉到生了孙儿的祖老太太,别的更可想而知了。"(《胡适文存》卷一《论短篇小说》)又曰:"寥寥一百二十个字,把那个时代的征兵制度,战祸,民生痛苦,种种抽象的材料,都一齐描写出来了。这是何等具体的写法!"(《谈新诗》)又如白居易之《卖炭翁》:

> 卖炭翁,伐薪烧炭南山中。满面尘灰烟火色,两鬓苍苍十指黑。卖炭得钱何所营?身上衣裳口中食。可怜身上衣正单,心忧炭贱愿天寒。夜来城外一尺雪,晓驾炭车辗冰辙。牛困人饥日已高,市南门外泥中歇。翩翩两骑来是谁?黄衣使者白衫儿。手把文书口称敕,回车叱牛牵向北。一车炭,千余斤,官使驱将惜不得。半匹红纱一丈绫,系向牛头充炭直。

此诗写穷民之苦,皇差之暴,直使千载后读之,犹觉不平。然亦正未论及皇差之不应暴也。此亦所谓"具体"方法,与科学家、哲学家异。又如马致远之《天净沙》(本朱彝尊《词综说》):

> 枯藤老树昏鸦,小桥流水人家,古道西风瘦马,夕阳西下——断肠人在天涯。

胡适评之曰："这首小曲里有十个影像，连成一串，并作一片萧瑟的空气，这是何等的具体的写法。"（《胡适文存》卷一《谈新诗》）又如王实甫《西厢记》第四剧第四折之〔雁儿落〕：

绿依依墙高柳半遮，静悄悄门掩清秋夜。疏剌剌林梢落叶风，昏惨惨云际穿窗月。

继前文者为〔得胜令〕，其词曰：

惊觉我的是颤巍巍竹影走龙蛇，虚飘飘庄生梦蝴蝶。絮叨叨促织儿无休歇，韵悠悠砧声儿不断绝。痛煞煞伤别，急煎煎好梦儿难舍。冷清清的咨嗟，娇滴滴玉人儿何处也？

梦后情景，如在目前。王国维谓其佳处在："以许多俗语自然之声音形容之。"（《宋元戏曲史》第十二章《元剧之文章》）是固然。然若不以"具体"方法描写，能感人如是乎？

王国维论词，曾有境界之说。其《人间词话》曰：

词以境界为最上。有境界则自成高格，自有名句。五代北宋之词所以独绝者在此。

然词之境界之佳者，亦正以其用"具体"写法也。如秦观之《踏莎行·郴州旅舍》：

雾失楼台，月迷津渡，桃源望断无寻处。可堪孤馆闭春寒，杜鹃声里斜阳暮！

此词境界佳矣。其所以佳者，以其用"具体"写法也。

抑所谓境界者，非专指物境而言，有情境焉。故《人间词话》又曰：

境非独谓景物也，喜怒哀乐，亦人心中之一境界。故能写真景物、真感情者，谓之有境界。否则谓之无境界。

又不惟有心境，更有事境焉。故王氏《宋元戏曲史》第十二章《元剧之文章》有曰：

元剧最佳之处,不在其思想结构而在其文章。其文章之妙,亦一言以蔽之曰:有意境而已矣。何以谓之有意境?曰:写情则沁人心脾,写景则在人耳目,述事则如其口出是也。古诗词之佳者,无不如是。元曲亦然。

王氏举郑光祖《倩女离魂》第三折为写情之例,其辞曰:

[醉春风]空服遍腽眩药不能痊,知他这脂懑病何日起?要好时直等的见他时,也只为这症候因他上得,得。一会家缥缈呵,忘了魂灵;一会家精细呵,使著躯壳;一会家混沌呵,不知天地。

[迎仙客]日长也愁更长,红稀也信尤稀。春归也奄然人未归。我则道相别也数十年,我则道相隔着几万里。为数归期,则那竹院里刻遍琅玕翠。

此词真如弹丸脱手,后人无能为役。然所以能沁人心脾者,正以其用具体方法也。王氏又举关汉卿《窦娥冤》第二折为情事兼写之例,其辞曰:

[斗虾蟆]空悲戚,没理会,人生死,是轮回。感著这般病疾,值著这般时势,可是风寒暑湿,或是饥饱劳役,各人证候自知。人命关天关地,别人怎生替得,寿数非于今世。相守三朝五夕,说甚一家一计。又无羊酒段匹,又无花红财礼。把手为活过日,撒手如同休弃。不是窦娥忤逆,生怕傍人论议。不如听咱劝你,认个自家悔气。割舍的一具棺材,停置几件布帛。收拾出了咱家门里,送入他家坟地。这不是你那从小儿年纪指脚的夫妻。我其实不关亲,无半点凄惶泪。休得要心如醉,意似痴。便这等嗟嗟怨怨,哭哭啼啼。

此曲直是宾白,令人忘其为曲。真所谓"若自其口出"者也。如无"具体"写法,能感人如是乎?由此观之,文学之特质为"具体的",可见一斑矣。抑所谓"具体"者,又非专指其描写方法而言,文学之本体亦如是也。曾国藩《与刘孟容书》曰:

字与字相续而成句,句与句相续而成篇。

《文心雕龙·章句篇》曰:

夫人之立言，因字而生句，积句而成章，积章而成篇。篇之彪炳，章无疵也；章之明靡，句无玷也；句之清英，字不妄也。

故字实为文章之本。然文章之美，不在于各个字；而存于"积字而为句，积句而成章，积章而成篇"。苟任取诗文一篇而分析之，以其各个字置于各处，则诗文之价值尽失。故文学之本体，亦为"具体的"而非"分析的"也。例如有下列两组散字：

第一组

二 曾 恨 春 曲 前 人 息 江 十 与 无 千 板 上 今 一 年 美 消 条 桥 别 朝 柳 旧 桥 到

第二组

明 夜 梦 一 可 不 心 雁 天 月 来 游 枕 惜 向 期 将 远 茫 应 熟 啼 人 吴 误 秋 青 茫 照 处 秋 生 城 去 山 南 雨 住 暮 桥 路

第一组共二十八字，第二组共四十一字。吾人观此二十八字或四十一字，绝不能定各个字价值之高下，亦绝不能生美感也。然第一组之二十八字，经刘禹锡以艺术手段连缀之，则为《杨柳枝词》：

春江一曲柳千条，二十年前旧板桥。曾与美人桥上别，恨无消息到今朝！

第二组之四十一字，经吴文英以艺术手段连缀之，则成《点绛唇·有怀苏州》：

明月茫茫，夜来应照南桥路。梦游熟处，一枕啼秋雨。可惜人生，不向吴城住。心期误。雁将秋去。天远青山暮。

至此吾人复观前两组字，顿觉各字皆有光彩，美感亦因之而生。故知文学之美，存乎全体，不在其某部分。易言之，即为"具体的"而非"分析的"也。

（二）主观与客观

科学家、哲学家既以求真为目的，事物之真伪是非，即存乎事物之本体，研究事物者绝不能以意为之；甚或几经实验，始能施以论断。故科学家、哲学家恒持"客观"态度。"想当然耳"之事，两家所绝无也。

文学家则不然。文学为感情之产物，感情之发，存乎自身，故文学家恒持"主观"态度。虽体物之作，有似客观，然亦不过因物起兴，别有所喻，仍以情感为主。

惟如是也，故同一花卉，科学家视之，不过瓣萼枝叶之结合；文学家视之，则兴美人香草之思。浮云蔽白日，科举家视之，不过物理之变化；文学家视之，乃有佞邪欺君之感。花开花落，理所恒在，文学家或以之而感盛衰；水流山静，自然现象，文学家或因之而寄幽情。此无他，皆"主观客观"为之也。闲尝考之，古今文学家同写一物，无相同者。如上官仪《入朝洛堤步月》：

  脉脉广川流，驱马历长洲。
  鹊飞山月曙，蝉噪野风秋。

李峤《中秋月》：

  圆魄上寒空，皆言四海同。
  安知千里外，不有雨和风。

王维《竹里馆》：

  独坐幽篁里，弹琴复长啸。
  深林人不知，明月来相照。

孟浩然《宿建德江》：

  移舟泊烟渚，日暮客愁新。
  野旷天低树，江清月近人。

薛奇童《吴声子夜歌》：

  尽扫黄金阶，飞霜皓如雪。
  下帘弹箜篌，不忍见秋月。

韦应物《琅琊怀深标二释子》：

> 白云埋大壑,阴崖滴夜泉。
>
> 应居西石室,月照山苍然。

钱起《江行无题诗》:

> 兵火有余烬,贫村才数家。
>
> 无人争晓渡,残月下寒沙。

李益《水宿闻雁》:

> 早雁忽为双,惊秋风水窗。
>
> 夜长人自起,星月满空江。

以上所举,均为诗人描写月夜之作,或抒高怀,或发怨思。或写清旷,或陈寂寞。无相同者。虽曰物境之变,而心境实为之主焉。梁启超《饮冰室自由书》有《惟心》一篇,与此间所论,可互相发明。其言曰:

> 境者,心造也。一切物境皆虚幻,惟心所造之境为真实。同一月夜也:琼筵羽觞,清歌妙舞,绣帘半开,素手相携,则有余乐。劳人思妇,对影独坐,促织鸣壁,枫叶绕船,则有余悲。同一风雨也:三两知己,围炉茅屋,谈今道故,饮酒击剑,则有余兴。独客远行,马头郎当,峭寒侵肌,流潦妨毂,则有余闷。"月上柳梢头,人约黄昏后",与"杜宇声声不忍闻,欲黄昏,雨打梨花深闭门"。同一黄昏也,而一为欢憨,一为愁惨,其境绝异。"桃花流水杳然去,别有天地非人间",与"人面不知何处去,桃花依旧笑春风"。同一桃花也,而一为清静,一为爱恋,其境绝异。"舳舻千里,旌旗蔽空,酾酒临江,横槊赋诗",与"浔阳江头夜送客,枫叶荻花秋瑟瑟。主人下马客在船,举酒欲饮无管弦"。同一江也,同一舟也,同一酒也,而一为雄壮,一为冷落,其境绝异。然则天下岂有物境哉?但有心境而已。

任公所论,最为明晰,不啻为习文学者说法也。又常论之,一人之感情,亦时有变易。故一人同咏一物,因今昔心境有异,其作品亦异趣焉。李商隐《霜月》诗曰:

初闻征雁已无蝉,百尺楼高水接天。青女素娥俱耐冷,月中霜里斗婵娟。

《月夕》诗曰:

草下阴虫叶上霜,朱栏迢递压湖光。兔寒蟾冷桂花白,此夜姮娥应断肠。

《常娥》诗曰:

云母屏风烛影深,长河渐落晓星沉。常娥应悔偷灵药,碧海青天夜夜心。

《西亭》诗曰:

此夜西亭月正圆,疏帘相伴宿风烟。梧桐莫更翻清露,孤鹤从来不得眠。

《同学彭道士参寥》诗曰:

莫羡仙家有上真,仙家暂谪亦千春。月中桂树高多少?试问西河斫树人。

《偶题》诗之二曰:

清月依微香露轻,曲房小院多逢迎。春丛定是饶栖鸟,饮罢莫持红烛行。

《月》诗曰:

过水穿楼触处明,藏人带树远含情。初生欲缺虚惆怅,未必圆时即有情。

《夜冷》诗曰:

树绕池宽月影多,村砧坞笛隔风萝。西亭翠被余香薄,一夜将愁向败荷。

以上所引,均为义山月夜之作。其所写情景,亦各不同。物境之变,固亦有焉,心境实为之主也。沈端节《虞美人》曰:

> 去年寒食初相见,花上双飞燕。今年寒食又花开,垂下重帘,不许燕归来。

寒食犹是也,双燕犹是也,而心情变矣。朱淑真《生查子·元夕》曰:

> 去年元夜时,花市灯如昼。月上柳梢头,人约黄昏后。今年元夜时,月与灯依旧。不见去年人,泪湿青衫袖。

同一元夜也,同一花市也,同一月也,同一灯也,而心境变矣。沈、朱之作,直为文学家之自述矣。

闲尝论之,文学家多主泛神论,风花雪月一切无知识之物,文学家咸能加之以人格化,一若其真有感情意志然,故可以任其"主观"而支配之也。李白《九日龙山饮》曰:

> 九日龙山饮,黄花笑逐臣。
> 醉看风落帽,舞爱月留人。

黄花既不解笑,月亦何能留人。此李白任意支配花月也。《劳劳亭》曰:

> 天下伤心处,劳劳送客亭。
> 春风知别苦,不遣柳条青。

春风何能知离别之苦?柳条之青,亦非所遣,此太白命令春风也。王昌龄《送窦七》曰:

> 清江月色傍林秋,波上荧荧望一舟。鄂渚轻舟须早发,江边明月为君留。

月既无识,何解留客?此自欲留客而假月为辞耳。举上三例,足见一斑。凡此皆根文学家之"主观"而生,科学家、哲学家绝不能作此类语也。

(三) 真实与虚伪

科学家、哲学家既以求真理为目的,故研究之结果,或是或非,或"真"或

"伪",其言必甚确实。科学、哲学之可以见诸实验者,固如是矣。即其不能见诸实验,而专任理想者,其理想亦必有所根据。据一定之原理,始能得相当之结论,绝无"以意为之""想当然耳"之事也。如哲学家之解释宇宙,或主进化,或主创化,或主轮化,其论固有不同。然无论所主如何,其言论必有所根据。持之有故,言之成理,始能成一家之学说。故其所言虽未必尽是,而当其发为此论时,其个人必认为有"真实"性也。文学则不然。文学之内容,既为感情想像,感情无评判是非真伪之力,想像亦常流于虚幻,故文学家之目的,惟其美不惟其"真"。盖真者未必尽美,美者未必尽真也。故刘申叔《论美术与征实之学不同》(《国粹学报》丁未第三十三期)曰:

> 贵真者近于征实,贵美者近于饰观。至于徒尚饰观,不求征实,而美术之学遂与征实之学相违。何则?美术者,以饰观为主者也。既以饰观为主,不得不迁就以成其美。

又曰:

> 盖美术以性灵为主,而实学则以考核为凭。若于美术之微,必欲责其征实;则与美术之学,反去之远矣。

文学即美术之一,故文学家之言,亦恒不能征信。前述《主观与客观》,谓文学家主泛神论,一切无知识之物,均能加之以人格化。故李太白可使黄花解笑,王少伯能遣明月留人。此即文学不能征实之验也。是理也,古人亦尝有论之者。《孟子·万章上》曰:

> ……咸丘蒙曰:"舜之不臣尧,则吾既得闻命矣。《诗》云:'普天之下,莫非王土;率土之滨,莫非王臣。'而舜既为天子矣,敢问瞽瞍之非臣如何?"曰:"是《诗》也,非是之谓也。劳于王事,而不得养父母也。曰:'此莫非王事,我独贤劳也。'故说《诗》者,不以文害辞,不以辞害志,以意逆志,是为得之。如以辞而已矣,《云汉》之诗曰:'周余黎民,靡有孑遗。'信斯言也,是周无遗民也。"

《尽心下》孟子又曰:

> 尽信书,则不如无书。吾于《武成》,取二三策而已矣。仁人无敌于天下,以至仁伐至不仁,而何其血之流杵也。

文学家之言不能征实,盖孟子有以知之矣。其后荀子谓:"善为诗者不说。"董仲舒谓:"诗无达诂。"王应麟《困学纪闻》谓即孟子"不以文害辞不以辞害志"之意。故孟子之说《诗》《书》,实开后儒无限法门。

刘向《说苑·奉使篇》亦曰:

> 《诗》无通故,《易》无通占,《春秋》无通义。

盖文学家之语,乃文言而非质言。故每事增益,不如此不足使读者娱心悦目也。王充《论衡·艺增篇》论此理甚详。其言曰:

> 著文垂辞,辞出溢其真,称美过其善,进恶没其罪。何则?俗人好奇,不奇言不用也。故誉人不增其美,则闻者不快其意;毁人不益其恶,则听者不惬于心。……

《艺增篇》又举多例以明之。其言曰:

> 《尚书》:"协和万国。"是美尧德致太平之化,化诸夏并及夷狄也。言协和方外,可也;言万国,增之也。夫唐之与周,其治五千里内。周时诸侯千七百九十三国,荒服戎服要服,及四海之外不粒食之民,若穿胸儋耳焦侥跂踵之辈,并合其数,不能三千。天之所覆,地之所载,尽于三千之中矣。而《尚书》云万国,褒增过实,以美尧也。欲言尧之德大,所化者众,诸夏夷狄,莫不雍和,故曰万国。犹《诗》曰"子孙千亿"矣。美周宣王之德,能慎(一作顺)天地,天地祚之,子孙众多,至于千亿。言子孙众多,可也;言千亿,增之也。夫子孙虽众,不能千亿。诗人颂美,增益其实。案:后稷始受邰封,迄于宣王,宣王以至外族内属,血脉所连,不能千亿。夫千与万,数之大名也。万言众多,故《尚书》言万国,《诗》言千亿。《诗》云:"鹤鸣九皋,声闻于天。"言鹤鸣九折之泽,声闻于天,以喻君子修德穷僻,名犹达朝廷也。其闻高远,可矣;言其闻于天,增之也。彼言声闻于天,见鹤鸣于云中,从地听之,度其声鸣于地,当复闻于天也。夫鹤鸣云中,人闻声仰而视之,目见其形,

耳目同力,耳闻其声,则目见其形矣。然则耳目所闻见,不过十里。使参天之鸣,人不能闻也。何则？天之去人以万数,远则目不能见,耳不能闻。今鹤鸣从下闻之,其鸣近也。以从下闻其声,则谓其鸣于地,当复闻于天,失其实矣。其鹤鸣于云中,人从下闻之；如鸣于九皋,人无在无上者,何以知其闻于天上也？无以知,意从准况之也。诗人或时不知至诚以为然,或时知而欲以喻事,故增而甚之。《诗》曰："维周黎民,靡有孑遗。"是谓周宣王之时,遭大旱之灾也。诗人伤旱之甚,民被其害,言无有孑遗一人不愁痛者。夫旱甚则有之矣；言无有孑遗一人,增之也。夫周之民,犹今之民也。使今之民也,遭大旱之灾,贫羸无蓄积,扣心思雨；若其富人谷食饶足者,廪囷不空,口腹不饥,何愁之有？天之旱也,山林之间不枯；犹地之水,丘陵之上不湛也。山林之间,富贵之人,必有遗脱者矣。而言靡有孑遗,增益其文,欲言旱甚也。

仲任之论,剀切著明。其下文举证甚多,兹不多引。《论衡》又有《语增》《儒增》《书虚》等篇,持论亦与此相近。学者可视览之。《文心雕龙·夸饰篇》亦论此理,其言曰：

自天地以降,豫入声貌,文辞所被,夸饰恒存。虽《诗》《书》雅言,风格训世,事必宜广,文亦过焉。是以言峻则嵩高极天,论狭则河不容舠；说多则子孙千亿,称少则民靡孑遗。襄陵举滔天之目,倒戈立漂杵之论。辞虽已甚,其义无害也。且夫鸮音之丑,岂有泮林而变好；荼味之苦,宁以周原而成饴？并意深褒赞,故义成矫饰。大圣所录,以垂宪章。孟轲所云："说诗者不以文害辞,不以辞害意"也。

至如气貌山海,体势宫殿,嵯峨揭业,熠耀焜煌之状,光采炜炜而欲然,声貌岌岌其将动矣。莫不因夸以成状,沿饰而得奇也。于是后进之才,奖气挟声,轩翥而欲奋飞,腾掷而羞局步；辞入炜烨,春藻不能程其艳；言在萎绝,寒谷未足成其凋。谈欢则字与笑并,论戚则声共泣偕。信可以发蕴而飞滞,披瞽而骇聋矣。

古人论文,此类甚多,不能遍举。故文学家之言,绝不能科之以真实也。今复举古人文辞以明之。屈原《离骚》曰：

……跪敷衽以陈辞兮,耿吾既得此中正。驷玉虬以乘鹥兮,溘埃风余上征。朝发轫于苍梧兮,夕余至乎县圃。欲少留此灵琐兮,日忽忽其将暮。吾令羲和弭节兮,望崦嵫而勿迫。路曼曼其修远兮,吾将上下而求索。饮余马于咸池兮,总余辔乎扶桑。折若木以拂日兮,聊逍遥以相羊。前望舒使先驱兮,后飞廉使奔属。鸾皇为余先戒兮,雷师告余以未具。吾令凤鸟飞腾兮,继之以日夜。飘风屯其相离兮,帅云霓而来御。纷总总其离合兮,斑陆离其上下。吾令帝阍开关兮,倚阊阖而望予。时暧暧其将罢兮,结幽兰而延伫。世溷浊而不分兮,好蔽美而嫉妒。朝吾将济于白水兮,登阆风而绁马。忽反顾以流涕兮,哀高邱之无女。溘吾游此春宫兮,折琼枝以继佩。及荣华之未落兮,相下女之可诒。吾令丰隆乘云兮,求宓妃之所在。解佩纕以结言兮,吾令蹇修以为理。纷总总其离合兮,忽纬繣其难迁。夕归次于穷石兮,朝濯发于洧盘。保厥美以骄傲兮,日康娱以淫游。虽信美而无礼兮,来违弃而改求。览相观于四极兮,周流乎天余乃下。望瑶台之偃蹇兮,见有娀之佚女。吾令鸩为媒兮,鸩告余以不好。雄鸠之鸣逝兮,余犹恶其佻巧。心犹豫而狐疑兮,欲自适而不可。凤皇既受诒兮,恐高辛之先我。欲远集而无所止兮,聊浮游以逍遥。及少康之未家兮,留有虞之二姚。理弱而媒拙兮,恐道言之不固。世溷浊而嫉贤兮,好蔽美而称恶。闺中既已邃远兮,哲王又不寤。怀朕情而不发兮,余焉能忍与此终古。……

此段所陈纯属虚构,绝不能证之以事实也,然此犹不过一篇之中一段耳。古人之文,全篇纯属空想者,亦数见不鲜。屈原《九歌·湘夫人》曰：

帝子降兮北渚,目渺渺兮愁予。袅袅兮秋风,洞庭波兮木叶下。登白薠兮骋望,与佳期兮夕张。鸟何萃兮苹中,罾何为兮木上? 沅有芷兮澧有兰,思公子兮未敢言。荒忽兮远望,观流水兮潺湲。麋何食兮庭中,蛟何为兮水裔? 朝驰余马兮江皋,夕济兮西澨。闻佳人兮召余,将腾驾兮偕逝。筑室兮水中,葺之兮荷盖。荪壁兮紫坛,播芳椒兮成堂。桂栋兮兰橑,辛夷楣兮药房。罔薜荔兮为帷,擗蕙櫋兮既张。白玉兮为镇,疏石兰兮为芳。

芷葺兮荷屋,缭之兮杜蘅。合百草兮实庭,建芳馨兮庑门。九嶷缤兮并迎,灵之来兮如云。捐余袂兮江中,遗余褋兮醴浦。搴汀洲兮杜若,将以遗兮远者。时不可兮骤得,聊逍遥兮容与!

湘夫人本为莫须有之物,而篇中所言,又属空想,此全篇不能征实者也。后此如宋玉《神女赋》、曹植《洛神赋》、陶潜《桃花源记》及理想派之小说,亦皆如此。抑文学家之言,不惟其内容不能征实,其造句亦时违常轨。如江淹《恨赋》曰:

或有孤臣危涕,孽子坠心。

涕当云坠,心当云危,易坠涕为危涕,易危心为坠心,显与事实相违矣。又如杜甫《醉时歌》:

清夜沉沉动春酌,灯前细雨檐花落。

灯檐二字互易,始能有意。故普通所谓文法,不能持之以律文学家之文也。不惟此也,文人之用事,亦有乖于"真实"者。故刘师培《论美术与征实之学不同》曰:

文人之失,或用事不考其源。如海客乘槎,误为博望;姮娥窃药,指为羿妻,是也。

不惟用事如此,文学家之用字,亦时有乖"实"者。《说文解字》第一上"玉部"云:

琼,赤玉也。

而谢惠连《雪赋》乃曰:

庭列瑶阶,林挺琼树。

此间琼字作白色解,与字之本义相违矣。

或曰:苟如所论,文学家之言,既不足取信于人。宜其无价值矣。

曰:是不然。文学之作用,在使人受其感动。感情本无辨别是非真伪之力;故吾人读屈原之《离骚》《湘夫人》,止觉其情意缠绵,哀婉动人;读陶潜之《桃花源记》,亦如身入武陵洞中,精神上得大解脱。并不能辨其真伪,亦不暇辨其真伪也。盖文学家之言,虽时有失实之处;而所言亦自不能越乎人情之外,故胡适评《聊斋志异》曰:

> 蒲松龄虽喜说鬼狐,但他写鬼狐却都是人情世故,于理想主义之中,却带几分写实的性质。这实在是他的长处。(《论短篇小说》)

此评甚是。然则古今文人之作品,又岂独《聊斋志异》为然哉?

（四） 永久价值与暂时价值

科学哲学之价值,存乎真理。然世间无绝对之真理,苟世间有绝对真理,则世界之进化,将从此而终止矣。故前代所谓真理,后代或视为妄言。如古人以君臣间之道德为天经地义,今日三尺童子皆知其谬;以君臣之名既去,其道德亦无所附丽也。盖科学哲学上之所谓是非真伪,恒有进化,故每一定理发明时,举世无人反抗者,其定理固能轰动一时。然若有第二定理推倒前一定理时,前一定理即失其价值。此科学哲学所以止有"暂时价值"也。文学则不然。屈宋之骚赋,李杜之诗歌,或代更十数,或时历千年,后人犹讽高历赏,赞叹不置。继此以往,虽百世以下可知矣。

闲尝论之,文学作品,无理可言。故严羽《沧浪诗话》曰:

> 夫诗有别材,非关书也。诗有别趣,非关理也。

明华亭某氏《云间杂志》(见陆烜《奇晋斋丛书》)有曰:

> 古云:"诗有别才。"吾乡冯子潜不曾读《四书》,诗尽佳,有集行世。又一友少读书至《雍也》第六,即弃去,后作诗,亦有奇句。古语当亦有据。

诗即文学之一体,文学既无关乎书理,故无是非真伪可言。如《古诗十九首·冉冉孤生竹》曰:

> 冉冉孤生竹,结根泰山阿。与君为新婚,兔丝附女萝。兔丝生有时,夫妇会有宜。……

以此诗言之,首二句与三四两句有何关系?第四句与第三句又有何关系?

其中绝无道理可言。然此犹可以比语释之。至五六两句,则直以因果之口气出之。以论理学之公式列之,三四五六四句,似当如下式:

大前提 （我）与君（结）为新婚,（如）兔丝（之）附女萝。
小前提 （因）兔丝生有时,
结　论 （故）夫妇（即我与君）会有宜。

观上式不觉令人失笑,因兔丝之生于夫妇之会,绝无因果关系也。然吾人读此诗,止觉其美,有理无理,不暇置问。故文学之中,实无是非真伪可言;既无是非真伪,故后人不能推倒前人也。试执白居易之诗与吴伟业之诗相比较,其艺术之优劣,因各人眼光不同,容有可议;至谈及是非,则无可置喙处。故白吴之作,均有不朽之价值。

抑又有可论者,科学哲学之目的在使人知,文学之目的在使人感。故科学哲学于人心属理智范围,文学于人心属感情范围。人之判断是非真伪之能力,常随知识为高下;而人之感情则绝不随知识之高下为厚薄。故文明人之知识,较野蛮人为高,其感情不必较野蛮人为厚。古人之知识,较今人为低,其感情不必较今人为薄。盖知识之进化,甚为显著;而感情有无进化,则殊不易言。文学既为感情之表露,故古人之文学,历万代而常新也。

又有一事为吾人所不可不知者,科学哲学之不朽,全恃其真理之传播,其著作原文,则无足轻重。故研究地心吸力之理者,不必读牛顿（Newton）原著;研究几何学者,不必读游克立德（Znclids）原著也。文学则不然。吾人读古人之诗文,非欲得其真理也;除领略其情志之外,兼欲欣赏其文辞焉。故文学作品之原本,最为重要。此亦文学有"永久价值"之一因也。

第六篇　文学之起源

古人论文学之起源，约有三说。其一断自文字发明以后，其二则证之于古代文学之作品，其三则推论于未有文字之前。

主第一说者，以萧统为最著。《文选序》曰：

> 式观元始，眇觌玄风。冬穴夏巢之时，茹毛饮血之世，世质民淳，斯文未作，逮乎伏羲氏之王天下也，始画八卦，造书契，以代结绳之政，由是文籍生焉。《易》曰："观乎天文，以察时变；观乎人文，以化成天下。"文之时义远矣哉。

后人不明文学原理者，多主此说。直至近世，姚永朴《文学研究法·起源第一》犹引《说文序》而断断于文字之间。盖文学之在后世，与文字本不能相离；故一语及文学，即联想文字之发明，势宜然矣。实则为文学为达情之具，情之在人，与生俱来。小儿啼笑，即存诗意；愚夫谈谑，时见雅音。小儿愚夫，固不识文字为何物；然以其所表达者，书之竹帛，即为至美之文学。未有文字之前，其人禀气怀灵，自亦富有情感。其发舒情感，形诸歌咏，即为文学之起源。故论文学起源，决不能断自文字发明以后，昭明之言，未足信也。

主第二说者，以郑玄为最著。《诗谱序》曰：

> 诗之兴也，谅不于上皇之世。大庭轩辕逮于高辛，其时有无，载籍亦蔑云焉。《虞书》曰："诗言志，歌永言，声依永，律和声。"然则诗之道放于此乎？

康成之言，亦未足信。"夫人禀七情，应物斯感。**感物吟志**，诗因以生。情与生俱，诗由情发。虽黄农以上，载籍蔑云；而禀气怀灵，不容小异。原其所始，贵明情理；文或不传，何劳举例乎？"（旧著《毛诗周南经序传笺文例略说》）

主第三说者,以沈约为最有名。《宋书·谢灵运传论》曰:

> 民禀天地之灵,含五常之德,刚柔迭用,喜愠分情。夫志动于中,则歌咏外发。六义所因,四始攸系。升降讴谣,纷披风什。虽虞夏以前,遗文不睹;禀气怀灵,理无或异。然则歌咏所兴,宜自生民始也。

休文所论,至为明晰。《文心雕龙·原道篇》之言,似亦与此相近;惟尚依违于庖牺画卦,故不繁引。王灼《碧鸡漫志》曰:

> 或问歌曲所起。曰:天地始著人生焉,人莫不有心,此歌曲所以起也。

此说与休文之言可互相发明。

朱熹《诗集传序》,更进而论文学起源之理由。其言曰:

> 人生而静,天之性也;感于物而动,性之欲也。夫既有欲矣,则不能无思。既有思矣,则不能无言;既有言矣,则言之所不能尽,而发于吁嗟咏叹之余者,必有自然之音响节奏,而不能已焉。此诗之所以作也。

阮元《文言说》更证明初民文学,必为韵语。其言曰:

> 古人无笔砚纸墨之便,往往铸金刻石,始传久远。其著之简策者,亦有漆书刀削之劳,非如今人下笔千言,言事甚易也。……《左传》曰:"言之无文,行之不远。"此何也? 古人以简策传事者少,以口舌传事者多。以目治事者少,以口耳治事者多。故同为一言,转相告语,必有愆误(《说文》:"言,从口,辛声。"辛,愆也。)是必寡其词,协其音,以文其言;使人便于记诵,无能增改,且无方言俗语杂于其间,始能达意,始能行远。此孔子于《易》所以著文言之说也。古人歌诗箴铭谚说,凡有韵之文,皆此道也。《尔雅》《释训》主于训蒙,"子子孙孙"以下,用韵者三十二条,亦此道也。

由此言之,未有文字之前,人之传事,不更当以口舌乎? 其为韵语,更又何疑? 故沈王朱阮之说,于文学起源,析论至为精确,虽西儒之论,亦未能过也。

闲尝论之,明文学起源,当注意者,有三事焉。第一,当明文学发生之理由。第二,当明文学起源必为韵语。第三,当明最初文学之特质。此三事也,梅光迪

《文学概论》第二章,析论甚详,今略举其说以备论焉。

人类何因而有文学?其理由有四:一曰娱乐。人类为有情动物,避苦就乐,性所同然。文学可以标举兴会,慰藉性灵。因借以为娱情之具焉。二曰恢复疲乏。人类操劳过度,或忧患当前,生理心理,俱觉不适。高歌可以忘倦,吟咏足能破闷,因借之以消遣焉。以上二者,梅氏所谓"游戏性"也。三曰传世。梅氏所谓"历史性"也。不朽之心,贤愚所同。未有文字之前,父祖或酋长之功德,既不能著之竹帛,故每制为诗歌,以教部下而示子孙,使转相告语代代不绝。观古代文学,多叙先民遗烈,即其证矣。四曰自表。己有所感,乐与人共。乐感固尔,悲感亦然。盖神经一受刺激,即失其平,非经宣泄,则梦寐难安。所谓感物而动,动于中必形于外。虽欲自秘,若有不容自己者,文学为发引性灵之物,故借之以宣泄忧乐焉。

有上四因,故文学之发生,或转较其他美术为早。盖其他美术,多由模仿而生。如绘画由于模仿鸟兽蹄迒之迹,音乐由于模仿鸟兽之鸣声。而文学则发自内力,不由外仿也。

文学起源何以必先韵语?其理由有二:一曰韵文利于抒情也。文学本为抒情之物,而发舒情感,散文实远不及韵文。此理不必于深处追求,止就其能吟咏与否论之,其利钝自见矣。如韦庄《立春日作诗》曰:

> 九重天子去蒙尘,御柳无情依旧春。今日不关妃妾事,始知辜负马嵬人。

取此诗而加以改定,令其不合韵。如云:

> 九重天子去蒙尘,御柳无情依旧春,今日不关妃妾事,始知辜负杨贵妃。

"马嵬人"三字易作"杨贵妃",诗意无变,而表情如有不足,读者亦减却美感矣。

二曰韵文利于记诵流传也。文学发生既远在未有文字之前,自不能不借有韵之文,以便记诵而资流传。《汉书·艺文志》曰:

> 孔子纯取周诗,上采殷,下取鲁,凡三百五篇。遭秦而全者,以其讽诵不独在竹帛故也。

盖有韵之文利于记诵,故易于流传也。

最初文学之特质,可分四端言之:

一曰群众的。上古文学流传至今者,多无作者姓名,不知出自谁何之手。如《击壤歌》(皇甫谧《高士传》)、《康衢谣》(《列子》)、《诗三百》篇,大抵多民间歌谣,非如后世诗人专家所作也。

二曰自然的。古代文学,只求声韵和谐,无格律可言。苟有所感,吐辞即成。闾巷齐命,时有著作。《三百篇》中,不胜枚举。至后世则格律谨严,非文学专家,不能下笔矣。

三曰音乐的。《关雎序》曰:"言之不足,故嗟叹之;嗟叹之不足,故永歌之,永歌之不足,不知手之舞之足之蹈之也。"《诗三百》篇,皆可被之管弦。《左传》所载,列国往来,亦多歌诗以尽宾主之欢。此可证古初文学与音乐合一。自汉以后,诗乐分离矣。

四曰实用的。《吕氏春秋·季夏纪·古乐篇》曰:

> 昔葛天氏之乐,三人操牛尾投足以歌八阕:一曰《载民》,二曰《玄鸟》,三曰《遂草木》,四曰《奋五谷》,五曰《敬天常》,六曰《建帝功》,七曰《依地德》,八曰《总禽兽之极》。(高诱注曰:上皆乐之八篇名也)

《礼记·郊特牲》载伊耆氏之《蜡辞》曰:

> 土反其宅,水归其壑,昆虫毋作,草木归其泽。

上引两例,皆农人祀神之曲。盖原始文学,多起于宗教;而人类自保之具,莫急于食。故于祀神之际,常显其祈求焉。至于后世,则脱去先民实用之迹,进而为纯粹之艺术矣。

第七篇　文学之进化

文学既以情感为主，无是非可言，非如科学哲学可以后人推倒前人。故其进化，甚不易明。然亦绝不能谓其有退化也。乃国人好古情深，富保守性，以为前贤佳制，足以超绝百代；后辈继作，不易方轨古人，于是反有退化之说焉。

卢藏用《唐右拾遗陈子昂文集序》曰：

昔孔宣父以天纵之才，自卫反鲁。乃删《诗》定《礼》，述《易》道而修《春秋》。数千百年，文章灿然可观也。孔子殁二百岁而骚人作，于是怨丽浮侈之法行焉。汉兴二百年，贾谊马迁为之杰。宪章礼乐，有老成之风。长卿子云之俦，瑰诡万变，亦奇特之士也。惜其王公大人之言，溺于流杂而不显。其后班张崔蔡曹刘潘陆，随波而作。虽大雅不足，其遗风余烈，尚有典型。宋齐之末，盖憔悴矣。逶迤陵颓，流靡忘返。至于徐庾，天之将丧斯文也。后进之士，若上官仪者，继踵而生。于是风雅之道，扫地尽矣。

此其所论，在吾人观之，不惟不足证成进化之说，或乃适得其反焉。姚永朴《文学研究法·运会》第七曰：

……今纵而观之，虽历代英才，应运而出。然元明清文学逊于宋，宋逊于唐，唐逊于周秦两汉。岂不能不为时代所限与？

近见陈怀《辛白论文》，其《总论》第九亦曰：

呜呼！文章之道，与世运而俱衰。继而今以往，吾又不知其何所终矣！

周秦汉唐以迄明清之文学，何尝递代相逊；文章之道，亦不随世运以俱衰。曹丕《典论·论文》曰："常人贵远贱近。"姚陈二氏之为此言，将亦泥古不化之谓耶？

近年以来，胡适大昌文学进化之说。其进化观念，根其历史的文学观念而

来。其所谓历史的文学观念,详见其所著《历史的文学观念论》(《胡适文存》卷一)。其言曰:

> 居今日而言文学改良,当注重"历史的文学观念"。一言以蔽之,曰:一时代有一时代之文学。

一时代有一时代之文学,此言是矣。然不能持此以谈文学之进化也。乃胡氏《文学进化观念与戏剧改良篇》(《胡适文存》卷一)又曰:

> 文学进化观念有四层意义,每一层含有一个重要的教训。第一层总论文学的进化:文学乃是人类状态的一种记载,人类生活随时代变迁,故文学也随时代变迁,故一代有一代的文学。周秦有周秦的文学,汉魏有汉魏的文学,唐有唐的文学,宋有宋的文学,元有元的文学。《三百篇》的诗人做不出《元曲选》,《元曲选》的杂剧家也做不出《三百篇》。左邱明做不出《水浒传》,施耐庵也做不出《春秋左传》。这是文学进化观念的第一层教训,最容易明白,故不用详细引证了。……

各代有各代之文学,固也。然汉魏之文学不必较周秦为善;唐宋元之文学,亦不必递代相胜也。《三百篇》诗人不能作《元曲选》,左邱明不能作《水浒传》,固也。然《元曲选》《水浒传》之价值,能定其超过《三百篇》《春秋左传》乎?由是观之,胡氏所举之例,未足证明其文学进化之说也。

然胡氏又有例证焉。其《答钱玄同书》(《胡适文存》卷一)曰:

> 由诗而变为词,乃是中国韵文史上一大革命。五言七言之诗,不合语言之自然,故变而为词。词旧名长短句。其长处正在长短互用,稍近语言之自然耳。……
>
> 然词亦有二短:(一)字句终嫌太拘束;(二)只可用以达一层或两层意思,至多不过能达三层意思。曲之作,所以救此两弊也。有衬字,则字句不嫌太拘。可成套数,则可以作长篇。故词之变为曲,犹诗之变为词,皆所以求近语言之自然也。最自然者,终莫如长短无定之韵文。元人之小词,即是此类。……

胡氏之意，以为文学由不自然而趋于自然，为文学之进化。五七言之不自然，固也。然即总五七言律诗之格，不逾十数式。而词之调名，则数十倍于律诗而不止。且五七言诗，其字数皆有一定，甚为简单。而词之字数，则因调名而异。某句宜为三字，不能易为五字；某句宜为六字，不能易为七字。又除少数平仄皆可之字外，某句第几字应为平声，不能易为仄声；应为仄声，不能易为平声。某调宜押平韵，不能易为仄韵；某调宜押仄韵，不能易为平韵。以与五七言诗相较，孰为自然，孰为不自然，明鉴者自能知之。

曲源于词，而其规则又加严密。词不过辨平仄而已。曲则不仅明四声，且进而论阴阳焉。故词之变为曲，亦有自然而趋于不自然，与胡氏所论适相反也。且即依胡氏之论，五七言诗变为词，词变为曲，为由不自然而趋于自然，为进化。然若由五七言诗溯而上之，五七言之定形诗，固自长短句之不定型诗变化而来也。此亦为由不自然趋于自然乎？此亦为进化乎？若更自词曲之后言之，则胡氏之说，适足自陷。胡氏曰：

> 至于皮黄，则殊无谓。皮黄或十字为句，或七字为句，皆不近语言之自然。能手为之，或亦可展舒自如，不限于七字十字之句，如《空城计》之城楼一段是也。然不如直作长短句之更为自由矣。

皮黄固由曲转变而来，果如胡氏所论，皮黄不及曲之自然，是反退化矣。何其说之颠倒乎？

或曰：五七言诗变为词，词变为曲，果为进化否乎？曰：是进化也。其理当于后幅详之。惟胡氏以自然不自然为进化之标准，是大误耳。旧派退化之说，既不能成立；新派进化之说，又徒自赜而不足服人，于是无进无退之说生焉。吴芳吉《三论吾人眼中之新旧文学观》(《学衡》第三十一期》)曰：

> 新派以历史为进化之事，文学原理既根据于历史观念，则文学亦有进化。此新派人人所主张者也。自文学之大体观之，文自二典之后而有群经，群经之后而有诸子，诸子之后而有两京，两京之后而有六朝，有八家，似进化矣。诗自《三百篇》后而有《楚辞》，《楚辞》之后而有乐府，有古诗，乐府古诗之后，而有近体，而有词有曲，似亦进化矣。然文之奇者，莫过于周秦；

诗之雅者，莫高于唐宋。周秦以后未尝无文，要皆祖述于彼也；唐宋以后未尝无诗，要皆取则于此也。果有进化，胡为至斯而称极耶？又自个人观之。文如屈子《卜居》，东方《客难》，扬雄拟为《解嘲》，崔骃拟为《达旨》，班固拟为《宾戏》，张衡拟为《应闲》，愈下愈劣，至不可读。诗如苏李赠答，枚乘托兴，阮籍效为《咏怀》，陆机效为《拟古》，江淹效为《杂体》，子昂效为《感遇》，辗转相师，了无新气。似进化之说，未可必也。以是而又有文学退化之说。谓后世之文，如自高降下，每代不如。故科学贵于日新，文学宜于复古。此旧派中人所常谈也。然文学果为退化，则今日所从事者，但有歌谣已足。胡为后世之文密于战国，战国之文美于二代耶？韩愈《进学》一解，跨《卜居》《客难》而上之；李白大雅之词，较苏李枚乘而无愧。古今文士赢于一时而输于千载者，盖不可以数计矣。况复古不必有成，成亦必其无益。李杜已往之诗，韩柳已往之文，纵使依样复生，何足济于此世？人贵自立，岂在依附古人为欤？是退化之说，又未可为信也。诗之始也，无格调之异也。两汉以后而古风行，齐梁以后而近体作。古风擅乎自然，而失之平易；近体擅乎工整，而失之雕刻。孰为进化也欤？孰为退化也欤？文之初也，无体制之异也。至六朝而骈文倡，至中唐而古文盛。骈文之美丽以则，而其弊也淫俗；古文之美质以朴，而其弊也率浅。是又文之进化也欤？退化也欤？诗有近体，便有声律；文有散行，自生义法。此又不得不谓之进也。然死守声律，则机械不灵；拘执义法，则空疏无当，致流为后世索漠寡趣之文运，是又不得不谓之退矣。短篇小说，较章回之体为有剪裁，进矣。而竟穷滥不可收拾，退也。白话诗歌，较律绝之严为多自由，进矣。而今粗恶不由正道，退也。今之报纸文章，意无不达，以视昔之策论，进矣。而艺术不修，言多益少，退也。今之研究文章者，动引汉学家治经之法，分析综合，真伪无遗，进矣。而支离琐碎，不得体要，退也。是又孰真进耶？孰真退耶？孰可以进化论耶？孰可以退化定耶？有进有退，无进无退，旋进旋退，即进即退，进退相寻，终不可息，则吾果安归耶？然文学之推衍，不如是也。文学固非进化，亦非退化，文学乃由古今相孳乳而成也。古今相孳乳而成者，古今作家相生以成之谓也。如文之生字，字不离文，不得以九千之字，谓为五百余文之进化也。如父之生子，子实依父，然父不必贤于其子，子不必不肖于其父也。文学亦然。古人不必胜于今人，今人不必未及古人。后生可畏，然欲驾五经四史而上之，吾未敢遽信也。去日苦多，然欲得施曹小说，孔洪传奇而例之，吾未之能见也。……

吴氏所举之例虽未必尽当，而所论则甚有见地。盖文学之进化，与科学异。科学进化，后者当时，则前者无用。而文学之佳制，则撼之不倒，拟之不肖，追之不及，僭之不容，矫然特立，万古恒新。故与其谓文学为有进化，不若谓为演化之为愈也。

然察吴氏所以持无进无退之说者，以进化之标准不易定耳。吾三思之，穷鞫之，有三事足以当文学进化之标准，而与文学有永久价值之论，亦无妨碍焉。三事维何？一曰由简而繁。如古初文学，本无体制可言；后世文人标新立异，各体互兴，是也。二曰由朴而华。如古初文学，陈辞质实而归于实用；后世则力求新丽而成为纯粹之艺术，是也。斯二事也，萧统已先我论之矣。《文选序》曰：

若夫椎轮为大辂之始，大辂宁有椎轮之质；增冰为积水所成，积水曾微增冰之凛。何哉？盖踵其事而增华，变其本而加厉；物既有之，文亦宜然。随时变改，难可详悉。

尝试论之，曰：《诗序》云：“诗有六义焉：一曰风，二曰赋，三曰比，四曰兴，五曰雅，六曰颂。”至于今之作者，异乎古昔。古诗之体，今则全取赋名。荀宋表之于前，贾马继之于末。自兹以降，源流实繁。述邑居，则有"凭虚""亡是"之作；戒畋游，则有《长杨》《羽猎》之制。若其纪一事，咏一物，风云草木之兴，鱼虫禽兽之流，推而广之，不可胜载矣。又楚人屈原，含忠履洁，君匪从流，臣进逆耳。深思远虑，遂放湘南。耿介之意既伤，壹郁之怀靡诉。临渊有《怀沙》之志，吟泽有憔悴之容。骚人之文，自兹而作。

诗者，盖志之所之也。情动于中而形于言。《关雎》《麟趾》，正始之道著；《桑间》《濮上》，亡国之音表。故《风雅》之道，粲然可观。自炎汉中叶，厥涂渐异。退傅有《在邹》之作，降将著《河梁》之篇，四言五言，区以别矣。

又少则三字,多则九言,各体互兴,分镳并驱。颂者,所以游扬德业,褒赞成功。吉甫有"穆若"之谈,季子有"至矣"之叹。舒布为诗,既言如彼;总成为颂,又亦若此。次则箴兴于补阙,戒出于弼匡。论则析理精微,铭则序事清润。美终则诔发,图像则赞兴。又诏诰教令之流,表奏笺记之列,书誓符檄之品,吊祭悲哀之作,答客指事之制,三言八字之文,篇辞引序,碑碣志状,众制锋起,源流闲出。譬陶匏异器,并为入耳之娱;黼黻不同,俱为悦目之玩。作者之致,盖云备矣。

三曰由粗疏而精密。由粗疏而精密者,就艺术手段言之也。两汉小说,其结体散文,不若晋唐小说之精密。宋元明清之小说,又驾晋唐而上之。近日短篇小说结构之精奇,又非宋元明清人所能梦见。此其明证。斯理也,胡适亦尝论及之。其《论短篇小说》曰:

> 从唐人的吴保安,变成《今古奇观》的吴保安;从唐人的李汧公,变成《今古奇观》的李汧公;从汉人的伯牙子期,变成《今古奇观》的伯牙子期;这都是文学由略而详,由粗枝大叶而琐屑细节的进步。

所谓"由略而详由粗枝大叶而琐屑细节"者,即由粗疏而精密之谓也。

又如古代诗歌,本无定形,至汉而五七言之定形诗生矣。五七言诗虽有定形,无格律可言也。齐梁之后迄于唐初,律诗绝句生矣。律诗绝句之格律,甚为简单,唐至五代,词生矣。词不过明平仄四声而已,金元之曲,又兼明阴阳焉。凡此,皆由粗疏而精密之证也。然进化必有终极。诗之律至曲而极矣,赋至律赋而极矣。骈文至于死守声律而极矣,散文至于空谈义法而极矣。物不可极,极则止,故不能更有所进也。

第八篇　文学与时代

前篇述文学之进化,历举"进化""退化""无进无退"之说,是即文学之系于时代者。惟吾所谓"文学之进化",不过就其可言者而言。实则文学止有演变,何尝有"进化"乎?盖一语及进化,则后者当时,前者即归无用。验之历世文学,殊不若此;故与其谓为"进化",不若谓为"演化"也。或又谓文学既有永久价值,更何时代之足言?曰:是不然。文学家之作品,有时代性,更有永久性。就其永久性而言,可以传之千万世;就其时代性而言,则可代表一时代之精神与作风也。故梅光迪曰:

> 文学代表一时,亦足代表永久。(《文学概论讲义》第八章第二《文学与时代》)

明乎此,则可与论文学与时代之关系矣。

昔《礼记·乐记》论音,尝有"治世""乱世""亡国"之分。其言曰:

> ……是故治世之音安以乐,其政和;乱世之音怨以怒,其政乖;亡国之音哀以思,其民困。声音之道,与政通矣。

卫宏取此言入《关雎序》。后儒论文,亦因有"治世""衰世""乱世"之说焉。朱子曰:

> 有治世之文,有衰世之文,有乱世之文。六经,治世之文也。如《国语》委靡繁絮,真衰世之文耳。是时语言议论如此,宜乎周之不能振起也。至于乱世之文,则《战国》是也。然有英伟之气,非衰世《国语》文之比也……

汪琬亦曰:

> 昌明博大,盛世之文也;烦促破碎,衰世之文也;颠倒悖谬,乱世之文也。

前人之论，似此者甚多，兹不多举。吾师罗田王季芗先生更举历代之文，以为"治世""衰世""乱世"之证（详见《古文辞通义》卷十四）。其略曰：

> 国运盛则其文必盛。举证以示例：惟汉自开国后，以武帝时之文最隆；宋仁宗时次之。东京之初盛唐开元元大德明宣正之时，亦略有之。清康干时亦如之。……国运衰则其文必衰。举证以示例：惟宋明季年之文最弱。……世既乱则其文必乱，举证以示例：惟六朝五季为最下。……盖时运之变迁，征诸人心；人心之隆污，形诸言论；言论之和平噍厉，迎机互引。和平引和平，噍厉引噍厉。出于口为言论，笔于书为文章。所谓文以引声，声亦足以引文；故文者，人心之声也。《诗序》以声音区别治世衰世乱世，同此理也。秦人望东南而识汉天子之盛气，邵雍因鹃声而识宋朝廷之衰气；矧文字其著者乎？……

王先生又为辞以状"盛世""衰世""乱世"之文品曰：

> 大抵盛世之文，必气象光明正大。朱子所谓前辈为文，务为明白磊落，指事切情，而无含糊窝卷睢盱侧媚之态。使读者不过一再，即晓然知其论某事某策……衰世之文，必气象圆美，暗昧没灭。……乱世之文，非含锋厉杀伐之气，即含诡谲惨刻之气，与夫破决歧裂之气，不出此三等而已。……

文学既随世运为高下，故先儒论文，有文学与世运递降之说。魏禧曰：

> 自唐虞至于两汉，与世运递降者也。三代之文，不如唐虞；秦汉之文不如三代。此易见也。

魏源《古文类钞序》曰：

> 文章与世道为隆污。南宋之文，必不如北宋；晚唐之文，必不如中唐；两晋六季之文，必不如两汉；而东汉之文，必不如西京。

邵长蘅《三家文钞序》曰：

> 论者谓文章与世递降，信夫。六经不可以文论。周秦而下，文莫盛于西京，汉氏之东稍衰矣。沿至六朝，文几亡。唐振之，而唐之文不如汉。唐

末更五代之乱，文又亡。宋振之，而宋之文不逮唐。历元迄明而元明之文不逮宋。譬之大江然。岷峨道源，西京则瞿唐滟滪也，唐则嶓冢大别也，宋则浔阳马当也，元明至今，则金陵扬子而下流分派别，而潆洄于吴会者也。

二魏邵氏之说，盖本于宋之陈师道。《后山诗话》曰：

> 余以古文有三等：周为上，七国次之，汉为下。周之文雅，七国之文壮伟，其失骋；汉之文华瞻，其失缓；东汉而下无取焉。

此亦文学与世递降之说也。

详察前引诸论，实有不容赞同者。文学随世运而转变，固也。然世运之盛衰，殊不足以作文学美恶之标准。夫政治之施，期于修明，其美在乎中和；而文学之作，缘于激刺，其用存于哀乐。哀乐若用其极，即非中和之度。故治世之文，不过粉饰太平歌咏功德而已；而乱世之文，则感于时难，铺述得失，反较治世为合于文学原理也。《周颂》，《鲁颂》，治世之音，质朴无文；较之变风变雅，音清辞丽；其相去可以道里计乎？两汉词人之侈陈畋游，铺叙京邑，固有似治世之文，而乃不能免供奉文学之消；较之曹王之梗概多气，怊怅述情；其价值之高下，不待明者而后定也。陈叔宝之诗，李后主之词，昔人所谓亡国之音。然其辞采明丽，欢怨情深，固居文学之最上乘。于此益知文学与治道不相谋矣。故上引诸人所云云者，或未识文学之本体，或因于宗派之异同，均不得为定论也。

且即诸人所论，有一人而持二说者。魏禧既主张文学与世运递降之说，又兼发文学不与世运递降之论。其言曰：

> 自魏晋以迄于今，不与世运递降者也。魏晋以来，其文靡弱，至隋唐而极。而韩愈李翱诸人，崛起八代之后，有以振之，天下翕然敦古。梁唐以来，无文章矣；而欧苏诸人，崛起六代之后，古学于是复振。若以世代论，则李忠定之奏，卓然高出于陆宣公；王文成之文章，又岂许衡虞集诸人所可望？盖天下之运，必有所变。而天下之变，必有所止。使变而不止，则日降而无升。自魏晋靡弱，更千数百年以至于今，天下尚有文章乎？故曰：不与世运递降者也。

既言文学与世递降,又云不与世递降,几自相矛盾矣。

不惟此也,古人论文学与时代之关系,有全与前论相反者。顾仲恭《文章关乎世运论》曰:

> 文章之盛衰,非与世运合者也,乃与世运反者也。何以明之?三代以前,吾不得而知已。春秋之时,文莫盛于鲁,而鲁日以削。战国之时,文莫盛于楚,而楚怀客死,顷襄东走于陈。文士之聚,莫盛于齐之稷下,而齐滗至擢筋庙梁。秦燔诗书,尚耕战,遂以混一六国。汉之文,莫盛于孝武,而海内虚耗,文景之业替焉。成哀之世,书疏赋颂烂然也,而汉鼎为大盗移矣。灵帝尚词赋,建鸿都之学,而东汉遂亡。建安之七子,足以旗古今矣,而魏祚竟不永。自晋宋以迄梁陈,几于人握灵珠,而南风卒不竞。唐之文,一盛于开元,而玄宗有安史之厄;再盛于元和,而宪宗有不得正其终之恨。宋之文,莫盛于熙丰之际,而党禁遂起,宋业以衰。徽宗著博古图,铸鼎作乐,而举族有北辕之祸。元之兴也,初无文字,逮至正之季,文乃弥盛。此往事之彰明较著者也。国朝圣德神功,奚啻跨汉唐而上之,而论文乃出宋元之下。弘正之际,稍增气色,而武庙几至大乱。嘉隆而后,国运浸昌,文运浸晦。万历之末,文体败坏极矣,章奏秽杂,盖童稚皆唾骂之。而神庙之享国长久,古今未有。由是以谈,则今之公卿不好士,后进不悦学,古雅散佚,俚浅流传,盖皆盛主万寿之征,国祚无疆之验。所当用为欢庆,不足慨惜也。

顾氏之论,固未尽是。然以破文运递降之说,则绰绰然有余裕矣。

文运递进递降之说,既不足以服吾人;然则文学与时代之关系,果如何乎?曰:一言以蔽之,一代有一代之文学而已。

昔袁宏道序《雪涛阁集》尝曰:"文之不能不古而今也,时使之也。"(《瓶花斋集》卷六)诚哉斯言!夫文学既以时代而变迁,变迁所极,必有专至,不相借亦不相掩。惟其不相掩借,故各代皆能标其胜美而见异于他代也。是理也,前人多有论之者。沈宠绥《度曲须知》上卷论《曲运隆衰》有曰:

> 粤征往代,各有专至之事以传世。文章矜秦汉,诗词美宋唐,曲剧侈胡

元。至我明则八股文字姑无置喙,而名公所制南曲传奇,方今无虑充栋,将来未可穷量。是真雄绝一代,堪传不朽者也。

沈氏谓各代各有专至之事,其识甚高。惟所言甚略,不若焦循《易余籥录》所论之详也。焦氏之言曰:

商之诗,仅存颂,周则备风雅颂,载诸《三百篇》者尚矣;而楚《骚》之体,则《三百篇》所无也;此屈宋所以为周末大家。其韦玄成父子以后之四言,则三百篇之余气游魂也。汉之赋,为周秦所无。故司马相如扬雄班固张衡为四百年作者;而东方朔刘向王逸之骚,仍未脱周楚之科白矣。其魏晋以后之赋,则汉赋之余气游魂也。楚《骚》发源于《三百篇》,汉赋发源于周末,五言诗发源于汉之《十九首》及苏李,而建安而后,历晋宋齐梁周隋,于此为盛。一变于晋之潘陆,宋之颜谢,易朴为雕,化奇为偶;然晋宋以前,未知有声韵也。沈约卓然创始指出四声,自时厥后,变蹈厉为和柔,宣城水部,冠冕齐梁,又开潘陆颜谢所未有矣。齐梁者,枢纽于古律之间者也。至唐遂专以律传。杜甫刘长卿孟浩然王维李白崔颢白居易李商隐等之五律七律,六朝以前所未有也。若陈子昂张九龄韦应物之五言古诗,不出汉魏人之范围。故论唐人诗以七律五律为先,七古七绝次之。诗之境至是尽矣。晚唐渐有词,兴于五代而盛于宋,为唐以前所无。故论宋宜取其词。前则秦柳苏晁,后则周吴姜蒋,足与魏之曹刘唐之李杜相辉映焉。其诗人之有西昆江西诸派,不过唐人之绪余,不足评其乖合矣。词之体尽于南宋,而金元乃变更为曲。关汉卿乔梦符马东篱张小山等,为一代巨手。乃谈者不取其曲,仍论其诗,失之矣。有明二百七十年,镂心刻骨于八股,如胡思泉归熙父金正希张大力数十家,洵可继楚《骚》汉赋唐诗宋词元曲以立一门户;而李何王李之流,乃沾沾于诗,自命复古,殊可不必者焉。夫一代有一代之所胜,合其所胜以就其所不胜,皆寄人篱下者耳。余尝欲自楚《骚》以下,至明八股,撰为一集。汉则专取其赋,魏晋六朝至隋则专录其五言诗,唐则专录其律诗,宋则专录其词,元专录其曲,明专录其八股,一代还其一代之所胜,然而未暇也。偶与人论诗而记于此。

焦氏之论，甚为精绝。然此将就文学体类而言耳。实则各时代之作风，亦不相同焉。沈约《宋书·谢灵运传论》曰：

>……至于建安，曹氏基命，三祖陈王，咸蓄盛藻。甫乃以情纬文，以文被质。……降及元康，潘陆特秀。律异班贾，体变曹王。缛旨星稠，繁文绮合。……自建武至于义熙，历载将百，虽比响联辞，波属云委，莫不寄言上德，托意玄珠。遒丽之辞，无闻焉尔。……

是则"以情纬文以文被质"，乃建安时代之作风也。"缛旨星稠繁文绮合"，乃西晋文学之作风也。"寄言上德托意玄珠"，乃东晋文学之作风也。前人论文，似此者甚多，今不繁引。又就文学之体类而言，一代有一代之所胜，如唐诗宋词元曲是也。然当一代新体盛行时，其前代之文体，非即消灭。如词曲固为宋元盛行之文体，然当词曲盛行时，汉魏六朝唐以来之五七言诗，亦随词曲延其生命焉。六朝之诗与汉魏异趣；唐宋元明清之诗，又递代相异。故就文学中之一体而论，亦一代有一代之特点也。严羽《沧浪诗话》尝依时代分诗为以下各体：

建安体 汉末年号。曹子建父子及邺中七子之诗。

黄初体 魏年号。与建安相接，其体一也。

正始体 魏年号，嵇阮诸公之诗。

太康体 晋年号。左思潘岳三张二陆诸公之诗。

元嘉体 宋年号。鲍颜谢诸公之诗。

永明体 齐年号。齐诸公之诗。

齐梁体 通两朝而言之。

南北朝体 通魏周而言之。与齐梁体一也。

唐初体 唐初犹袭陈隋之体。

盛唐体 景云以后开元天宝诸公之诗。

大历体 大历十才子之诗。

元和体 元白诸公。

晚唐体

本朝体 通前后而言之。

元祐体 苏黄陈诸公。

江西宗派体 山谷为之宗。

严氏所列,虽亦未必尽当;然文学之时代作风,实有不容泯灭者。试以李商隐之诗,置之杜甫集中,观其体气之强弱,必不相同。以李贺之诗,置于李白诗中,其修辞疏密之异,亦可立辨。此无他,时代为之也。故严氏《沧浪诗话》又曰:

> 大历以前分明别是一幅言语,晚唐分明别是一幅言语,本朝诸公分明别是一幅言语。

常谓欲明历代作风不同之处,可于古人引用成文模拟旧作中求之。司马迁《史记·五帝本纪》《夏本纪》等篇,引用《尚书》成文甚多。其引用之语,多改易《尚书》本字。此汉代作风,异于三代以上也。《古诗十九首·明月何皎皎》曰:

> 明月何皎皎,照我罗床帏。忧愁不能寐,揽衣起徘徊。客行虽云乐,不如早旋归。出户独彷徨,愁思当告谁?引领还入房,泪下沾裳衣。

陆机《拟古诗》十二首《拟明月何皎皎》曰:

> 安寝北堂上,明月入我牖,照之有余晖,揽之不盈手。凉风绕曲房,寒蝉鸣高柳。踟蹰感节物,我行永已久。游宦会无成,离思难常守。

以二诗参较,一则如芙蓉出水,天然美妙;一则如错采镂金,多见雕饰(芙蓉错采二语,乃汤惠休评谢灵运颜延年语,见锺嵘《诗品》)盖晋世作风,与汉代有异也。

文学之有时代色彩,既如上述。其所以蔚成一时代之特色者,亦有故焉。尝考文学盛衰转变之因,其显然可指者,约有数端。《文心雕龙·时序篇》曰:

> 昔在陶唐,德盛化钧。野老吐"何力"之谈,郊童含"不识"之歌。有虞继作,政阜民暇,"薰风"诗于元后,"烂云"歌于列臣。尽其美者,何乃心乐而声泰也。至大禹敷土,"九序"咏功;成汤圣敬,猗欤作颂。逮姬文之德

盛,《周南》勤而不怨;大王之化淳,《邠风》乐而不淫。幽厉昏而《板》《荡》怒;平王微而《黍离》哀。故知歌谣文理,与世推移;风动于上,而波震于下者。

又曰:

自献帝播迁,文学蓬转,……观其时文,雅好慷慨。良由世积乱离,风衰俗怨。并志深而笔长,故梗概而多气也。

是则文情之变,由于政治之理乱,世道之险夷者也。

《文心雕龙·时序篇》又曰:

春秋以后,角战英雄。……邹子以谈天飞誉,驺奭以雕龙驰响。屈平联藻于日月,宋玉交彩于风云。观其艳说,则能笼罩《雅颂》。故知昳烨之奇意,出乎纵横之诡俗也。

又曰:

中兴(光武)之后,群才稍改前辙。华实所附,斟酌经辞。盖历政讲聚,故渐靡儒风者也。

檀道鸾《续晋阳秋》曰:

正始中,王弼何晏好老庄玄胜之谈,而俗遂贵焉。至过江,佛理尤胜。故郭璞五言,始会合道家之言而韵之,许询及太原孙绰,转相祖尚;又加以三世之辞(禅氏说过去见在未来为三世),而诗骚之至尽矣。(《续晋阳秋》已佚,此见王应麟《困学纪闻》及李善《文选注》)

《宋书·谢灵运传论》曰:

在晋中兴,玄风独扇。为学穷于柱下,博物止乎七篇。驰骋文辞,义殚乎此。

《文心雕龙·时序篇》亦曰:

自中朝贵玄,江左称盛。因谈余气,流成文体。是以世极屯邅而辞意夷泰,诗必柱下之旨归,赋乃漆园之义疏。故知文变染乎世情,兴废系乎时序。原始以要终,虽百世可知也。

是则文风之变,由于世情之取舍学术之向背者也。

《谢灵运传论》又曰:

自汉至魏,四百余年,辞人才子,文体三变。相如工为形似之言,二班长于情理之说,子建仲宣,以气质为体,并标能擅美,独映当时。是以一世之士,各相慕习。源其飙流所始,莫不同祖风骚。

钟嵘《诗品》曰:

降及建安,曹公父子,笃好斯文;平原兄弟,郁为文栋,刘桢王粲,为其羽翼。次有攀龙托凤自致于属车者,盖将百计。彬彬之盛,大备于时矣。……逮于有晋,太康中,三张二陆,两潘一左,勃尔复兴,踵武前王。风流未沫,亦文章之中兴也。……元嘉中有谢灵运,才高词盛,富艳难纵。固已含夸刘郭,陵轹潘左。故知陈思为建安之杰,公干仲宣为辅;陆机为太康之英,安仁景阳为辅;谢客为元嘉之雄,颜延年为辅。斯皆立言之冠冕,文词之命世也。

此谓文风之成,必有命世之才,为之先道。

《文心雕龙·时序篇》曰:

爰自汉室,迄至成哀。虽世渐百龄,辞人九变;而大抵所归,祖述《楚辞》。灵均余影,于是乎在。

此谓前人佳制,后贤模效者众,因成文风。综上所言,是又文风之变,有因于文士之提倡辞人之祖述者矣。

《时序篇》又曰:

逮孝武崇儒,润色鸿业。礼乐争辉,辞藻竞骛。柏梁展朝宴之诗,《金堤》制恤民之咏。征枚乘以蒲轮,申主父以鼎食。擢公孙之对策,叹倪宽之拟奏。买臣负薪而衣锦,相如涤器而被绣。于是史迁寿王之徒,严终枚皋之属，应对固无方，篇章亦不匮。遗风余采，莫与比盛。越昭及宣，实继武绩。驰骋石渠，暇豫文会。集雕篆之轶材，发绮縠之高喻。于是王褒之伦，底禄待诏。

此谓西汉中叶文学之盛，由于武宣之崇尚也。

《时序篇》又曰：

建安之末，区宇方辑。魏武以相王之尊，雅爱诗章；文帝以副君之重，妙善辞赋；陈思以公子之豪，下笔琳琅。并体貌英逸，故俊才云蒸。仲宣委质于汉南，孔璋归命于河北，伟长从宦于青土，公干徇质于海隅，德琏综其斐然之思，元瑜展其翩翩之乐，文蔚休伯之俦，子叔德祖之侣。傲雅觞豆之前，雍容衽席之上。洒笔以成酣歌，和墨以借谈笑。……

此谓建安文学之盛，由于魏武父子之崇尚也。又曰：

元皇（晋元帝）中兴，披文建学。刘刁礼吏而宠荣，景纯文敏而优擢。逮文帝秉哲，雅好文会。升储御极，孳孳讲艺。练情于诰策，振采于辞赋。庾以笔才逾亲，温以文思益厚。揄扬风流，亦彼时之汉武也。

此谓东晋文学之盛，由于元明二帝之崇尚也。准斯以谈，则文学之盛衰，又有因于君上之崇替者矣。故文学变迁之原因，实未可以一二端尽。

右方所述，皆根环境而言，不关文学之本体。更自其本体言之，则文学之变，实有不得不变者存焉。盖文体之演进，必有终极，不能久而不弊；人之恒情，好奇务异，故恒去旧而就新。阮元《与友人论古文书》曰："夫势穷者必变，情弊者务新，文家矫厉，每求相胜。"此言洵不诬也。姜宸英《古诗选序》曰：

文章之流弊，以渐而致。《六经》深厚，至于《左氏内外传》，而流为衰世之文。战国继之，短长之策，孟荀庄韩之书，奇横恣肆杂出；而左氏之委靡繁絮之习，泯焉无余矣。此一变也。自是先秦西汉文益奇伟。至两汉之衰，体势日趋于弱。下逮魏晋六朝，而文章之敝极焉。唐兴，诸贤病之而未能革也。迨贞元大儒出，始倡为古文；易排而散，去靡而朴，力芟六代浮华之习。此一变也。惟诗亦然。自春秋以迄战国，国风之不作者仅百年。屈宋之徒,继以骚赋;荀况和之,风雅稍兴。此诗之一变也。汉初苏李赠答《古诗十九首》,以五言接《三百篇》之遗。建安七子,更唱迭和,号为极盛。余波及于晋宋,颓靡于齐梁陈隋,淫艳佻巧之辞剧,而诗之敝极焉。唐承其后,神龙开宝之间,作者坌起,大雅复陈。此又诗之一变也。……

姜氏之论,虽未尽是;其弊极而变之说,固亦理之所在也。章太炎先生《国故论衡》中《辨诗》曰:

语曰:"在心为志,发言为诗。"此则吟咏情性,古今所同;而声律调度异焉。魏文侯听今乐则不知倦,古乐则卧。故知数极而迁,虽才士弗能以为美。《三百篇》者,四言之至也。在汉独有韦孟,已稍淡泊。下逮魏氏,乐府独有《短歌》《善哉》诸行为激卬也。自王粲而降,作者抗志欲返古初,其辞安雅,而情弛无节者众。若束晳之《补亡诗》,视韦孟犹登天。嵇应潘陆,亦以梏窳。"悠悠大上,民之厥初。""于皇时晋,受命既固。"盖庸下无足观。非其材劣,固四言之势尽矣。汉世《郊祀》《房中》之乐,有三言七言者。其辞闳丽轶荡,不本《雅》《颂》;而声气若与之呼召。其风独五言为善。……苏李之徒,结发为诸吏骑士,未更讽诵,诗亦为天下宗。及陆机鲍照江淹之伦,拟以为式,终莫能至。由是言之,情性之用长,而问学之助薄也。……及其流风所扇,极乎王粲曹植阮籍左思刘琨郭璞诸家,其气可以抗浮云,其诚可以比金石。终之上念国政,下悲小己,与十五《国风》同流。其时未有雅也。谢瞻承其末流,《张子房诗》本之,"《王风》哀思,周道无章。"浸淫及于《大小雅》矣。世言江左遗彦,好语玄虚。孙许诸篇,传者已寡。陶潜皇皇,欲变其奏,其风力终不逮。玄言之杀,语及田舍;田舍之隆,旁及山川云物,则谢灵运为之主。然则《风》《雅》道变,而诗又几为赋。颜延之与谢灵运,深浅有异,其归一也。自是至于沈约邱迟,景物复穷。自梁简文帝初为新体,床笫之言,扬于大庭。讫陈隋为俗。陈子昂张九龄李白之伦,又稍稍以建安为本;白亦下取谢氏,然终弗能远至。是时五言之势又尽。杜甫以下,辟旋以入七言。七言在周世,《大招》为其萌芽。汉则《柏梁》,刘向亦时为之;顾短促未能成体,而魏文帝为最工。唐世张之以为新曲,自是五言遂无可观者。然七言在陈隋,气亦宣朗,不杂传记名物之言。唐世浸变旧贯,其势则不可久。哀思主文者,独杜甫为可与。韩愈孟郊,盖《急就章》之别辞;元稹白居易,则日者瞽师之诵也。自尔千年,七言之数以万,其可讽诵者几何?重以近体昌狂,篇句填委,凌杂史传,不本情性。……讫于宋世,小说杂传禅家方技之言,莫不征引。夫以孙许高言庄氏,杂以三世之辞,犹云"风骚体尽"。况乎辞无友纪,弥以加厉者哉?宋世诗势已尽,故其吟咏情性,多在燕乐。……

章氏所言,不仅关于诗体,于其内容亦论及焉。故久而必敝,敝则新生,实文学转变之大因也。至历代文学盛衰迁变之迹,读各史《文苑传序》可以识其大较,今为篇幅所限,不具论矣。

第九篇　文学与地域

　　文学作品,就时间而言,则一代有一代之特点,前篇论之详矣。若就空间而言,则一地有一地之特性,此本篇所宜讨论者也。夫人类之生活,不能超乎环境之外;文学乃人类生活之写真,自亦不能不带环境之色彩。近山者自多樵唱,滨水者易闻渔歌。居塞北者,难兴柳莺花蝶之吟;住江南者,自无胡风朔雪之句。文学之因地而异,乃事理之所必然者矣。昔《吕氏春秋·季夏纪·音初篇》尝别四方声音,论其所始。其言曰:

　　　　夏后氏孔甲田于东阳萯山,天大风晦盲,孔甲迷惑,入于民室;主人方乳。或曰:"后来见,良日也,之子是必大吉。"或曰:"不胜也,之子是必有殃。"后乃取其子以归,曰:"以为余子,谁敢殃之?"子长成人,幕动坼橑,斧斫其足,遂为守门者。孔甲曰:"呜呼!有疾,命矣夫。"乃作为《破斧之歌》,实始为东音。禹行功,见涂山之女,禹未之遇,而巡省南土。涂山氏之女乃令其妾待禹于涂山之阳,女乃作歌。歌曰:"候人兮猗!"实始作为南音。周公及召公取风焉,以为《周南》《召南》。周昭王亲将征荆,辛余靡长且多力,为王右。还反,涉汉,梁败,王及蔡公擒于汉中。辛余靡振王北济,又反振蔡公,周公乃侯之于西翟,实为长公。殷整甲徙宅西河,犹思故处,实始作为西音。长公继是音以处西山;秦缪公取风焉,实始作为秦音。有娀氏有二佚女,为之九成之台。饮食必以鼓,帝令燕往视之,鸣若谥隘。二女爱而争搏之,覆以玉筐。少选,发而视之,燕遗二卵北飞,遂不反。二女作歌一终。曰:"燕燕往飞。"实始作为北音。

　　此则诗歌之声音,因方域而相异矣。孔子删诗,分《国风》为十五,曰《周南》,曰《召南》,曰《邶》,曰《鄘》,曰《卫》,曰《王》,曰《郑》,曰《齐》,曰《魏》,曰《唐》,曰《秦》,曰《陈》,曰《桧》,曰《曹》,曰《豳》。各地之经界,说诗者率能详之,兹不多赘。惟以地域区分文学,则大有可注意者。依儒者之说,诗之以地域分,似亦因声音之异焉。《礼记·乐记》载子夏对魏文侯曰:

> 郑音好滥淫志,宋音燕女溺志,卫音趋数烦志,齐音敖辟乔志。……

《乐记》又曰:

> 子贡见师乙而问焉。曰:"赐闻歌声各有宜也,如赐者宜何歌也?"师乙曰:"乙,贱工也,何足以问所宜。请诵其所闻,而吾子自执焉。宽而静柔而正者,宜歌《颂》;广大而静疏达而信者,宜歌《大雅》;恭俭而好礼者,宜歌《小雅》;正直清廉而谦者,宜歌《风》;肆直而慈爱者,宜歌《商》;温良而能断者,宜歌《齐》;……故《商》者,五帝之遗声也。……《齐》者,三代之遗声也。……"(《礼记》文倒错失叙,兹依《史记·乐书》)

《左传》襄公二十九年载吴公子札聘鲁观周乐,亦曰:

> 使工为之歌《周南》《召南》,曰:"美哉! 始基之矣,犹未也,然勤而不怨矣!"为之歌《邶》《鄘》《卫》,曰:"美哉! 渊乎,忧而不困者也! 吾闻卫康叔武公之德如是,是其卫风乎!"为之歌《王》,曰:"美哉! 思而不惧,其周之东乎!"为之歌《郑》,曰:"美哉! 其细已甚,民弗堪也;是其先亡乎!"为之歌《齐》,曰:"美哉! 泱泱乎,大风也哉! 表东海者,其大公乎! 国未可量也!"为之歌《豳》,曰:"美哉! 荡乎! 乐而不淫,其周公之东乎!"为之歌《秦》,曰:"此之为夏声。夫能夏则大,大之至也,其周之旧乎!"为之歌《魏》,曰:"美哉! 沨沨乎,大而婉,险而易行;以德辅此,则明主也。"为之歌《唐》,曰:"思深哉! 其有陶唐氏之遗民乎! 不然,何忧之远也? 非令德之后,谁能若是?"为之歌《陈》,曰:"国无主,其能久乎!"自《郐》以下无讥焉。……

子夏师乙纯以声音为言,季札所云,大致亦以声音为断。盖声音产乎人心,感于心则荡乎音。故闻其声而知其风,察其风而知其志,观其志而知其德也。(《吕氏春秋·季夏纪·音初篇》)然诗乐本为一事,声音以地域分,即诗歌因地域而异矣。更进言之,各地文学之异,实非声音一端所能尽;其所以致异之由,亦甚复杂。《汉书·地理志》曰:

凡民函五常之性,而其刚柔缓急音声不同,系水土之风气,故谓之风。好恶取舍,动静无常,随君上之情欲,故谓之俗。……

是则风俗之构成,一由于水土风气之不同,二系于君上政教之渐染也。文学与风俗有密切关系,则各地文学之互异,自亦不仅系于地理,更受政教之影响焉。《地理志》又曰:

秦地,……诗风兼秦豳两国。昔后稷封斄,公刘处豳,大王徙郊,文王作酆,武王治镐。其民有先王遗风,好稼穑,务本业,故《豳》诗言农桑衣食之本甚备。……天水陇西,山多林木,民以板为室屋。及安定北地上郡西河,皆迫近戎狄,修习战备,高上气力,以射猎为先。故《秦诗》曰:"在其板屋。"又曰:"王于兴师,修我甲兵,与子偕行。"及《车辚》《四载》《小戎》之篇,皆言车马田狩之事。……景武间,文翁为蜀守,教民读书法令,未能笃信道德,反以好文刺讥贵慕权执。及司马相如游宦京师诸侯,以文辞显于世,乡党慕循其迹,后有王褒严遵扬雄之徒,文章冠天下。繇文翁倡其教,相加为之师。故孔子曰:"有教亡类。"……

魏地,……河内本殷之旧都。周既灭殷,分其畿内为三国,《诗风》邶鄘卫国是也。邶以封纣子武庚;鄘,管叔尹之;卫,蔡叔尹之;以监殷民,谓之三监。故《书序》曰:"武王崩,三监畔。"周公诛之,尽以其地封弟康叔,号曰孟侯,以夹辅周室;迁邶鄘之民于洛邑,故邶鄘卫三国之诗,相与同风。邶诗曰:"在浚之下。"邶又曰:"亦流于淇。""河水洋洋。"鄘曰:"送我淇上。""在彼中河。"卫曰:"瞻彼淇澳。""河水洋洋。"……河东土地平易,有盐铁之饶。本唐尧所居,《诗风》唐魏之国也。……其民有先王遗教,君子深思。小人俭陋。故唐诗《蟋蟀》《山枢》《葛生》之篇曰:"今我不乐,日月其迈。""宛其死矣,他人是偷。""百岁之后,归于其居。"皆思奢俭之中,念死生之虑。……魏国亦姬姓也,在晋之南河曲。故其诗曰:"彼汾一曲。""置诸河之侧。"……

韩地,……及《诗风》陈郑之国,与韩同星分焉。郑国今河南之新郑。……右洛左泲,食溱洧焉。土狭而险,山居谷汲,男女亟聚会,故其俗淫。郑诗曰："出其东门，有女如云。"又曰："溱与洧，方灌灌兮。士与女，方秉蕑兮。恂盱且乐，惟士与女，伊其相谑。"此其风也。……陈国，今淮阳之地。……妇人尊贵好祭祀，用史巫，故其俗巫鬼。陈诗曰："坎其击鼓，宛丘之下，亡冬亡夏，值其鹭羽。"又曰："东门之枌，宛丘之栩，子仲之子，婆娑其下。"此其风也。……

赵地，……赵中山地薄人众，犹有沙丘纣淫乱余民，丈夫相聚游戏，悲歌忼慨，起则椎剽掘冢，作奸巧，多弄物，为倡优女子，弹弦跕躧，游媚富贵，遍诸侯之后宫。……

齐地，……诗风齐国是也。临菑名营丘，故齐诗曰："子之营兮，遭我呼巘之间兮。"又曰："俟我于著乎而。"此亦其舒缓之体也。……；

鲁地，……其民有圣人之教化，故孔子曰："齐一变，至于鲁；鲁一变，至于道。"言近正也。濒洙泗之水，其民涉度，幼者扶老而代其任。俗既益薄，长老不自安，与幼少相让。故曰：鲁道衰，洙泗之间，龂龂如也。孔子闵王道将废，乃修六经以述唐虞三代之道。弟子受业而通者，七十有七人。是以其民好学，上礼义，重廉耻。……今去圣久远，周公遗化销微，孔氏庠序衰坏。……丧祭之礼，文备实寡；然其好学犹愈于他俗。……

卫地，……有桑间濮上之阻，男女亦亟聚会，声色生焉。故俗称郑卫之音。……

吴地，……寿春合肥，受南北湖皮革鲍木之输，亦一都会也。始楚贤臣屈原被谗放流，作《离骚》诸赋以自伤悼。后有宋玉唐勒之属，慕而述之，皆以显名。汉兴，高祖王兄子濞于吴，招致天下之娱游子弟，枚乘邹阳严夫子之徒，兴于文景之际。而淮南王安亦都寿春，招宾客著书；而吴有严助朱买臣，贵显汉朝，文辞并发。故世传《楚辞》，其失巧而少信。……

详孟坚所论，可知各地文学之异点，不仅在声音一端；其修辞之彩色，亦自不同。更可知文学上方隅色彩之构成，不仅因于地理政教二事，人力亦为之主。如王褒严遵扬雄之于司马相如，宋玉唐勒等之于屈原，是也。然古者政教之设施，胥本乎风土人情；而大文学家之成就，亦皆与环境有关。故仍可谓之系乎地域也。

文学之因地而异,已如上述。验之后代,其迹亦甚显著。故自来论文之士,亦颇注意及之。兹更述其著者以见一斑焉。昔孔子尝析南北之强为二(《礼记·中庸》),孟轲亦有齐语楚语之说(《孟子·滕文公下》)。盖中国幅员广大,有黄河长江二水,横贯其中。土地异生,风气殊宜;故风俗民情,犁然可划。龚自珍《己亥杂诗》三百五十首下注云:

渡黄河而南,天异色,地异气,民异情。

此则南北天时人事之不同。本乎自然者也。俞樾《九九消夏录》曰:

凡事皆言南北,不言东西,何也?盖自郑君说《禹贡》道山有阳列阴列之名,而后世遂分为南北二条。南条之水江为大,北条之水河为大。西北之地,皆河所环抱,故三代建都,皆在河北。东南之地,皆江所环抱,故荆楚之强,自三代至今未艾。南北之分,实江河大势使然。风尚因之而异也。

此明南北分言之由兼示风尚殊别之因于地理也。惟是之故,故凡百学术事物,莫不以南北而歧其指归。如六朝学派有南北之异(见《北史·儒林传序》),佛氏有南北二宗之分(见《传灯录》及《九九消夏录》)。道家亦分南北二宗(见明都卬《三余赘笔》);书家亦有南北派之说(见梁章钜《退庵随笔》包世臣《艺舟双楫》康有为《广艺舟双楫》),画家亦有南宗北宗之论(见明莫是龙《画说》)。此其彰明较著者。其他如堪舆技击之类,亦莫不因南北而见殊异(堪舆家分南北二派,见李次青《地理小补序》及王祎《青岩丛录》。技击分南北二派,见《少林术》)。由此观之,地理之影响于文化,不可谓不大矣。征之文学,亦复如是。故自来评文之士,亦恒以南北立论。昔刘师培尝著《南北文学不同论》(见《国粹学报》,忘其年月期数)。历述南北文学之异点,析论甚精。往者余亦有《中国文学二源论》一篇(载《孤兴》第一期),于古代南北文化文学相异之处,曾略述及,今以限于篇幅,不复称引;仅以古今人区论南北文学之著者著于篇。王季芗先生《论文之总以地理者》(《古文辞通义》卷十四)有曰:

大河流域,士风脃重;大江流域,士风轻英。轻英炳江汉之灵,其人深思而美洁,故南派善言情。腴重含河海之质,其人负才而敦厚,故北派善说理与记事。

先生以言情、说理、记事为南北文学之特点,其识甚高;验之历代文学,皆有与此相近之同一倾向。寻前人论文,亦曾盛畅斯旨。《北史·文苑传序》《隋书·文学传序》曰:

> 江左宫商发越,贵于清绮;河朔词义贞刚,重乎气质。气质,则理胜其词;清绮,则文过其意。理深者便于时用,文华者宜于咏歌。此其南北词人得失之大较也。

文采清绮,故宜于述情;词义贞刚,故宜于说理。此又以情理区别南北文学之特质也。冯班《沧浪诗话纠谬》曰:

> 南北文章,颇为不同,北多骨气而文不及南。

南人尚文,北人尚气,尚气故毗于刚,尚文故近于柔。刚柔偏畸,亦南北文学之大别也。故唐顺之《东川子诗集序》有曰:

> 西北之音慷慨,东南之音柔婉。……若其音之出于风土之固然,则未有能相易者也。故其陈之足以观其风,歌之足以贡其俗。……

南北文学之特点,大较如是。至其细微之处,则有非笔墨所能尽述者。魏际瑞《伯子论文》,析论南北曲不同之点甚多,读之亦可见南北文学不同之大略,兹录之以备参镜。其言曰:

> 南曲如抽丝,北曲如轮枪。南曲如南风,北曲如北风。南曲如酒,北曲如水。南曲如六朝,北曲如汉魏。南曲自然者,如美人淡妆素服,文士纶巾羽扇;北曲自然者,如老僧世情物价,老农晴雨桑麻。南曲情联,北曲情断。南曲圆滑,北曲劲涩。南曲柳颤花摇,北曲水落石出。南曲如珠落玉盘,北曲如金戈铁马。……北曲步步硗高,南曲层层转落。北曲枯折见媚,南曲宛转归正。北曲似粗而深厚,南曲似柔而筋节。北白似生似呆,南白贵温贵雅。北白或过文或眼目或案断,南白有穿插有挑拨有埋伏。北白冗则极

冗，简则极简。南白匀停而已。……

今就南北文学之异点，以数语简括之：

依文学之内容而言，则南文尚情，北文尚理。依其修辞而言，则南人尚文，北人尚质。依其文气而言，则南文气柔，北文气刚。依其音调而言，则南文细缓，北文粗急。此其可言者也。若以古代文学之实例证之，则与以上所云云者，亦大致相合。如《诗三百篇》为北方之产物，《楚辞》作自南人。其华实刚柔缓急之异，触处可辨。故唐顺之《东川子诗集序》曰：

> 余读《诗》至《秦风》，其言尽田猎战斗之事，其人翘然自喜，慨然有跃马贾勇之气。已而读《楚骚》诸篇，其言郁纡而忉怛，则愀然有登山临水羁臣弃妇之思。夫《秦风》慷慨而入于猛，《楚骚》柔婉而邻于悲。……

实则以《三百篇》与《楚骚》相较，处处皆能发见其异点，不独《秦风》为然也。至于后世，则南人多《子夜》《懊侬》之歌，北人多《出塞》《陇头》之咏。其异点亦显然可指（详见郭茂倩《乐府诗集》《横吹曲辞》《清商曲辞》）。

然后世南北作风之在文人，则有未可以一概论者。盖中国文人好为模仿，以北人而效南音，以南人而拟北体，此乃常见之事。加以朝廷之提倡，世风之所趋，故混合之迹，所在多有。不能如各方民歌，全为本地风光也。故萧子显《南齐书·文学传赞》曰：

> 江左风味，盛道家之书；郭璞举其灵变，许询极其名理。仲文玄气，犹不尽除；谢混清新，得名未盛。……

此南人染北方说理之风也。《隋书·文学传序》曰：

> 梁自大同之后，雅道沦缺，渐乖典则，争驰新巧。简文湘东，启其淫放；徐陵庾信，分路扬镳。其意浅而繁，其文匿而采。词尚轻险，情多哀思。格以延陵之听，则亦亡国之音乎？周氏吞并梁荆，此风扇于关右，狂简斐然成俗，流宕忘反，无所取裁。

此则北方又染南人轻靡之习矣。更以文学家生产之地域证之，则产于南方者，多为辞赋家；产于北方者，多为历史家或哲学家。如屈原宋玉等生于楚国，其骚赋为后世所宗；孔丘孟轲生于邹鲁，其哲学独照耀万代；左邱明亦北人，故善于记述。递于汉世，晁错（颍川人）司马迁（生于龙门）五邱寿王（赵人）主父偃（齐国临菑人）徐乐（燕郡无终人）严安（临菑人）终军（济南人）贾捐之（洛阳人）贾山（颍川人）邹阳（齐人）路温舒（钜鹿东里人）董仲舒（广川人）公孙弘（菑川薛人）刘向刘歆谷永（长安人）杜邺（魏郡繁阳人）等皆北人，皆善于叙事说理。司马相如（蜀郡成都人）严忌严助（助，忌子。会稽吴人）朱买臣（吴人，善言《楚辞》）枚乘枚皋《皋，乘子，淮阴人）王褒（蜀人）扬雄（蜀郡成都人）等皆为南人，亦皆善于辞赋。

故视文人生产之地域，亦可略定其南北之派别也。惟此种鉴别，止能得其大较，亦未可以一概论。盖各人之天性不同，其所祖述者各异。又一人不能常居故乡，其所游之处，即为其习染之渐。如荀况本为赵人，祖述孔子，宜其善于说理。而《荀子》书中又有《成相》《赋篇》，此因其尝至楚邦，受南人之习染也。贾谊为洛阳人，宜其善于说理。而《吊屈原赋》《服赋》诸作，颇足继轨楚人。此因其迁谪长沙，故不能不受灵均之影响也。陆贾本为楚人，以其天性不同，祖述有异，乃亦善于记事说理。古今文人，类此者不胜枚举。自唐宋以来，祖述韩柳者，以说理记事为宗。于是文学上南北之界限，泯灭无余矣。

第十篇　文学家之个性

　　文学作品以时间而论,则一代有一代之特色;以空间而论,则一地有一地之异彩。其义已详于前。更以个人言之,则一人又有一人之个性在。盖文学家之作品,虽不能不受时地之限制;而人心不同,各如其面,禀赋既殊,才性因异。世间无绝对相同之人,世人亦无绝对相同之性。常人论性,好以刚柔为判,此就大体而言也。实则刚之中不知有几多歧异,柔之中亦自有无量差别;以其歧理差别者见之于文字,则文学家之个性存焉。尝谓古今文家之作品,异时异地者,其音辞情思,固各不同;即同时同地者,因其性情各别,其见于字里行间者,亦自异趣。故自文学上之时地与个性言之,适如用同种颜料,染异种布匹;其所染之颜色,虽无红紫之大殊,难免浓淡之小异也。(语本日本厨川白村《近代文学十讲·序论》第三页)

　　昔子贡问师乙以歌,师乙举类而使之自择(见《文学与地域》)。盖人性情既殊,其好尚自异;好尚有别,故有善有不善也。曹丕《典论·论文》曰:

　　　　夫文本同而末异。盖奏议宜雅,书论宜理,铭诔尚实,诗赋欲丽。此四科不同,故能之者偏也。……

此言人性不同,文非一体,故各得其性之所近也。

《典论·论文》又曰:

　　　　王粲长于辞赋;徐幹时有齐气,然粲之匹也。如粲之《初征》《登楼》《槐赋》《征思》,幹之《玄猿》《漏卮》《圆扇》《橘赋》,虽张蔡不过也;然于他文,未能称是。陈琳阮瑀之章表书记,今之隽也。应玚和而不壮,刘桢壮而不密。孔融体气高妙,有过人者;然不能持论,理不胜辞,以至乎杂以嘲戏;及其所善,扬班俦也。

其《又与吴质书》亦曰：

　　……孔璋章表殊健，微为繁富。公干有逸气，但未遒耳；其五言诗之善者，妙绝时人。元瑜书记翩翩，致足乐也。仲宣独自善于辞赋，惜其体弱，不足起其文；至于所善，古人无以远过。

子桓标举各家新长，论其优劣，甚为的当。盖人非通才，鲜能备善；性情所偏，各有独至。长卿善为辞赋，迁固长于史传，陈遵善于尺牍（《汉书·游侠传》），谷永善于笔札（见《汉书·楼护传》），潘岳长于哀诔，孟郊长于五言。前史所称，难以枚举。故论各家之文，当遗其所短，论其所长。若责屈原以不善策论，斥杜甫以不能散文；则亦如曹植之讥陈琳（见《与杨德祖书》），尽人而知其非是也。更有进者，因各家之所善有殊，其作风之见于文字间者，亦各不相袭；是亦系乎各人之个性者也。沈约《宋书·谢灵运传论》曰：

　　……相如工为形似之言，二班长于情理之说，子建仲宣，以气质为体。并标能擅美。独映当时。

休文所论，止指出各家作风之不同，并未言其所以不同之故，不若刘勰所论之明晰也。《文心雕龙·体性篇》曰：

　　夫情动而言形，理发而文见；盖沿隐以至显，因内而符外者也。然才有庸俊，气有刚柔……故辞理庸俊，莫能翻其才；风趣刚柔，宁或改其气？……各师成心，其异如面。……才力居中，肇自血气；气以实志，志以定言；吐纳英华，莫非情性。是以贾生俊发，故文洁而体清。长卿傲诞，故理侈而辞溢。子云沈寂，故志隐而味深。子政简易，故趣昭而事博。孟坚雅懿，故裁密而思靡。平子淹通，故虑周而藻密。仲宣躁竞，故颖出而才果。公干气褊，故言壮而情骇。嗣宗俶傥，故响逸而调远。叔夜俊侠，故兴高而采烈。安仁轻敏，故锋发而韵流。士衡矜重，故情繁而辞隐。触类以推，表里必符。岂非自然之恒资，才气之大略哉？……

由此观之，可知各家之文，各不相同；其所以不同之故，则由于各人性情之有异也。然彦和所言各家之作风，犹甚简略，不若苏洵所论之详明。苏氏《上欧阳内翰书》有曰：

> 孟子之文，语约而意尽，不为巉刻斩绝之言，而其锋不可犯。韩子之文，如长江大河，浑浩流转，鱼鼋蛟龙，万怪惶惑；而抑遏蔽掩，不使自露；而人望见其渊然之光，苍然之色，亦自畏避不敢迫视。执事之文，纡余委备，往复百折；而条达疏畅，无所间断，气尽语极，急言竭论；而容与闲易，无艰难劳苦之态。此三者，皆断然自为一家之文也。惟李翱之文，其味暗然而长，其光油然而幽，俯仰揖让，有执事之态；陆贽之文，遗言措意，切近的当，有执事之实。而执事之才，又自有过人者；盖执事之文，非孟子韩子之文，而欧阳子之文也。

明允所论，虽未必尽当；然因此可见古来文人之成家者，其所为作品，必各有独到之处；易言之，即一人有一人之个性也。更进言之，不惟各家之作风有别，即其著作时之迟速难易，亦各不同；是亦根其天性而来，不容勉免强也。

祢衡《鹦鹉赋序》曰：

> 时黄祖太子射宾客大会，有献鹦鹉者；举酒于衡前曰："祢处士！今日无用娱宾，窃以此鸟自远而至，明慧聪善，羽族之可贵；愿先生为之赋，使四坐咸共荣观，不亦可乎？"衡因为赋，笔不停缀，文不加点。

陈寿《三国志·王粲传》曰：

> ……善属文，举笔便成，无所改定，时人常以为宿构。然正复精意覃思，亦不能加也。

此正平仲宣之著述速而且易也。韩愈《答李翊书》曰：

> ……当其取于心而注于手也，惟陈言之务去，戛戛乎其难哉！

柳宗元《答韦中立论师道书》，亦详言其作文时戒慎恐惧不敢轻易下笔之状。此退之子厚之著述迟而且难也。盖人之禀赋各异，**文之体制不同**；故或迟或速，或难或易，不仅关于才性之利钝，亦有因于体制之大小者焉。

《文心雕龙·神思篇》曰：

> 人之禀才，迟速异分；文之体制，大小殊功。相如含笔而腐毫，扬雄辍翰而惊梦。桓谭疾感于苦思，王充气竭于思虑。张衡研《京》以十年，左思练《都》以一纪。虽有巨文，亦思之缓也。淮南崇朝而赋《骚》，枚皋应诏而成赋。子建授牍如口诵，仲宣举笔似宿构。阮瑀据案而制书，祢衡当食而草奏。虽有短篇，亦思之速也。

由是观之，文人运思之缓急，固因才性而异；其著作之迟速，亦与篇幅长短攸关焉。故吾人评论古人之作品，止当就其作品而论其优劣，不宜以作者之迟速缓急而高下其价值也。

《汉书·枚乘传》曰：

> （皋）从行至甘泉雍河东，东巡狩，封泰山，塞决河宣房，游观三辅离宫馆，临山泽弋猎射驭狗马，蹴鞠刻镂，上有所感，辄使赋之。为文疾，受诏辄成，故所赋者多。司马相如善为赋而迟，故所作少而善于皋。皋赋辞中自言为赋不如相如。……凡可读者百二十篇，其尤嫚戏不可读者，尚数十篇。

是故作品之佳恶，止存于作品之自身，与成文之迟速无关。文人之成家与否，止存于作品之佳恶，与作品之数量亦无关。稍读唐人诗者，无不知有张若虚其人。而若虚之名篇，惟《春江花月夜》一首。王闿运称其"孤篇横绝，遂成大家"（《论唐诗诸家源流·答陈完夫问》）。多云乎哉？

《文心雕龙·神思篇》又曰：

> 若夫骏发之士，心总要术，敏在虑前，应机立断。覃思之人，情饶歧路，鉴在疑后，研虑方定。机敏故造次而成功，虑疑故愈久而致绩。难易虽殊，并资博练。若学浅而空迟，才疏而徒速，以斯成器，未之前闻。

彦和之论，百代不刊；后之矜才姱速者，其亦可以休矣。以上所论，乃总合各代文家而言，实则同时代之文人，其作品亦仍有个性在。刘义庆《世说新语·文学篇》引孙兴公云：

> 潘文烂若披锦，无处不善；陆文若排沙简金，往往见宝。

安仁士衡，时居同代，其所作或简或繁，有二致矣。他如李杜同时，其诗歌迥然有异；韩柳共代，其行文亦自殊趣。此理易明，无待多述。更有进者，不惟同时之人，其作品因个性而殊；即同时同地之人，其个性亦有可言者。如曹丕曹植兄弟也，其居养相同，环境无别，宜其作品无大差异。然《文心雕龙·才略篇》评二子曰：

> ……子建思捷而才俊，诗丽而表逸。子桓虑详而力缓，故不竞于先鸣；而乐府清越，《典论》辩要；迭用短长，亦无懵焉。……

又如陆机陆云，兄弟也。《文心雕龙·熔裁篇》评之曰：

> 士衡才优，而缀辞尤繁；士龙思劣，而雅好清省。

举兹两例，他亦准是。其所以如此者，才性有异也。

右方所述，乃综合各体而言。更以文学中之一体证之，亦不能外是。文天祥《跋周汝明自鸣集》（陆烜《奇晋斋丛书·文山题跋》）曰：

> 天下之鸣多矣：锵锵凤鸣，雍雍雁鸣，喈喈鸡鸣，嘒嘒蝉鸣，呦呦鹿鸣，萧萧马鸣。无不善鸣者，而彼此各不相为，各一其性也。其于诗亦然。鲍谢自鲍谢，李杜自李杜，欧苏自欧苏，陈黄自陈黄。鲍谢之不能为李杜，犹欧苏之不能为陈黄也。吾乡周君性初善为诗，署其集曰《自鸣》。予读之，能知其激扬变动，音节之可爱而已。予亦好吟者，然予能为予之言，使予仿佛性初一语，不可得也。予以予鸣，性初以性初鸣，此之谓《自鸣》。

文山所谓"不能相为，各一其性"。即吾人所谓个性也。

赵执信《谈龙录》曰：

> 昆山吴修龄（乔）论诗甚精，所著《围炉诗话》，余三客吴门，遍求之不可得。独见其《与友人书》一篇，中有云："诗之中，须有人在。"余服膺以为名言。夫必使后世因其诗以知其人；而兼可以论其世，是又兴于礼义之大者也。若言与心违，而又与其时与地不相蒙也，将安所得知之而论之？

汪师韩《诗学纂闻》亦曰：

> 古今人说诗多端；约举之则惟三有已耳。其始作也，有感焉。……其

方作也，有义焉。……其既成章也，有我焉。一人有一人之诗，一时有一时之诗；故诵其诗可以知其人论其世也。若彼我之无分，后先之如一，阛阓混混，诗奚以进于经史哉？

秋谷所谓有人，杼怀所谓有我，均谓个性也。盖诗虽为文学中之一体，若就其风格而论，则固有无量差别；故学诗者，能以其天禀之异，各得其性之所近。故钱泳《履园谭诗》曰：

古人以诗观风化，后人以诗写性情。性情中有中正和平奸恶邪散之不同，诗亦有温柔敦厚噍杀浮僻之互异。

惟如是也，故古今文人之所得于诗者，各不相同。《文心雕龙·明诗篇》曰：

……华实异用，唯才所安。故平子得其雅，叔夜含其润，茂先凝其清，景阳振其丽，兼善则子建仲宣，偏美则太冲公干。

各家之所得于诗者，既不相同；则其个性之见于诗者，可得而论也。钟嵘《诗品》载汤惠休评颜延之谢灵运之言曰：

谢诗如芙蓉出水，颜如错彩镂金。

此谓谢尚自然，颜崇雕饰，其作风异矣。《南史·邱迟传》评范云邱迟之诗曰：

范云婉转清便，如流风回雪；邱迟点缀映媚，似落英依草。

是则邱范之诗，亦有自然雕斫之分也。魏庆之《诗人玉屑》载《雪浪斋日记》之言曰：

为诗欲词格清美，当看鲍相谢灵运；浑成而有正始以来风气，当看渊明；欲清深闲淡，当看韦苏州柳子厚孟浩然王摩诘贾长江；欲气格豪逸，当看退之李白；欲法度备足，当看杜子美。……

是虽为学诗者说法，亦足见各家之不同也。叶燮《原诗外篇》曰：

六朝诗家，惟陶渊明谢灵运谢朓三人最杰出，可以鼎立。三家之诗不相谋:陶淡远,灵运警秀,朓高华。各辟境界,开生面,其名句无人能到。左思鲍照次之,思与照亦各自开生面,余子不能望其肩项。

所谓各辟境界自开生面者,即个性之谓也。《原诗内篇》又曰:

杜甫之诗,包源流,综正变,自甫以前,如汉魏之浑朴古雅,六朝之藻丽秾纤淡远韶秀,甫诗无不一备。然出于甫,皆甫之诗,无一字句为偷人之诗也。自甫以后,在唐如韩愈之奇崛,刘禹锡杜牧之雄杰,刘长卿之流利,温庭筠李商隐之轻艳;以至宋金元明之诗家,称巨擘者无虑数十百人,各自炫奇立异,而甫无一不为之开先。……

徐增《而庵诗话》亦曰:

太白以气韵胜,子美以格律胜,摩诘以理趣胜。太白千秋逸调,子美一代规模,摩诘精大雄氏之学,篇章字句,皆合圣教。……

严羽《沧浪诗话》亦曰:

高岑之诗悲壮,读之使人感慨;孟郊之诗刻苦,读之使人不欢;玉川之怪,长吉之瑰诡,天地间自欠此体不得。

前人论诗,似此类者,不可一二数。总之,各家有各家之长,凡诗人之成家者,必各具个性也。惟一种个性,既为其人所独有,则于其作品中,处处可以寻见;其人虽欲舍己从人,亦势有所不能也。故《沧浪诗话》曰:

太白有一二妙处,子美不能道;子美有一二妙处,太白不能道。

又曰:

子美不能为太白之飘逸,太白不能为子美之沉郁。

又曰:

太白《梦游天姥吟》《远别离》等,子美不能道;子美《北征》《兵车行》《垂老别》等,太白不能作。

严氏之论,至为的当。惟如是也,故各家有各家之体;各家之体,即其个性之所在。

《沧浪诗话》尝依人分诗为以下各体：

苏李体：李陵苏武

曹刘体：子建公干

陶体：渊明

谢体：灵运

徐庾体：徐陵庾信

沈宋体：佺期之问

陈拾遗体：陈子昂

王杨卢骆体：王勃杨炯卢照邻骆宾王

张曲江体：始兴文献公九龄

少陵体：

太白体：

高达夫体：高常侍适

孟浩然体：

岑嘉州体：岑参

王右丞体：王维

韦苏州体：韦应物

韩昌黎体：

柳子厚体：

韦柳体：苏州与仪曹合言之

李长吉体：

李商隐体：即西昆体也

卢仝体：

白乐天体：

元白体：微之与乐天,其体一也。

杜牧之体：

张籍王建体：谓乐府之体同也。

贾浪仙体：

孟东野体：

杜荀鹤体：

东坡体：

山谷体：

后山体：后山本学杜,其语似之者但数篇,他或似而不全。又其他,则本其自体耳。

王荆公体：公绝句最高。其得意处,高出苏黄陈之上,而与唐人,尚隔一关。

邵康节体：

陈简斋体：陈去非与义也。亦江西之派而小异。

杨诚斋体：其初学半山后山,最后亦学绝句于唐人。已而尽弃诸家之体,而别出机杼。盖其自序如此也。

严氏所析,虽似过于细密;然若就各家个性而言,实有如此者,未能遽谓其不当也。以上所论,特就诗之一体而言;实则其他各体,无不如此。《文心雕龙·诠赋篇》曰:

观夫荀结隐语,事数自环;宋发巧谈,实始淫丽。枚乘《菟园》,举要以会新;相如《上林》,繁类以成艳。贾谊《鵩鸟》,致辨于情理;子渊《洞箫》,穷变于声貌。孟坚《两都》,明绚以雅赡;张衡《二京》,迅发以宏富。子云《甘泉》构深伟之风;延寿《灵光》,含飞动之势。凡此十家,并辞赋之英杰也。及仲宣靡密,发端必遒;伟长博通,时逢壮采。太冲安仁,策勋于鸿规;士衡子安,底绩于流制。景纯绮巧,缛理有余;彦伯梗概,情韵不匮。亦魏晋之赋首也。

此就赋体而言,各家亦各有其个性也。

又尝论之,各家之禀赋既殊,其官感之敏钝自异。因其官感之敏钝有差,故其写事体物,各有独至。今人张耀翔君曾分析屈原杜甫白居易三家之作品,谓屈原之嗅觉独灵,杜甫之视觉特敏,白居易之听觉甚聪（见《心理杂志》第一卷第三期《文学家之想像》）。其分析虽未必精密,而大体当不大谬。此亦个性不同之一端也。

文学家之作品,既因人而异;故细绎某家之作品,即可见某家之性格。今人所谓人格之表现是已。盖言为心声;文为心画;声画既形,善恶自见;如影之逐形,响之随声,丝毫无爽也。《孟子·万章下》有曰:

颂其诗,读其书,不知其人可乎?

此谓人之善恶贤愚,皆见于其作品之中,故颂诗读书可知其人也。然则知之,之道奈何?《易经·系辞下》有曰:

将叛者其辞惭,中心疑者其辞枝,吉人之辞寡,躁人之辞多,诬善之人其辞游,失其守者其辞屈。

《孟子·公孙丑下》曰:

诐辞知其所蔽,淫辞知其所陷,邪辞知其所离,遁辞知其所穷。

此虽就言语立论,推之文事,亦复如此。王充《论衡·佚文篇》曰:

贤圣定意于笔,笔集成文,文具情显。后人观之,见其正伪,安宜妄记。足蹈于地,迹有好丑;文集于札,志有美恶。故夫占迹以睹足,观文以知情。

惟如是也,故古人有由文观人之论。王通《中说·事君篇》曰:

子谓文士之行可见:谢灵运小人哉!其文傲,君子则谨。沈休文小人哉!其文冶,君子则典。鲍照江淹,古之狷者也,其文急以怨。吴均孔珪,古之狂者也,其文怪以怒。谢庄王融,古之纤人也,其文碎。徐陵庾信,古之夸人也,其文诞。或问孝绰兄弟,子曰:鄙人也,其文淫。或问湘东王兄弟,子曰:贪人也,其文繁。谢朓浅人也,其文捷。江总诡人也,其文虚。皆古之不利人也,子谓颜延之王俭任昉有君子之心焉,其文约以则。……子曰:君子哉,思王也!其文深以典。

是虽未必尽然,要亦不为无见。韩愈《欧阳生哀辞》曰:

……读其文,知其慈孝最隆也。

此由文可知其人之性情也。吴处厚《青箱杂记》曰:

小说载卢杞貌陋,以文章干韦宙。韦氏子弟,多肆轻侮。宙曰:"卢虽人物不扬,观其文章有首尾,异日必贵。"后竟如其言。(此事见孙光宪《北梦琐言》)

此由文可决其人之前途也。前人论文,似此者甚多,今不具引。惟后世人情险诈,亦有心怀奸恶辞吐忠正者;故因文责实,有时竟至不验。《文心雕龙·情采篇》曰:

……后之作者,采滥忽真。远弃风雅,近师辞赋。故体情之制日疏,逐文之篇愈盛。故有志深轩冕,而泛咏皋壤;心缠几务,而虚述人外。真宰弗存,翩其反矣。夫桃李不言而成蹊,有实存也;男子树兰而不芳,无其情也。夫以草木之微,依情待实;况乎文章,述志为本,言与志反,文岂足征?

皮日休《桃花赋序》曰:

予尝慕宋璟之为相,疑其铁肠与石心,不解吐婉媚词。及睹其文,而有《梅花赋》。清便富艳,得南朝徐庾体。

元遗山《论诗》三十首有云:

心画心声总失真,文章宁复见为人,高情千古《闲居赋》,争信安仁拜路尘。

此则由文观人之说,又似不能全信矣。魏禧更进而论其所以不能置信之故,其言曰:

古之文章,足以观人;今之文章,不足以观人。盖古人文章,无一定格例。各就其造诣所至，意所欲言者，发抒而出。故其文纯杂瑕瑜，厘然并见。至于后世，则古人能事已备。有格可肖，有法可学。忠孝仁义有其文，智能勇功有其文。孰者雄古，孰者卑弱。父兄所教，师友所传。莫不取其尤工而最笃者，日夕揣摩，以取名于时。是以大奸能为大忠之文，至拙能袭至巧之论；则虽有孟子之知言，亦孰从而辨之哉？

魏氏之论，可谓能发后世文人内外不符之底蕴矣。然诸人所言，究属偶然。文辞纵能欺人于一时，必不能欺人于永久。苟识者取其全数作品及同时所与有关之作品而细绎之，其善恶之蛛丝马迹，终可寻见。故谓后世不能因文定人可也，若谓其能欺尽天下后世，则不可也。陈师道《后山诗话》曰：

> 退之诗云："长安众富儿，盘馔罗膻荤。不解文字饮，惟能醉红裙。"然此老有二妓，号绛桃柳枝。故张文昌诗云："为出二侍女，合弹琵琶筝"也。又为李于志叙当世名贵服金石药欲生而死者数辈，著之石，藏之地下；岂为一世戒耶，而竟以药死。故白傅云："退之服硫黄，一病竟不痊"也。

由此观之，昌黎"非圣人之志不敢存"之言（《答李翊书》）何尝欺尽天下后世哉？罗大经《鹤林玉露》曰：

> 后世之学为诗，其胸中之不醇不正，必有不能掩者矣。虽贪者赋廉诗，仕者赋隐逸诗，亦岂能逃识者之眼哉？

顾亭林《日知录》卷十九《论文辞欺人》曰：

> 末世人情弥巧，文而不惭，固有朝赋《采薇》之篇，而夕有捧檄之喜者。苟以其言取之，则车载鲁连，斗量王蠋矣。曰：是不然。世有知言者出焉，则其人之真伪，即以其言辨之，而卒莫能逃也。《黍离》之大夫，始而摇摇，中而如噎，既而如醉，无可奈何而付之苍天者，真也。汨罗之宗臣，言之重，辞之复，心烦意乱，而其词不能以次者，真也。栗里之征士，淡然若忘于世，而感愤之怀，有时不能自止而微见其情者，真也。其汲汲于自表暴而为言者，伪也。

亭林之论，殆为明末士大夫投身异姓者而发。征之古来文士，亦正如此。

谢灵运虽有"韩亡子房奋,秦帝鲁连耻"之句,而史臣书之以逆,后世亦未尝以鲁连子房许之;王维虽有高人之名,而《凝碧池头》之作,犹存集中,虽欲欺人得乎哉?然则今之欲以文辞欺世者,亦宜知所戒矣。

第十一篇　创造与摹仿

一人之文，有一人之个性，依其个性而发展之，是即其人之创造也。夫文学与科学矣，科学之职，在明是非真伪；是非真伪，皆有定准，故前人定理，后人或有不能不因袭者。文学之职，在写性灵，常人之情，贱故贵新，故文人为文，恒趋创造而避摹仿，诚以生吞活剥，句摹字仿，不足以为有价值之文学也。古人论文，多见及此。陆机《文赋》曰：

　　……收百世之阙文，采千载之遗韵。谢朝华于已披，启夕秀于未振。

　　……虽杼轴于予怀，怵他人之我先。

韩愈《答李翊书》曰：

　　……当其取于心而注于手也，惟陈言之务去，戛戛乎其难哉！

韩愈《南阳樊绍述墓志铭》称樊之文章亦曰：

　　……多矣哉，古未尝有也。然而必出于己，不袭蹈前人一言一句，又何其难也！

《樊绍述墓志铭》又曰：

　　惟古于词必己出，降而不能乃剽贼，后皆指前公相袭，从汉迄今用一律。

李翱《答王载言书》曰：

　　……创意造言，皆不相师。故其读《春秋》也，如未尝有《诗》也；其读《诗》也，如未尝有《易》；其读《易》也，如未尝有《书》也；其读屈原庄周也，如未尝有六经也……如山有恒华嵩衡焉，其同者高也，其草木之荣，不必同也。如渎有淮济河江焉，其同者出源到海也，其曲直浅深色黄白，不必均也。如百品之杂焉,其同者饱于肠也,其味咸酸苦辛,不必均也。此因学而知者也,此创意之大归也。……陆机曰:怵他人之我先。韩退之曰:唯陈言之务去。假令述笑哂之状:曰莞尔,则《论语》言之矣;曰哑哑,则《易》言之矣;曰粲然,则谷梁子言之矣;曰攸尔,则班固言之矣;曰鞬然,则左思言之矣。吾复言之,与前文何以异也,此造言之大归。……

习之之论,区分言意二端,殆谓文学之外形与内容,均贵创造,较之陆韩所论,更为明晰。此文学贵创造之说也。

洪迈《容斋随笔》卷七曰:

枚乘作《七发》,创意造端,丽旨腴词,上薄骚些,盖文章领袖,故为可喜。其继之者,如傅毅《七激》,张衡《七辩》,崔骃《七依》,马融《七广》,曹植《七启》,王粲《七释》,张协《七命》之类,规仿太切,了无新意。傅玄又集之以为《七林》,使人读未终篇,往往弃诸几格。……东方朔《答客难》,自是文中杰出。扬雄拟之为《解嘲》,尚有驰骋自得之妙。至于崔骃《达旨》班固《宾戏》张衡《应闲》,皆章摹句写,其病与《七林》同。

顾炎武《日知录》卷十九《论文人摹仿之病》有曰:

近代文章之病,全在摹仿。即使逼肖古人,已非极诣,况遗其神理而得其皮毛者乎。……效《楚辞》者,必不如《楚辞》;效《七发》者,必不如《七发》。盖其意中先有一人在前,既恐失之,而其笔力复不能自遂,此寿陵余子学步邯郸之说也。……如扬雄拟《易》而作《太玄》,王莽依《周书》而作《大诰》,皆心劳而日拙者矣。

《日知录》卷二十一《论诗体代降》又曰:

诗文之所以代变,有不得不变者。一代之文,沿袭已久,不容人人皆道其语。今且千数百年矣,而犹取古人之陈言一一而摹仿之,以是为诗可乎?故不似则失其所以为诗,似其失其所以为我。李杜之诗所以高出于唐人者,以其未尝不似而未尝似也。知此者,可与言诗也已矣。

盖文学以表达个人情志为主,若处处依傍他人,则与作文之旨相悖,此《曲礼》所以有剿说雷同之戒也。洪顾之言,至为的当。此文学不贵摹仿之说也。近年以来,胡适倡新文学,对于此点,尤致意焉。胡氏著《文学改良刍议》,标出八不主义,八不主义之第二曰不摹仿古人,其言曰:

> 今之文学大家,文则下规姚曾,上师韩欧;更上则取法秦汉魏晋;以为六朝以下无文学可言,此皆百步与五十步之别而已,而皆为文学下乘。即令神似古人,亦不过为博物院中添几许"逼真赝鼎"而已,文学云乎哉!

胡氏之谕,不过承古人绪余,其见与洪顾等,并无特异之处。而今人崇奉八不主义,如金科玉律,一若非胡氏不能及此者,此吴芳吉辈所以有《再论吾人眼中之新旧文学观》之作也。(见《学衡》第二十一期转载《湘君季刊》)

文学重创造不重摹仿,已如上述。然若谓从事文学之人当勉为创造则是,谓必不当摹仿则非。何则?夫摹仿者,人类之天性也。吾人自呱呱坠地以后,一切语言行为,何一非自摹仿得来者?若并人类之摹仿性而尽绝之,则世界之文化,或几乎息矣。吾人见一伟大人物,闻其议论,观其动作,不觉油然生效法之心。吾人诵一佳文,赏其丽辞,爱其雅音,及操笔自作,自不禁动摹拟之兴。故文学上摹仿之事,就文学本身言之,固难免奴性之讥;而自人类天性言之,则出于自然,不带丝毫勉强也。近年从事新文学者,固人人以创造为言矣。然即新派本身言之,其较为特出之士冠冕于一党者,不过三五;而附和盲从者,何止千万?此千万人者,于其三五首领之作,自抒情立意,口吻章法,以至声调语气,无不摹仿逼肖。而所谓三五首领者,虽于本国文学不屑摹仿,而于外国文学,则依然摹仿甚肖。观于此益知摹仿一事,为人类之天性也(《东方杂志》第二十四卷第二十三号有梁实秋《近年来中国之文艺批评》一篇,亦有此论)。且学术上创造之事,人非生而即能;必有相当修养,而后始能有所创造。就文学言之,其当修养期间,舍读他人作品外,别无所由。诵读既熟,则援笔操觚,自见摹拟之迹;摹之既久,始能有所树立。试翻览古今号为能创造者之文豪之作品,其集中众制,亦不必篇篇皆为创造。如杜甫,人所共知为诗中之创造者也。然检其《草堂》之作,其摹仿《木兰辞》之痕迹,甚为显著。工部若此,下此可知矣。故由摹仿而创造,由创造而树立,其致力也,固未可以猎等。惟人之才力,至为不齐。有仅至第一步之摹仿而止焉者。有进至第二步之创造而止焉者。亦有初能摹仿，继能创造，卒能树立成一家者。其能树立成一家者，人皆以创造许之；其仅至第一步至摹仿而止焉者，人遂以钞胥奴婢目之矣（钞胥奴婢乃胡适《文学改良刍议》讥陈伯严语）。然依摹仿本身论之，文学为艺术之一种，摹仿亦艺术之一法，如江淹《杂体诗》三十首，尽取古来名家而摹仿之，其艺术之价值固在，于文学何伤乎？总之，创造为文学之能事，而摹仿为进至创造必经之阶级，欲去摹仿而专事创造，其创造将无所由。是以古来论文之士，多谓摹仿为初学之事，与创造两不相妨也。朱子尝曰（王季芗先生《古文辞通义》卷一《解蔽篇》一引）：

  古人作文，多摹仿前人，学之既久，自然纯熟。

梁章钜《退庵随笔》曰：

  李文贞教人作诗，先将《十九首》之类，句句摹仿，先教像了，到后来自己做出，自无一点不似古人，却又指不出是像那一首。

王闿运《论文法》答张正旸问有曰：

  文有时代而无家数，今所以不及古者，习俗使之然也。韩退之遂云非三代两汉之书不敢观，如是仅得为拟古之文，及其应世，事迹人地，全非古有，则失其故步，而反不如时手驾轻就熟也。明人号为复古，全无古色；即退之文，亦岂有一句似子长扬雄耶？故知学古当渐渍于古，先作论事理短篇，务使成章，取古人成作，处处临摹，如仿书然，一字一句，必求其似。如此者，家信帐记，皆可摹古。然后稍记事，先取今事与古事类者，比而作之；再取今事与古事远者，比而附之；终取今事为古所绝无者，改而文之。如是，非十余年之专功，不能到也。……诗则有家数，易摹拟，其难亦在于变化。于全篇摹拟中，能自运一两句；久之可一两联，又久之可一两行，则自成家数矣。

观此可知摹仿为学文之唯一良法，其归仍在于创造也。古今文家，大抵多始于摹仿，终于创造，鲜有例外。古来文人，惟扬雄终身依傍他人。今检其所作，《法言》仿《论语》，《太玄经》仿《易》，《训纂》仿《凡将》《急就》，《州箴》仿《虞箴》，赋仿相如，《解嘲》仿东方朔《答客难》，《谏不受单于朝》仿《谏伐韩》。惟《酒箴》一篇，无所依傍。故论子云之文学，止能就其摹仿而定其价值也。

更自摹仿本身论之，同一摹仿也，乃有工拙之别。其摹仿之工者，与创造两不相妨；其拙者，则所谓画虎不成反类犬也。故刘知几《史通·摹拟篇》论之曰：

> 盖摹拟之体，厥途有二：一曰貌同而心异，二曰貌异而心同。何以言之？盖古者列国命官，卿与大夫为别。必于国史所记，则卿亦呼大夫。此《春秋》之例也。当秦有天下，地广殷周。变诸侯为帝王，目宰辅为丞相。而谯周作《古史考》，思欲摈抑马记，师放孔经。其书李斯人弃市也，乃云秦杀其大夫李斯。夫以诸侯之大夫，名天子之丞相。以此而拟《春秋》，所谓貌同而心异也。当春秋之世，列国甚多。每书他邦，皆显其号。至于鲁国，直云我而已。如金行握纪，海内大同。君靡客主之殊，臣无彼此之异。而干宝撰《晋纪》，至天子之葬，必云葬我某皇帝。时无二君，何我之有。以此而拟《春秋》，又所谓貌同而心异也。……昔《家语》有云：苍梧人娶妻而美，以让其兄。虽为让，非让道也。又《杨子法言》曰：士有姓孔字仲尼，其文是也，其质非也。如向之诸子所拟古作，其殆苍梧之让姓孔字仲尼者欤？盖语曰：世异则事异，事异则备异。必以先王之道，持今世之人。此韩子所以著《五蠹》之篇称宋人有守株之说也。世之述者，锐志于奇。喜编次古文，撰叙今事。而巍然自谓五经再生，三史重出，多见其无识者矣。惟夫明识之士则不然。何则？其所拟者，非如图画之写真，熔铸之像物，以此而似也。其所以为似者，取其道术相会，义理玄同，若斯而已。亦犹孔父贱为匹夫，栖皇放逐，而能祖述尧舜，宪章文武。亦何必居九五之位，处南面之尊，然后谓之连类者哉？盖左氏为书，叙事之最。自晋以降，景慕者多。有类效颦，益增其丑。然求诸偶中，亦可言焉。盖君父见害，臣子所耻。义当略说，不忍斥言。故《左传》叙桓公在齐遇害，而云彭生乘公，公薨于车。如干宝《晋纪》，叙愍帝殁于平阳，而云晋人见者多哭，贼惧帝崩。以此而拟左氏，所谓貌异而心同也。……夫将叙其事，必预张其本。弥缝混说，无所睯言。如《左传》称叔孙闻日融而哭，昭子曰：子叔其将死乎？秋八月，叔孙卒。至王劭《齐志》称张伯德梦山上挂丝，占者曰：其为幽州乎？秋七月，拜为幽

州刺史。以此而拟左氏,又所谓貌异而心同也。……盖貌异而心同者,摹拟之上也;貌同而心异者,摹拟之下也。然人皆好貌同而心异,不尚貌异而心同者,何哉?盖鉴识不明,嗜爱多僻,悦夫似史而憎夫真史。此子张所以致讥于鲁侯有叶公好龙之喻也。

子玄之言,虽为史家说法,若以论文学,亦得相通。昔刘肃《大唐新语》于唐人窃诗有活剥王昌龄生吞郭正一之诮,是即剽贼前言句摹字仿,所谓貌同而心异者也。释惠洪《冷斋夜话》引黄山谷语谓作诗有夺胎换骨诸法,是即袭前人之意而自铸其词,所谓貌异而心同者也。

尝析文学上摹拟之法,大抵不外三端,释皎然《诗式》三同之说,与余意若合符节。其言曰:

> 三同之中,偷语最为钝贼,……其次偷意,……其次偷势。……偷语诗例,如陈后主入隋《侍宴应诏诗》:"日月光天德"取傅长虞《赠何劭王济诗》:"日月光太清",上三字同,下二字义同。偷意诗例,如沈佺期《酬苏味道诗》:"小池残暑退,高树早凉归。"取柳恽《从武帝登景阳楼诗》:"太液沧波起,长杨高树秋。"偷势诗例,如王昌龄《独游诗》:"手携双鲤鱼,目送千里雁。悟波飞有适,嗟此罹忧患。"取嵇康《送秀才入军诗》:"目送归鸿,手挥五弦。俯仰自得,游心太玄。"

皎然所论,甚为有理。余尝分摹仿为仿句、仿体、仿意三种。仿句者,一篇中一句或数句摹仿古人者也。如《木兰诗》:

> ……爷娘闻语来,出郭相扶将,阿姊闻妹来,当户理红妆。小弟闻姊来,磨刀霍霍向猪羊。

杜甫《草堂诗》曰:

> ……旧犬喜我归,低徊入衣裾;邻里喜我归,沽酒携胡卢;大官喜我来,遣骑问所须;城郭喜我来,宾客临村墟。……

此其摹拟之迹,甚为显著;惟太偏于形似,故为劣也。

又如《古诗十九首·东城高且长》一首有曰:

......回风动地起,秋草萋已绿。......

岑参《登慈恩寺塔诗》有曰:

......秋色从西来,苍然满关中。......

其摹拟之迹,全然不露,所谓神似者也。

仿体者,谓仿古人全篇之章法也。古今文人此类作品甚多。如汉晋《七林》、《京都》诸赋,篇篇相因,几无生气,古人所谓屋下架屋(《世说新语》谢安称庾仲初《扬都赋》语),真仿体之劣者。又如张表臣称韩愈《南山诗》类杜甫《北征》(《珊瑚钩诗话》),王闿运谓杜甫《北征》学蔡琰《悲愤》,张若虚《春江花月夜》用《西洲》格调(《论唐诗诸家源流》答陈完夫问)。今持诸家作品两两相较,真如羚羊挂角,无迹可求,是乃仿体之善者也。

仿意者,用古之故事演为篇章,或袭古人文中成意演绎成篇者,皆属之。属于前者,如自陶潜作《桃花源记》以后,诸家遂袭其意作《桃源行》是也。属于后者,魏泰《临溪隐居诗话》曰:

诗恶蹈袭古人之意,亦有袭而愈工,若出于己者。盖思之愈精,则造语愈深也。魏人章疏云:"福不盈身,祸乃溢世。"韩愈则曰:"欢华不满眼,咎责塞两仪。"李华《吊古战场文》曰:"其存其没,家莫闻之。人或有言,将信将疑。眠眠心目,梦寐见之。"陈陶则云:"可怜无定河边骨,犹是深闺梦里人。"盖愈工于前也。

又如杨慎《艺林伐山》曰:

唐刘采春诗:"那年离别日,只道往桐庐。桐庐人不见,今得广州书。"此本诗疏何斯违斯一句。其疏云:"君子既行王命,于彼远方,谓适居此一处,今复乃去此,更转远于余方。"韦苏州诗:"春潮带雨晚来急,野渡无人舟自横。"此本于《诗》"泛彼柏舟"一句。其疏云:"舟载渡物者,今不用而与众物泛泛然俱流水中,喻仁人之不见用。"其余尚多类是。《三百篇》为后世诗人之祖,信矣。

古人仿意之作,似此者甚多。吾师黄季刚先生谓白居易《新乐府·井底引银瓶》一首,本诗《氓之蚩蚩》;龚自珍《佳人诗》,本《古诗十九首·西北有高楼》。亦与用修之言相似。惟此类作品,虽纳之摹仿范围之中,实与创造无异也。

总之,摹拟之作,要以神似为归。若过于形似,则难免效颦之讥。古今论文之士,惟王闿运一人,力主形似。其《论文法》答陈完夫问有曰:

> 退之自命起衰,首倡复古。心摹子云,口诵马迁,终身为之,乃无一似。最有名者记张巡传毛颖,游戏之作,宜可优孟,乃亦是凡近之词。其述睢阳,便似小说,反不及侯朝宗《马伶传》为能起予。盖惩子云之拟,而创为遗貌取神之术者也。夫神寄于貌,遗貌何所得神。优孟去其衣冠,直一优耳。不学古何能入古乎?古之名篇,乃自相袭,由近而远,自有阶梯。譬之临书,当须池水尽墨。至其浑化,在自运耳。晋人行草,大抵相类;汉魏之文,约略大同。知此可知学古矣。

壬秋之言,未免过当。若就神似形似两说而兼采之,则曾国藩所谓"以脱胎之法教初学,以不蹈袭教成人",其至论乎!

或曰:君论文既重个性,又不废摹仿,两者得无相抵牾乎?

曰:是不然。人之诵读诗文,各喜其性之所近;故其摹仿诗文,亦各摹仿其性之所近。其性所不近之诗文,平日既不喜读,安得取之而摹仿乎?故其摹仿之作,亦仍有个性在也。且人类天性,各不相同。其摹拟古人,除生吞活剥者外,亦决不能全似古人(莫是龙《笔麈》亦有此论)。观陆机之《拟古诗》,其中仍有士衡个性在,何尝尽似古诗乎?后之摹拟杜甫者,临川所得者为临川之杜甫,山谷所得者为山谷之杜甫,放翁所得者为放翁之杜甫。诸家何尝尽似杜甫,又何尝不尽似杜甫?所谓仁者见仁,智者见智,诸家之个性各别,故其所得,各为工部之一体。于此益可证摹仿与个性两不相妨矣。《文心雕龙·辨骚篇》曰:

> 才高者菀其鸿裁,中巧者猎其艳辞,吟讽者衔其山川,童蒙者拾其香草。

舍人之意,亦谓人之性情既异,楚骚之所含不一。故能各依其个性而得其一体也。

第十二篇　文学与道德

昔萧纲《诫当阳公大心书》有云："立身之道,与文章异。立身先须谨重,文章且须放荡。"简文之言,晓然明白,文学道德,本为二事。观古今文人,类不护细行,鲜能以名节自立。(曹丕《与吴质书》)盖可证矣。然自来文士论文,多好涉及道德问题。亦若文学与道德不能分离者。不知文学自文学,道德自道德,文人之情,别有所寄;世俗所谓道德,不足累及文人也。欲破俗见,乃著斯篇。

《易·干文》言:"修辞立其诚,所以居业也。"《论语·宪问篇》曰:"有德者必有言,有言者不必有德。"文德之论,殆放于此。扬雄《法言·吾子篇》曰:"或问景差唐勒宋玉之赋也,益乎?曰:必也淫。淫则奈何?曰:诗人之赋丽以则,辞人之赋丽以淫。"又曰:"或曰:女有色,书亦有色乎?曰:有。女恶华丹之乱窈窕也,书恶淫辞之淈法度也。"卫宏《关雎序》:"变风发乎情,止乎礼义。发乎情,民之性也;止乎礼义,先王之泽也。"此亦继孔氏而为论,惟未标文德之名耳。文德之名,见于《尚书》。"帝乃诞敷文德"是也。《大禹谟》既属伪造,所言又非文学,故不足征。其标举文德之名而论文学者,始于东汉王充。《论衡·佚文篇》曰:

> 文人宜遵五经六艺为文,诸子传书为文,造论著说为文,上书奏记为文。文德之操为文,五文在世皆当贤也。

又曰:

> 上书陈便宜,奏记荐吏士,一则为身,二则为人。繁文丽辞,无上书文德之操。治身完行,殉利为私无为主者。

厥后魏杨遵彦沿《论衡》之名,著《文德论》,以为"古今辞人,皆负才遗行,浇薄险忌。惟邢子才王元景温子升彬彬有德素"(《魏书·文苑传》)。

及清章学诚著《文史通义》,亦有以《文德》名篇者。其较略曰:

凡为古文辞者,必敬以恕。临文必敬,非修德之谓也;论古必恕,非宽容之谓也。敬非修德之谓者,气摄而不纵,纵而不能中节也。恕非宽容之谓者,为古人设身处地也。

其论亦有所见。惟学诚以为"未见有论文德者"矜为独得。学诚固非不读书者,其为此言,实近剽窃。章太炎先生讥之,宜矣(《国故论衡》中《文学总略》)。又学诚本为史家,故其所论,近史而非文。察所举例为《三国志》《汉晋春秋》《通鉴纲目》,又谓"文由史出"。以史赅文,是其过又不止于窃焉已也。

详察前人之论文德,不出三义。一为文人之德,杨遵彦所论是也。二为文章之德,《法言》所论是也。三为临文之德,章学诚所论是也。文人之德与文章之德,二者本为一贯。盖文章即文人情志之见于文字者;而文人之德,乃其情志之见于行为者也。至临文之德,则刘勰所谓"为文之用心"耳(语见《文心雕龙·序志篇》)。临文不敬,则不能中节;不设身处地,则未易得情之实。是则侵入修辞学之范围,非兹篇所宜越俎矣。

昔班固序《离骚》有曰:

> 屈原露才扬己,竞乎危国群小之间,以离谗贼。然责数怀王,怨恶椒兰,愁神苦思,强非其人。忿怼不容,沉江而死。

曹丕《典论·论文》曰:

> 文人相轻,自古而然。傅毅之于班固,伯仲之间耳;而固小之。与弟超书曰:"武仲以能属文,为兰台令史,下笔不能自休。"

《颜氏家训·文章篇》曰:

> 自古文人,多陷轻薄。屈原露才扬己,显暴君过。宋玉体貌容冶,见遇俳优。东方曼倩滑稽不雅。司马长卿窃赀无操。王褒过章《僮约》。扬雄德败《美新》。李陵降辱夷虏。刘歆反覆莽世。傅毅党附权门。班固盗窃父史。赵元叔抗竦过度。冯敬通浮华摈压。马季长佞媚获诮。蔡伯喈同恶受诛。吴质诋诃乡里。曹植悖慢犯法。杜笃乞假无厌。路粹隘狭已甚。陈琳实号粗疏。繁钦性无检格。刘桢屈强输作。王粲率躁见嫌。孔融祢

衡,诞傲致殒。杨修丁廙,扇动取毙。阮籍无礼败俗,嵇康凌物凶终。傅玄忿斗免官。孙楚矜夸凌上。陆机犯顺履险。潘岳干没取危。颜延年负气摧黜。谢灵运空疏乱纪。王元长凶贼自贻,谢玄晖侮慢见及。凡此诸人,皆其翘秀者。不能悉纪,大较如此。至于帝王,亦或未免。自昔天子而有才华者,唯汉武帝魏太祖文帝明帝宋孝武帝。皆负世议,非懿德之君也。

此外诸书言文人之德者,不可一二数。举兹数则,足见概略。夫屈原之德,古今论者非一人矣。淮南王刘安《叙离骚传》有曰:

> 蝉脱浊秽之中,浮游尘埃之外,皭然泥而不滓。推此志,虽与日月争光可也。

王逸《楚辞章句序》曰:

> 屈原膺忠贞之质,体清洁之性。直若砥矢,言若丹青。进不隐其谋。退不顾其命。此诚绝世之行,俊彦之英也。

试检中国文学史,求其道德文章兼备如灵均者,能有几人?而犹贻露才扬己之诮,其余文士,犹复有完人乎?俗议之苛,乃至如是。复何言哉!复何言哉!

夫论人而求全责备,吹毛索瘢;则自有生民以来,应无一人称人意者;不独少数文士然也。姬旦孔丘,人中之麟凤也。王充刘知几辈,曾有《问孔》《惑经》之作;而苏轼等且以《周公》为篇目矣。昔章学诚之论文德也,曰:"论古必恕。"呜呼何古今论文德者之不恕之甚乎!

人有恒言曰:"文人无行,才士无德。"以此言科之古今文士,似亦近实。恒人之所以作如是论者,盖多依世俗之道德观念,检点古今文士之篇什,因辞度意,而遂断其无行无德也。昔金圣叹谓:"风花雪月,为填词家一半本事。"观古今文士之所缀属,常依依于风月儿女之间,以寄其忠贞爱恋之思。此所谓"主文而谲谏",未必实有其事也。诗文之所以能动天地感鬼神者,亦正以此。盖文学者,抒情之物也。"物之兴衰,情之起伏,惟妃匹之间为甚。故文人多托以为喻"(黄季刚先生《咏怀诗补注》语)。

《九章·抽思篇》曰：

> 结微情以陈词兮，矫以遗夫美人。昔君与我成言兮，曰黄昏以为期。羌中道而回畔兮，反既有此他志。骄吾以其美好兮，览余以其修姱。与余言而不信兮，盖为余而造怒。

此间所谓美人者，君也。言君与己始亲后疏，君又自多其能，但以恶我之故，为我作怒也（略本朱熹《楚辞集注》）。阮籍《咏怀诗》第二首曰：

> 二妃游江滨，逍遥顺风翔。交甫怀环佩，婉娈有芬芳。猗靡情欢爱，千载不相忘。倾城迷下蔡，容好结中肠。感激生忧思，萱草树兰房。膏沐为谁施，其雨怨朝阳。如何金石交，一旦更离伤。

此借男女之事，喻人情之无定也。其意若曰："交甫见欺，虚怀环佩，而千载不忘；倾城见悦，至于蓬首，而终焉离隔。人情无定若此，虽复金石之交，庸足赖乎？"（黄先生《咏怀诗补注语》）

若必因其辞而证之以事，则屈原必曾结识某某美人，阮籍必有男女失恋之事。高叟说诗，孟子以"固哉"称之。古今文士所以不见怒于世俗者，岂不以此乎？然而世俗妄论，未有终极；文士情怀，焉能不吐？于是论者自论，作者自作；一为文士，而轻薄无行之谤至矣！《旧唐书·文苑传》称李商隐："文思清丽，而无持操。恃才诡激，为当涂者所薄。"《新唐书·文艺传》亦称商隐"诡薄无行"。固知玉溪生香奁诗体，必不免于世议。今读其《有感诗》，果自解曰："非关宋玉有微词，却是襄王梦觉迟。一自《高唐赋》成后，楚天云雨尽可疑。"呜呼，此乃千古文士未申之公愤，不独义山一人也！

然则文人之德，遂无可议乎？曰是又不然。以上云云，不过谓文人不尽无德无行耳。实则无德无行者固多。且一为文人，便易流于无德无行。其所以然之故，《颜氏家训·文章篇》曾略论之。其言曰：

> 文章之体，标举兴会，发引性灵，使人矜伐。故忽于持操，果于进取。

之推之言，当矣，而未能尽也。夫文人之文章行事，皆与其思想有关。以文章行事，皆思想之表露于外者也。杜工部之思想，近于儒家。今观其诗，浑厚朴茂；而其行为，亦拘谨忠贞，不为非常。李太白之思想，道家也。今观其诗，豪发英放，好为大言，而其行为，亦诞傲凌物。所谓"天子不能臣，诸侯不能友"。与少陵迥异矣。故论文德，必先明于文人之思想；不明文人之思想，而妄论文德，如隔靴搔痒，必不着矣。

凡一国之文学，足以存在于世界而有价值者，必有其文学之特色。文辞犹其余事，其文中所蕴蓄之精神，乃其最重要者也。故凡一国之文学，足以永存于世界，绎其所有文学作品而总核之，必有一种思想，贯澈于多数文人之脑中，使其精神作同一之倾向。此验之各国文学史，莫不皆然。中国亦何能独外乎？中国文人精神之同一倾向，今人刘永济君曾略论之。其言曰：

> 后世文人，多不能出孔门以外。……故论我国文学之观念，宜先知孔门文学之观念。（《学衡》第九期《中国文学通论》）

此论骤然观之，似当无病。自汉武崇儒以还，中国学术统于一尊。孔学影响于后世，诚亦大矣。然若语及文学，则此论殊弗澈底。夫孔门之学术，多属政治伦理，此与文学判然两途。其用文学，不过以为化民致治之工具耳。故曰："兴于诗，立于礼，成于乐。"又曰："行有余力，则以学文。"孔门弟子，属文学之科者，惟子游子夏二人，均无歌咏见于后世，盖其证矣。梁简文帝《与湘东王书》亦曰：

> 若夫六典三礼，所施则有地；吉凶嘉宾，用之则有所。未闻吟咏情性，反拟《内则》之篇，操笔写志，更摹《酒诰》之作。迟迟春日，翻学《归藏》；湛湛江水，遂同《大传》。

惟此之故，故中国后世之伦理政治，受儒家之影响为多。而文人之精神，因与礼法有不相容处，不惟不受儒家之感化，其精神之见于篇什者，且时与儒家相背戾也。杜少陵之思想，依大体而论，属儒家无疑矣。然其《醉时歌》有云：

> 儒术于我何有哉！孔丘盗跖俱尘埃。不须闻此意惨怆，生前相遇且衔杯。

其《苏端薛复筵简薛华醉歌》有云：

> 气酣日落西风来，愿吹野水添金杯。如渑之酒常快意，亦知穷愁安在哉？忽忆雨时秋井塌，古人白骨生青苔，如何不饮令心哀。

此言何等狂放？遍检孔门之书，能得其语之仿佛者乎？韩昌黎著《原道》等篇，生平以卫孔自任，其《石鼓歌》乃云：

> 陋儒编诗不收入，二雅褊迫无委蛇。

千古编诗者，惟孔子一人。呼孔子为陋儒，是卫孔者之口吻乎？

闲尝论之。文人好率真，而仁义务于理伪；文人尚从容，而礼法期于抑引；文人贵虚无，而政教希乎实效；文人尊兼同，而人伦辨乎等夷。此儒家与文学，所以不能不相抵牾也。嵇康有言："鸟不毁以求驯，兽不群而求畜。"（《难张辽叔自然好学论》）如文人而好儒术，则是鸟求驯兽求畜，一入拘束之途，必不能精矣。

或曰：中国文学之带儒家色彩，此验之历代文人而多然也。今子独反是论，将置历代史实而不顾乎？

曰：八家以来至于桐城及宋明以来习理学者所谓明道之文，真文之近于儒氏者也。然析其内容，则多属哲学伦理政治，绝不得滥冒文学之名。至词章家之称述孔子，不过因朝廷尊孔之故，假其语以自重，非真能服膺孔子也。故以杜工部之儒家思想，犹时作放荡之辞，侪孔丘盗跖于视一。去此以往，更可知矣。

此理也，刘君永济非不知之。其言有曰："后世文人，……或且假孔子以自重，……亦往往回护其词，未肯显然相背。"（《学衡》第九期《中国文学通论》）呜呼！后世文人假孔子以自重者，何如是其多？惜刘君未之深思也。

然则中国文人之思想，受何家响影最大乎？曰：道家也，老庄也。何以见之？

曰：魏晋之间，自王弼何晏好老庄玄胜之谈，而俗遂贵焉。其后因谈余气，流成文体。自建武至于义熙，历载将百。虽比响连辞，波属云委，莫不寄言上德托意玄珠。所谓诗必柱下之旨归，赋乃漆园之义疏者，盖纪实也（语本檀道鸾《续晋阳秋》、沈约《宋书·谢灵运传论》、刘勰《文心雕龙·时序篇》）。此老庄之学，影响于魏晋文学，夫人而知之矣。实则老庄影响于后世文学界者，殊不止此。常欲为专篇论之，牵于俗务，迄未能就。今又为篇幅所限，不能细论，仅言其大较焉。老子曰：

众人熙熙，如享太牢，如登春台。我独泊兮其未兆，如婴儿之未孩，儽儽兮若无所归。

众人皆有余，而我独若遗。我愚人之心也哉。沌沌兮。俗人昭昭，我独昏昏；俗人察察，我独闷闷。淡兮其若海，飂兮若无止。众人皆有以，而我独顽似鄙。我独异于人，而贵食母。

后世文人之思想，什九皆属颓废派也。其于国家社会，什九皆持达观主义者也。此颓废之思想，与"终日干干"之儒家精神，适相背离；此达观之心理，与"非斯谁与"之儒家态度，适相水火。故非谓其出于老庄不可也。

尝试检阅历代文人之诗词歌赋，其不有"终日昏昏醉梦间"之行为者，盖百不得一焉。其不有"又得浮生半日闲"之希望者，盖百不得一焉。其不有"且尽生前有限杯"之心思者，盖百不得一焉。其不发"孔丘盗跖同尘埃"之浩叹者，盖百不得一焉。天下兴亡，匹夫有责，文人则曰："自有周公孔圣人。"社会改造，端赖互助，文人则曰："谁管他人瓦上霜。"此等思想之造成，其原因固非一种；而受老庄之影响，则其尤大者也。故"头面一月十五日不洗，小便令胞中略转乃起"（嵇康《与山巨源绝交书》）。古今文人率皆有与此相似之行为，不过魏晋间人为尤甚耳。盖老庄"恬淡之辞，谬悠之理，可以排除忧患，消遣年涯。故智士以之娱生，文人于焉托好"也（黄季刚先生《文心雕龙·明诗篇札记》）。此等颓废之思想，达观之心理，引而申之，则犯教伤义，与世多忤。盖简与礼相悖，自得与兼善不能并存也。古今文人之易遭世忌，谓非以此乎？

或曰：苟如所论，则文人犯教伤义，是文人无道德矣。

曰：周孔以来所谓礼教，不过为民上者用以钳制黔首之工具耳。其虚伪不澈底处，老子庄周，早已言之，无庸赘论。文人之生活，偏于感情；文人之道德，近乎超人；文人之行为，好为真实。惟其偏于感情也。故以从容为欢，从欲为得，不乐仁义婴其心，名分检其外，不须犯情之礼律也（语本嵇康《难张辽叔自然好学论》）。惟其近乎超人也。故世俗之车马，不足乘也，必驷玉虬乘瑶象。世俗之仪仗，不足用也，必使望舒率云霓。世俗之布帛，不足服也，必制荷衣集蓉裳。世俗之女色，不足乐也，必友宓妃留二姚。世俗之宫室，不足居也，必葺荷屋成椒堂。乃至恶浊之世界，不足恋也，必陟赫戏游春宫。

极而言之，文人之思想行为，无一非超乎常人者。世俗之道德，在文人视之，真所谓"非为我辈设"矣。且人之行为，贵乎真实，真实即道德所在。如内怀放僻，外为仁义，伪君子有逾于真小人乎？第五伦尝语人曰：

> 吾兄子常病，一夜十往，退而安寝。吾子有疾，虽不省视，而竟夕不眠。

（《后汉书》卷四十一本传）

呜呼！伯鱼之贞白，即存乎此。蔡邕谓卢植曰：

> 吾为碑铭多矣，皆有惭德。惟郭有道无愧色耳！（《后汉书》卷六十八《郭泰传》）

后世文人即有此事，亦不肯明言。此伯喈之德，所以为高也。梁萧统之序《陶渊明集》也，曰：

> 白璧微瑕，惟在《闲情》一赋。扬雄所谓劝百而讽一者，卒无讽谏，何必摇其笔端。惜哉无是可也。

此非深知渊明者。常谓此文在后世伪理学家，必不肯作；而渊明所以高于伪理学家，亦正以此。往者黄季刚先生常言：

> 韩退之满口仁义，而受人谀墓之金；方望溪貌为道德，居母丧见妻子而动心。故因文论人，不可语于唐宋以后。

今持以较伯喈渊明，知其信然。唐寅《焚香默坐歌》曰：

> 为人能把口应心，孝悌忠信从此始。其余小德或出入，焉能磨涅吾行止。头插花枝手把杯，听罢歌童看舞女。食色性也古人言，今人乃以之为耻。及至心中与口中，多少欺人没天理。阴为不善阳掩之，则何益矣徒劳耳。

《晋书·阮籍传》曰：

> 母终。正与人围棋，对者求止，籍留与决赌。既而饮酒一斗，举声一

号,吐血数升。及将葬,食一蒸肫,饮二斗酒,然后临诀。直言穷矣,举声一号,因又吐血数升,毁瘠骨立,殆致灭性。

又曰:

邻家少妇有美色,当垆沽酒。籍常诣饮,醉便卧其侧。籍既不自嫌,其夫察之,亦不疑也。

兵家女有才色,未嫁而死。籍不识其父兄,径往哭之,尽哀而返。

唐寅之文之德,固不足道。然以歌中所言,较之阴恶阳善如韩方辈者,犹觉光明磊落。以其胸有是怀,笔作是语也。况文人之行,常"外坦荡而内淳至"(《阮籍传》语),任实情笃,不作伪态,如阮嗣宗之事者,所在多有;更何伤于道德乎?

抑文人轻视世俗道德,固自有其人生观在。夫世人熙熙攘攘,其目的究何属?简言之,不过求生活之安乐耳。然人生不得意事常八九,可欢笑者无二三。生活之安乐,岂易言哉?于此,圣哲仙佛帝王之教兴焉。圣哲教人积善累德,以求最后之乐利;而天之福善祸淫,每见乖谬。夷齐饿死颜回短命,跖蹻莽操反以富寿终。则人生贵贱寿夭,固有命在,非可强致也。故文人之言曰:

射钩后呼父,钓翁王者师。无国要孟子,有人毁仲尼。秦因逐客令,柄归丞相斯。安知魏齐首,见断箦中尸。给丧蹶张辈,廊庙冠峨危。珥貂七叶贵,何妨戎虏支。苏武却生还,邓通终死饥。主张既难测,翻覆亦其宜。

(杜牧《杜秋娘诗》)

文人又曰:

尧得舜可禅,不以瞽瞍疑。禹竟代舜立,其父吁咈哉。嬴氏并六合,所来因不韦。汉祖把左契,自言一布衣。当涂佩国玺,本乃黄门携。长戟乱中原,何妨起戎氐。不独帝王尔,臣下亦如斯。伊尹佐兴王,不借汉父资。蹯溪老钓叟,坐为周之师。屠狗与贩缯,突起定倾危。长沙启封土,岂是出程姬。帝问主人翁,有自卖珠儿。武昌昔男子,老苦为人妻。蜀王有遗魄,今在林中啼。淮南鸡舐药,翻向云中飞。大钧运群有,难以一理推。顾于冥冥内,为问秉者谁;我恐更万世,此事愈云为。猛虎与双翅,更以角副之。

凤凰不五色，联翼上鸡栖。……(李商隐《井泥四十韵》)

故曰："实命不同。"(《诗·召南·小星》)又曰："人生由命非由他。"(韩愈《八月十五夜赠张功曹》)

文人于此，盖深致慨焉。宗教家以神仙天堂地狱来世祸福诸说，劝惩世人，使之去恶就善。而神仙之有无，固不可知。即或有之，就记籍所载，亦"特受异气，禀之自然，非积学所能致"(嵇康《养生论》)。秦皇汉武求仙不可谓不切，而世人亦惟见其金棺葬寒灰耳。至天堂地狱来世祸福，几人曾目见耶？

"无参验而必之者，愚也。非能必而据之者，诬也。"(《韩非子·显学》)

智如文人，当不之信。故文人之言曰：

仙人王子乔，难可与等期。(《古诗十九首·生年不满百》)

又曰：

人生忽如寄，寿无金石固。万岁更相送，圣贤万能度。服食求神仙，多为药所误。(《古诗十九首·驱车上东门》)

文人又曰：

海客谈瀛洲，烟涛微茫信难求。(李白《梦游天姥吟留别》)

又曰：

秦王扫六合，虎视何雄哉！……徐市载秦女，楼船几时回。但见三泉下，金棺葬寒灰。(李白《古风》五十九首其三)

又曰：

人生七十古来有，处世谁能得长久。光阴真是过隙驹，绿鬓看看成皓首。积金到斗都是闲，几人买断鬼门关？不将樽酒送歌舞，徒把铅汞烧金丹。白日升天无此理，毕竟有生还有死。……古稀彭祖寿最多，八百岁后还如何？……(唐寅《闲中歌》)

百年大限，圣贤莫度。文人亦无如何焉？自昔帝王所恃以劝人者，不过功名富贵忠臣孝子后世之令名耳。然朝为卿相暮遭杀戮者，比比皆是。富贵功名,焉能常保？一朝被谗,株连族戚。欲牵黄犬于上蔡,听华亭之唳鹤,亦已晚矣。比干见戮,申生被诛。忠臣孝子,又当如何？至于流芳百世,遗臭万年,则墓门一闭,千载不寤。芳臭实非所觉,更不足以动人矣。故文人之言曰：

> 德尊一代常轗轲,名垂万古知何用？……儒术于我何有哉？孔丘盗跖俱尘埃。（杜甫《醉时歌》）

又曰：

> 官高何足论？不得收骨肉。（杜甫《佳人》）

又曰：

> 青门种瓜人,旧日东陵侯。富贵故如此,营营何所求？（李白《古风五十九首》其九）

又曰：

> 赵有豫让楚屈平,卖身买得千年名。巢由洗耳有何益？夷齐饿死终无成。（李白《笑歌行》）

又曰：

> 凤鸟不至河无图,微子去之箕子奴。汉帝不忆李将军,楚王放却屈大夫。（李白《悲歌行》）

又曰：

> 功名富贵若常在,汉水亦应西北流。（李白《江上吟》）

又曰：

> 岂不见：挽长弓,挥短镐。挽长戈,操短戟。投鞭断流,鏖兵赤壁。志小鸿沟,眼高绝域。又不见：楼上楼,屋上屋。置黄金,藏白玉。紫标身,红腐粟。锦帐五十里,胡椒八百斛。贵为万户侯,富食千钟禄。英雄富贵安在哉？北邙山下俱尘埃。（唐寅《慨歌行》）

《九章·惜诵》篇曰：

吾谊先君而后身兮,羌众人之所仇也。专惟君而无他兮,又众兆之所仇也。壹心而不豫兮,羌不可保也。疾亲君而无他兮,有招祸之道也。

思君其莫我忠兮,忽忘身之贱贫。事君而不贰兮,迷不知宠之门。

忠何罪以遇罚兮,亦非余之所志也。行不群以颠越兮,又众兆之所咍也。纷逢尤以离谤兮,謇不可释也。情沉抑而不达兮,又蔽而莫之白也。

心郁邑余侘傺兮,又莫察余之中情。固烦言不可结而诒兮,愿陈志而无路。退静默而莫余知兮,进呼号又莫余闻。申侘傺之烦惑兮,中闷瞀之忳忳。

《涉江篇》曰:

吾不能变心而从俗兮,固将愁苦而终穷。接舆髡首兮,桑扈裸行。忠不必用兮,贤不必以。伍子逢殃兮,比干菹醢。与前世而皆然兮,吾又何怨乎今之人。余将董道而不豫兮,固将重昏而终身。

屈子此言,不啻为千古忠臣义士说法。今日读之,犹有余痛。是知浊世不容好人,由来久矣。准斯以谈,举圣哲仙佛帝王之所以为教者,均不足以服文人。故文人不得不超轶于世俗道德之外,以觅其寄情之所。俗世不知,妄谓文人好犯教伤义;抑知世俗之所谓教义,大有不澈底处在乎?

然则文人之处世,究取何种态度乎?

曰:圣哲仙佛帝王之教,所以不足服文人之心者,以其迂远无验而不足恃也。

故文人自为计,必取其切近有验而可恃者。天下之最切近有验而可恃者,惟现在之事耳。明日死亡与否,今日不能知。后一小时之苦痛或快乐,此一小时不能知。推而极之,后一分钟后一秒钟之存亡苦乐,此一分钟此一秒钟亦不能知也。惟恐明日后一小时后一分钟后一秒钟之死亡或苦痛,故不能不寻今日此一小时此一分钟此一秒钟之生存之快乐。已享今日此一小时此一分钟此一秒钟生存之快乐矣。不幸明日后一小时后一分钟后一秒钟而果死亡或苦痛,则今日此一小时此一分钟此一秒钟所享生存之快乐,即为此生之实得矣。文人有见于此,故恒持现时快乐主义焉。其言曰:

山有枢,隰有榆。子有衣裳,弗曳弗娄。子有车马,弗驰弗驱。宛其死矣,他人是愉。

山有栲,隰有杻。子有廷内,弗洒弗埽。子有钟鼓,弗鼓弗考。宛其死矣,他人是保。

山有漆,隰有栗。子有酒食,何不日鼓瑟?且以喜乐,且以永日。宛其死矣,他人入室。(《诗·唐风·山有枢》)

文人又曰:

人生天地间,忽如远行客。斗酒相娱乐,聊厚不为薄。驱车策驽马,游戏宛与洛。……极宴娱心意,戚戚何所迫?(《古诗十九首·青青陵上柏》)

又曰:

人生寄一世,奄忽若飙尘。何不策高足,先据要路津?无为守穷贱,轗轲长苦辛。(《古诗十九首·今日良宴会》)

又曰:

四时更变化,岁暮一何速!……荡涤放情志,何为自结束?(《古诗十九首·东城高且长》)

又曰:

浩浩阴阳移,年命如朝露。人生忽如寄,寿无金石固。万岁更相送,圣贤莫能度。服食求神仙,多为药所误。不如饮美酒,被服纨与素。(《古诗十九首·驱车上东门》)

又曰:

生年不满百,常怀千岁忧。昼短夜苦长,何不秉烛游?为乐当及时,何能待来兹?(《古诗十九首·生年不满百》)

又曰:

君爱身后名,我爱眼前酒,饮酒眼前乐,虚名何处有?(李白《笑歌行》)

又曰：

美景良辰傥遭遇，又有赏心并乐事。不烧高烛对芳樽，也是虚生在人世。

古人有言亦达哉，劝人秉烛夜游来。春宵一刻千金价，我道千金买不回。（唐寅《一年歌》）

又曰：

人生七十古来少，前除幼年后除老。中间光阴不多时，又有炎霜与烦恼。花前月下得高歌，急须满把金樽倒。（唐寅《一世歌》）

古人诗歌中表现此类情意者，不胜枚举："纵有千年铁门限，终须一个土馒头。"年华如水，一去不回。不寻眼前之乐，徒遗后日之悲。世人见不及此，用苦心于数十年之前，希荣利于数十年之后。人世多变，荣利未获；而面皱齿尽，白发盈把，颓然老矣。较之文人所为，何得何失，明达者自能知之。乃腐儒陋士遂以此目文人为荒淫不德；不知文人所以出此途者，固自百虑千计中来也。

或曰：苟如所论，则文人无德，益昭然矣。

曰：吾于此亦不能强为文人掩饰。然揆以道德之实，此犹非不德之甚者。道德之义，就积极方面言之，则不惟自度而且度人。所谓"兼善""利他"是也。就消极方面言之，则惟自度而不度人。所谓"独善"、"自洁"、"利己而不害人"是也。文人之行为，虽有似于是利，亦无害于人。较之世俗所称英雄豪杰帝王圣贤，牺牲数百千万之生灵，求偿一己之大欲者，其相去可以道里计乎？文人之不德，不过害于一身；英雄豪杰帝王圣贤之不德，则以百姓为刍狗。故世界之最不道德者，莫英雄豪杰帝王圣贤为甚。文人何足算也。然而英雄豪杰帝王圣贤之得志也，人皆是之畏之敬之；文人少不自检，则不德之谤至矣。庄生曰："窃钩者诛，窃国者为诸侯。诸侯之门，而仁义存焉。"（《胠箧篇》）世论之不公，俗眼之不明，盖不独今日然矣。

又尝论之：文人之所以出于世俗所谓不德之一途，实有不得已者存焉。不得已者何？环境有以迫之也。常谓文人之结果，大概不出二途。

一曰自杀,如屈原是也。《离骚》曰:

> 已矣哉!国无人莫我知兮,又何怀乎故都?既莫足与为美政兮,吾将从彭咸之所居!

《九章·悲回风》曰:

> 吾怨往昔之所冀兮,悼来者之逖逖。浮江淮而入海兮,从子胥以自适。望大河之洲渚兮,悲申徒之抗迹。骤谏君而不听兮,任重石之何益?心絓结而不解兮,思蹇产而不释。

故屈原之自杀,实环境逼之使然。而班孟坚辈,乃诮为:"忿怼不容,沉江而死。"抑知其怀沙自沉,由于美政之莫足为乎?此其一。

二曰放纵。古今文人不得意时,多出此途。盖好生之情,人人所同。非正直不豫如灵均者,鲜能率然轻生也。李白《古风》五十九首(其五)曰:

> 奈何青云士,弃我如尘埃。珠玉买歌笑,糟糠养贤才。

(李白《古风》五十九首其三十七)又曰:

> 浮云蔽紫闼,白日难回光。群沙秽明珠,众草凌孤芳。古来共叹息,流泪空沾裳!

故太白之纵情酒色,实社会逼之使然。所谓"人生在世不称意,明朝散发弄扁舟"(《宣州谢朓楼饯别校书叔云》)。盖有深痛存焉。杜甫《自京赴奉先县咏怀五百字》曰:

> 当今廊庙具,构厦岂云缺?葵藿倾太阳,物性固莫夺。顾惟蝼蚁辈,但自求其穴;胡为慕大鲸,辄拟偃溟渤。以兹悟生理,独耻事干谒。兀兀遂至今,忍为尘埃没。终愧巢与由,未能易其节。沉饮聊自遣,放歌破愁绝。

为蝼蚁而耻事干谒,慕大鲸而君不我用;高蹈远隐,又不忍舍尧舜之君。遂不能不自遣以饮,破愁以歌矣。故少陵之放意诗酒,亦环境迫之使然也。此其二。

世人逼之使不得不出于此;见其出于此也,而又罪之,詈为不德。人之无良,乃至是哉!

或曰:爱好同类,人之常情,而文人相轻,其义若何?

曰:《颜氏家训·文章篇》固明言之矣:

> 文章之体,标举兴会,发引性灵,使人矜伐,故忽于持操,果于进取。

其言可谓深切著明。盖文学为感情之物,实与女性相近。妃匹之间,易见妒忌。骄人以美好,览人以修姱。恒人之情如此。文人亦何能免?

《颜氏家训·文章篇》又曰:

> 一事惬当,一句清巧。神厉九霄,志凌千载。自吟自赏,不觉更有傍人。

《典论·论文》曰:

> 家有敝帚,享之千金。

之推子桓之言,得其实矣。文人自处,既已如是。其处人也,轻蔑之态,自不觉流露于外。孟坚轻武仲(见《典论·论文》),延年毁谢庄(《南史》及孟棨《本事诗·嘲戏》第七)。仲言被蘧车之讥(《颜氏家训·文章篇》),子美遗饮颗之诮(刘煦《旧唐书·文苑传》)。历世相传,视为趣事。至宋之问之于刘希夷,竟以嫉妒而致杀害(尤袤《全唐诗话》),好胜之心,流毒至此,诚为人所不及料!李商隐诗曰:

> 不妨何范尽诗家,未解当年重物华。远把龙山千里雪,将来拟并洛阳花。(《漫成》)

又曰:

> 沈约怜何逊,延年毁谢庄。清新俱有得,名誉底相伤?(《漫成》)

义山于此,盖深致慕而自痛焉。

或曰:先儒以发乎情止乎礼义为训。文人以此持操,可乎?

曰:礼义以抑制为主,人情以从容为欢。抑制则违其愿,从容则得其情。故欲欲之从,宜绝抑制之仁义;欲情之得,应摈犯情之礼律(略本嵇康《难张辽叔自然好学论》)。文学为抒情之物,礼义为制情之具,判然异途,何牵合之可能?

或曰:然则文人宜何以持操?

曰:文人之生活,偏于感情想像,近乎超人,前已言之。于此五浊世界,欲实现其感情想像超人之生活,绝不可得。故屈原身为鳏夫,而有美人目成之想;独处山中,而有兰室椒堂之思。如知世俗布帛之无足服,自不作锦衣绣裳之想矣。知世俗女子之翻覆薄情,自不作粉白黛绿之思矣。知金阙银台之可有,自不思高堂广厦矣。知云旗鸾车之足乐,自厌前呼后拥之嘈切矣。知玉露锦霞之适口,始识豚鱼之恶臭;知天国桃源之可致,方见人寰之污浊。故文人能于此间寻其乐处,则人间事物,敝屣不如,无可欲者。无欲斯不求矣,不求斯不争矣。人世大患,生于求争;不求不争,何失德之有?以此为文人修德之要,其庶几无大疵乎?(此篇略录旧著《广文德论》)

第十三篇　中国文学之特点

自欧化东渐以还，中国人士，初惊其枪炮之精利，继慕其政法之修明，终则此土一切文化，俱遭鄙弃。其论文学者，或谓中国之诗，乏于真情之流露（顾实《中国文学史大纲》第二章三代文学第四节诗经）；或谓中国小说，描写幽欢，以比西方名家，终嫌瑜不掩瑕（《学衡》第九期刘永济《中国文学通论》第二章文学之分类《评石头记》语）；而浅见之人，不读中国书者，遂谓中国文字之表现力，远不逮西洋；至欲废除汉字，改从欧西。

噫！此其所见，尚不逮所谓目论之士也。夫诗中情感之真伪，果依何种标准判断之？中国诗乏于真情，果据何种比较而得？情感之为物，固不可正以斤两较以短长；其作为是论，亦近愚矣。中国小说描写幽欢，不及西方名家，亦非笃论。西方名家之小说，非尽无描写幽欢之处。描写幽欢亦非小说家之厉禁，其本身亦自有其价值；即中国小说家好描写幽欢，亦不足为病。何得据此而恣谈瑕瑜乎。至谓中国文学之表现力，不逮西洋，亦非质实之谈。中西文学，互有短长，容或有之。必谓中国文学所能表现者，西洋文学尽能表现；西洋文学所能表现者，中国文学或不能表现。则尚未见有何种例证。若例以中国历代文家，亦未见有表现何种情思，致有何种缺憾也。总之，中国文学既有数千年之历史，必有其存在之价值。不惟不能以三五人之诋毁而遂废绝，且不能以三五人之诋毁，而遂谓其远逊于西洋也。西洋文学与中国文学，各有其特点。其特点可由比较而知；吾人论其特点，宜就其可比较者而比较之。如情感之真伪及其所描写之事物之善恶，不可正以斤两较其长短者，则宜置之不论。故本篇所述，多就文学之外形言之也。

美人芬诺罗萨（Ernest Francisco Fenollosa）著《论中国文字之优点》一篇

（《学衡》第五十六期张荫麟译。原名《论中国文字作诗之工具》，兹从张译），所论虽多纰缪，然亦足见中国文学，尚不尽为外人所鄙视也。兹录数段，以备参镜。其言曰：

> 诗之为艺术，所以独优者，盖在能摹拟时间之实在，雕刻则不能。至若能摹拟时间之实在，而兼得具体之影像者，惟中国诗而已。彼中国诗，既具图画之栩栩，复有音声之琅琅。……吾侪读中国文，恍如目击事物之实现，而非将若干心中之号码，左搬右弄也。

此言骤观之，不易明了。芬诺罗萨曾举"人见马"一句为例，而释之曰：

> 设吾探首牖外，注视一人。此一人猝然回首，凝瞩一物。吾再审视，而知其目光所集者为一马。若是，则吾之所见：第一为此人在未动之前，第二为此人在方动之顷，第三为其动作所抵之物。……依其原序排列，故曰："人见马。"

是则"人见马"一切动作之自然历程，完全表出矣。芬诺罗萨又释之曰：

> 中国文字，固不仅随意假设之符号而已也。盖基于自然界运施之速记图，而栩栩欲活之图也。……中国造书之法，实随自然之暗示。试即上文所举三字观之：（一）人字，象此人张二腿而立。（二）见字，象此人眼在空间移动，示眼下有腿奔走之形。此眼，此奔走之腿，固为变真之图画，然亦足使人一见不能忘。（三）马字，则此马挺四蹄立。此等记号，不独能唤起思想之影像，与音符字有同等之效力，且其唤起之影像，实更实在更生动。之三字也，皆有腿者也，皆栩栩欲活者也。吾尝谓此等字之集合，实带有影戏性质，岂妄言哉？

是则中国字不惟能达动作之意，兼能示动作之形，非欧洲文字所能及也。芬诺罗萨又曰：

> 所有之中国字，……非在各字类之外，别有一字类，乃同时包涵各字类，非名词，非动词，非状词，而同时兼为名词亦动词亦状词之物也。其用也，全义时或略偏于彼，时或略偏于此，因观点而殊。然诗人随处皆有操纵

之自由，以使其义旨充实而具体，与自然无异也。

中国文字，无一定之词性。欲知某字为名词、动词或形容词等，必视某字在文句中所占之位置，而后始能定之。此实中国文字之特性，与欧美文字绝不相同者也。芬诺罗萨举"杯之明""杯明""明杯"三"明"字为例，其义自明，无烦多证。此外复论文法家之妄，逻辑家之谬，又盛称中国诗隐喻之妙。虽所论难免浅陋之讥，然以一美国人而尚知读中国诗文，亦贤于中国人之自贱其家珍者矣。

中国文字，与欧西文字根本不同。因其文字不同，其见于文词者，自有其特殊之点。骈词律语，为欧西人所不能梦见，此其故何哉？文字为之也。昔刘师培著《中国中古文学史》（第一课概论）尝论之曰：

> 捈欲通嚤，弦埏实同；偶类齐音，中邦臻极。何则？准声署字，修短揆均；字必单音，所施斯适。远国异人，书违颉诵，翰藻弗殊，佯均斯逊。是则音判轻轩，象昭明两。比物丑类，泯迹从齐；切响浮声，引同协异。乃禹域所独然，殊方所未有也。

申叔之言，所见甚是。惟陈词简略，骤观之不易明瞭耳。今请先述中国文字之特点，再进而论中国文学之特点。据近代语言学者之研究，世界语言，分三大类。兹分述于左（刘永济《中国文学通论》引盐谷温《支那文学概论谈话》）：

（1）曲折语　印度欧美之语是也。其语尾可变化，由其变化以定其词性。如 to write 无定动词也，wrote 则变为过去动词，writing 为现在事象词，而过去事象词又变为 written，写字之人复变为 writer。种种词性，皆由语尾变化以定。其音曲折，故曰曲折语。

（2）黏着语　又曰添加语，日本之语是也。其语于主要语之前后，加以附属语，由其附属语以定其词性。如私カ本サヨム。私者我也，カ其附属语，以定我为主格词也。本者书也，サ其附属语，以定本为宾格词也。ヨム者读也。カ与ヨ皆黏着于私本二主要词后，故曰黏着语。

（3）孤立语　即我国之语。其词性虽变，字形不迁，又无附属语以表示其变化。如我毋尔诈。我，主格也。吾丧我。我，宾格也。此二我字词性不同,而字形不变,又不须他语附属于后,以表示其不同。特然孤立,故曰孤立语。

由此观之,中国文字与欧美日本文字不同之处,即在其单音孤立、词性无定,是即中国文字之特点也。

更进言之,构成中国文学之特点,实非以上二端所能尽,其间又有副因焉。就中国诗篇而论,其抑扬律实较欧西为复杂。如希腊拉丁语之诗,以长短音相间相重为抑扬律,英文诗篇以强弱音(即轻重音)相间相重为抑扬律,而中国之诗,则以平仄声相间相重为抑扬律,此抑扬律之本质不同也。更以抑扬律之组织法而言,中国诗与西洋诗,亦大不相同。今举英诗为例,其抑扬格或扬抑格,不过以一抑一扬一抑一扬或一扬一抑一扬一抑相间相重,其扬抑抑格或抑抑扬格,不过以一扬两抑一扬两抑或两抑一扬两抑一扬相间相重;其抑扬抑格,不过一抑一扬一抑一抑一扬一抑相间相重;较之中国诗篇,其繁简大相悬殊。中国诗篇之抑扬律为:

仄仄平平仄　平平仄仄平　平平平仄仄　仄仄仄平平　仄仄平平仄
平平仄仄平　平平平仄仄　仄仄仄平平

或为:

仄仄平平平仄仄　平平仄仄仄平平　平平仄仄平平仄　仄仄平平仄仄平　仄仄平平平仄仄　平平仄仄仄平平　平平仄仄平平仄　仄仄平平仄仄平

此外格律尚多,略举两例,足见一斑。故中国诗之格律,实较西洋为复杂也。(参看《小说月报》第十七卷号外《中国文学研究》上刘大白《说中国诗篇中的次第律》三《次第律底由来》)

此外又有不可不知者,中国韵书,部目繁多,久经编定,有固定之次第。自《切韵》至《广韵》,皆有二百六部。南宋刘渊本王文郁之书,合并同用之部,为一百七部,阴时夫中夫兄弟又并上声拯韵入迥,为一百六部。后世为诗赋者,大抵皆以阴氏书为准。词韵自绿斐轩《词林韵释》以下,填词家所奉为圭臬者,莫如戈载《词林正韵》一书。曲韵自周德清《中原音韵》以下,明范善溱有《中州全韵》。清李书云有《音韵须知》,王鵕有《音韵辑要》。故吾人为诗赋曲,其用韵皆有定准,不可妄为叶押也。又中国文人,好为拟古步韵之作,拟古之作,使古人不止一篇,则必依其篇之次第而模拟之;步韵则必押原用韵字,不容有所变易;使原作不止一篇,又必依其篇之次第而步之。故此等作品,在中国文学上,亦能独见其特点也。总上所论,中国文学特点之构成,其原因实有五端。分列如下:

（一）文字单音孤立

（二）文字词性无定

（三）格律复杂

（四）韵书久经编定有固定之次第

（五）文人多拟古步韵之作

由上五因,见之于文辞,乃生四种特点。

一曰词类之互借。中国文字,无语尾变化,词性无定,前已言之。故同为一字,可兼隶于数种词类。如《孟子·告子下》:

长君之恶其罪"小",逢君之恶其罪"大"。

"小大"两字,皆为形容词。又如《庄子·齐物论》:

然则吾"大"天地而"小"毫末可乎?

"小大"二字,皆为动词。又如《史记·吴太伯世家》:

"吴王"留楚不去。

"吴王"为名词。《左传·定公十年》:

尔欲"吴王"我乎?

此间"吴王"又为动词。举兹数例,他亦准是:其义已详于前,不烦多述矣。

二曰音形相应。中国文字,单音孤立,前已言之。故所谓五言诗者,不独每句字数,止有五字,就其声音而论,其每句亦止有五音也。所谓七言诗者,不惟每句止有七字,就其声音而言,亦止有七音也。其他三言六言八言九言诸诗,亦皆如此。故中国之定形诗,不惟其形式有定,其声音亦甚整齐。此岂欧美文字之所能哉?不惟此也,即以词曲而论,其字句虽有参差;然在一种调名,其每句字数,固有一定。字数有定,即声音有定,故亦非异域文字所能办也。总之:兹土文字,一字一音,故音形可以相应;异土文字,一字或具数音,故音形难以相应。此理易明,不赘述矣。

三曰对偶律。斯类文体,亦为禹域所独有。盖中国文字,单音孤立,而形体又方正整齐。故在律体诗、四六文、律体赋之中,易作整齐对称之排列。此种整齐对称之排列,不独形体声音两方面为然,即意义方面,亦彼此互相关联。故中国文辞之对偶律,实兼形音义三者而成者也。惟三者之中,形体之对偶,乃因于文字形体方正均齐之自然,无排列规律之可言。前论音形相应,已略述之。故此间所论,只及声音意义两方面也。昔《文心雕龙·丽辞篇》尝分对偶为四类,其言曰:

> 丽辞之体,凡有四对:言对为易,事对为难,反对为优,正对为劣。言对者,双比空辞者也;事对者,并举人验者也;反对者,理殊趣合者也;正对者,事异义同者也。长卿《上林赋》云:"修容乎礼园,翱翔乎书圃。"此言对之类也。宋玉《神女赋》云:"毛嫱鄣袂,不足程式;西施掩面,比之无色。"此事对之类也。仲宣《登楼》云:"锺仪幽而楚奏,庄舄显而越吟。"此反对之类也。孟阳《七哀》云:"汉祖想枌榆,光武思白水。"此正对之类也。凡偶辞胸臆,言对所以为易也;征人之学,事对所以为难也;幽显同志,反对所以为优也;并贵共心,正对所以为劣也。

彦和之言,纪昀评为"精论不磨"。然细绎其旨,则皆谓意义之对偶,于声音之对偶,盖阙如也。且言对事对,各有反正,止立反正二目,而言事已在其中。故就意义方面而论对偶,止立反正二目足矣,不必赘分为四类也。声音之对偶,今人刘大白君分为三类(见《小说月报》第十七卷号外《中国文学研究》上《中国旧诗篇中的声调问题》):一曰等差对偶,二曰抑扬对偶,三曰反复对偶。所谓等差对偶者,即以字数相同之一句或数句为对偶者也。例如杜甫《旅夜书怀》:

> 星垂平野阔,月涌大江流。

又如李商隐《曲江》：

　　死忆华亭闻唳鹤，老忧王室泣铜驼。

上举两例，皆以字数相同之两句为对偶。又如刘峻《广绝交论》：

　　陆大夫宴喜西都，郭有道人伦东国。公卿贵其籍甚，缙绅羡其登仙。

又如庾信《镜赋》：

　　山鸡看而独舞，海鸟见而孤鸣。临水则池中月出，照日则壁上菱生。

上举两例，虽亦皆以字数相同之两句为对偶；然《广绝交论》前二句以七字句为对偶，后二句以六字句为对偶；《镜赋》前二句以六字句为对偶，后二句以七字句为对偶，此其所异也。此类对偶之辞，又有在二句以上者。

如徐陵《玉台新咏序》：

　　琉璃砚匣，终日随身；翡翠笔床，无时离手。

又如李商隐《杏花》：

　　上国昔相值，亭亭如欲言；异乡今暂赏，脉脉岂无恩？

上举两例，皆以后二句对前二句，与前举两单句相对者有异。《玉台新咏序》四句，皆以四字组成；"杏花"四句，皆以五字组成。故此间所举二例，实以字数相同之二句为一组，以后组对前组也。此种合二句为一组以两组为对偶之文辞，亦有每组中各句之字数参差不齐者。例如庾信《哀江南赋序》：

　　潘岳之文采，始述家风；陆机之辞赋，先陈世德。

又如王勃《越州秋日宴山亭序》：

　　参差夕树，烟侵橘柚之园；的历秋荷，月照芙蓉之水。

《哀江南赋序》以五字句四字句二句为一组，《越州秋日宴山亭序》以四字句六字句两句为一组，与前举《玉台新咏序》《杏花》诗大异。此类两组相对之文句，更有在三句以上者。例如宋人《荐阵亡将士疏》：

> 战河南,战河北,毋忘此日之精忠;
> 出山东,出山西,再作明时之将相。

又如苏轼《乞常州居住表》:

> 臣闻圣人之行法也,如雷霆之震草木,威怒虽盛,而归于欲其生;人主之罪人也,如父母之谴子孙,鞭挞虽严,而不忍致之死。

此昔人所谓长偶对句也。使能者为之,或能增益气势;其不善者为之,则气调鄙俗,读之令人生厌。学者不可不知也。然此等长偶对句,施之对联,则弗足为累。如陈宝箴《挽郭嵩焘联》:

> 推圣哲之心以论事,穷古今之变以匡时,绝识在几先,独抱孤忠泣苍昊。
> 病虚骄之气为士患,视流俗之誉为士耻,遗编终论定,长悬皓日照幽扃。

又如曾国藩《挽梅锺澍联》:

> 万缘今已矣!新诗数卷,浊酒一壶,畴昔绝妙景光,只赢得青枫落月。
> 孤愤竟何如?百世贻谋,千秋盛业,平生未了心事,都付与流水东风!

对联更有长于此者,今不多举。惟此类对句,不可轻于入文。盖上下两联,相隔太远,其异音相从(语本《文心雕龙·声律篇》)之妙,不易显著,故只宜用作对联也(自明弘治正德以后,八股文有合十数句以上,成二比者,阮元《书梁昭明太子文选序后》谓此体始于班固《两都赋序》白麟神雀二比,言语公卿二比,然施于普通骈文,实非所宜)。观上举十二例,虽未详尽,已足见等差对偶之大凡矣。所谓抑扬对偶者,即以平对仄,以仄对平,以相异之声音为对偶者也。

例如杜甫《禹庙》:

> 荒庭垂橘柚,古屋画龙蛇。

又如薛逢《汉武宫词》:

> 殿前玉女移香案,云际金人捧露盘。

以上二例，皆以平对仄，以仄对平，此通例也。然抑扬对偶，在某种条件之下，于声律无大妨碍，亦可以仄对仄，以平对平；此俗士论诗，所以有一三五不论之说也。例如韦应物《淮上喜会梁川故人》：

浮云一别后，流水十年间。

又如柳宗元《衡阳与梦得分路赠别》：

直以疏慵招物议，休将文字占时名。

又如杜甫《孟氏》：

负米寒葵外，读书秋树根。

又如杜甫《登楼》：

锦江春色来天地，玉垒浮云变古今。

上举四例，"浮"对"流"，"疏"对"文"，以平对平；"负"对"读"，"锦"对"玉"，以仄对仄（"寒"对"秋"，"春"对"浮"，亦皆以平对平）。虽不合通例，然于声调无大妨碍，故仍不害其为律也。所谓反复对偶者，即以平仄不同之复字（或称叠字）双声字叠韵字三者为对偶也。

用复字为对偶者，如温庭筠《偶题》：

画明金冉冉，筝语玉纤纤。

又如杜甫《登高》：

无边落木萧萧下，不尽长江滚滚来。

"冉冉"对"纤纤"，皆复字，以平对仄。"萧萧"对"滚滚"，皆复字，以仄对平。然复字之在句中，又有相隔而不相连者，如杜牧《池州春送前进士蒯希逸》：

芳草复芳草，断肠还断肠。

又如杜甫《闻官军收河南河北》：

即从巴峡穿巫峡，便下襄阳向洛阳。

一句中两见"芳草"二字,一句中两见"断肠"二字,以仄对平,以平对仄。一句中两见"峡"字,一句中两见"阳"字,以平对仄。是皆不相连之复字之对偶也。

在七言诗中,又有一特例焉。一句中既用相隔之复字,复用相连之复字。如释贯休《献蜀王建》:

　　一瓶一钵垂垂老,千水千山得得来。

两"一"字两"千"字为相隔之复字,"垂垂""得得"为相连之复字,又皆平仄相对,亦足见其妙矣。此例为五言诗中所绝无,即七言诗中,亦不多见。用双声为对偶者,如李商隐《落花》:

　　参差连曲陌,迢递送斜晖。

又如杜甫《阁夜》:

　　岁暮阴阳催短景,天涯霜雪霁寒宵。

"参差"对"迢递","阴阳"对"霜雪",皆双声字也。用叠韵字为对偶者,如温庭筠《春游》:

　　徙倚三层阁,摩挲七宝刀。

又如杜甫《咏怀古迹五首》第二首:

　　怅望千秋一洒泪,萧条异代不同时。

"徙倚"对"摩挲","怅望"对"萧条",皆叠韵字也。以上所举,皆以双声字对双声字,以叠韵字对叠韵字。然双声字叠韵字之在诗中,又常相互为对;古人所作,不乏此例。

如李商隐《独居有怀》:

　　浦冷鸳鸯去,园空蛱蝶寻。

又如李商隐《韩同年新居饯韩西迎家室戏赠》:

　　云路招邀回彩凤,天河迢递笑牵牛。

"鸳鸯"对"蛱蝶",是以叠韵字对双声字;"招邀"对"迢递",是以双声字对叠韵字也。

四曰位次律,即刘大白君所谓次第律也(见《说中国诗篇中的次第律》)。此律亦为中国文学所独有。盖就律诗词曲而言,自一字以至全篇,大率皆有固定之位置与次序也。今请先就一字言之,其或平或仄,多有一定之位次。

例如杜甫《旅夜书怀》:

> 细草微风岸,危樯独夜舟。星垂平野阔,月涌大江流。名岂文章著?官应老病休。飘零何所似?天地一沙鸥!

上举五言律诗,为仄起不入韵格。依王士禛《律诗定体》所论(《律诗定体》刻在《清诗话》中),除第一句之"细"字,第三句之"星"字,第四句之"月"字,第五句之"名"字,第七句之"飘"字,第八句之"天"字,可以平仄互换外,其余三十四字,皆不容有所变易。是字之位次有定也。又如苏轼《卜算子》:

> 缺月挂疏桐,漏断人初静。谁见幽人独往来,缥缈孤鸿影。
>
> 惊起却回头,有恨无人省。拣尽寒枝不肯栖,寂寞沙洲冷。

依万树《词律》,此调除"缺漏时缥惊有拣寂"八字可以平仄互换外,其余三十六字,均不容有所变易。此又字之位次有定也。更自句之位次言之,其每句中各字之平仄亦皆有定式,不可乱用。例如李益《隋宫燕》:

> 燕语如伤旧国春,宫花一落已成尘。自从一闭风光后,几度飞来不见人。

上举七言绝句,为仄起入韵格。虽有少数字可以平仄互换,然第一句之平仄谱,不能置诸第二句;第三句之平仄谱,不能易作第四句。是句之位次有定也。又如皇甫松《摘得新》:

> 酌一卮,须教玉笛吹。锦筵红蜡烛。莫来迟。繁红一夜经风雨,是空枝。

此调第几句应为几字,皆有一定。各句之平仄声,皆有定谱。除少数字可平可仄外,亦多不容变易。此又句之位次有定也。更以韵之位次言之,其入韵

叶韵换韵,亦皆有固定之位次。例如李益《盐州过胡儿饮马泉》:

绿杨著水草如烟,旧是胡儿饮马泉,几处吹笳明月夜,何人倚剑白云天。从来冻合关山路,今日分流汉使前。莫遣行人照容鬓,恐惊憔悴入新年。

上举七言律诗,为平起入韵格。第一句必须入韵,第二句必须叶韵,第三句第五句第七句必不可叶韵,第四句第六句第八句又必须叶韵。是入韵叶韵皆有定位也。

又如寇准《江南春》:

波渺渺,柳依依。孤村芳草远,斜日杏花飞。江南春尽离肠断,萍满汀洲人未归。

此词第二句必须入韵,第四句第六句必须叶韵。此入韵叶韵皆有定位也。在词曲中,有一调而用两韵三韵以上者,其换韵亦有定位。例如欧阳炯《南乡子》:

岸远沙平。日斜归路晚霞明。孔雀自怜金翠尾。临水,认得行人惊不起。

此词第一句第二句用平声韵。第三句换仄声韵,第四句第五句叶仄声韵。是换韵有固定之位次也。又如冯延巳《忆江南》:

今日相逢花未发。正在去年,别离时节。东风次第有花开。恁时须约却重来。

重来不怕花堪折。只怕明年,花发人离别。别离若向百花时。东风弹泪有谁知!

此词第一句用仄声入韵,第三句叶仄声韵。第四句换平声韵,第五句叶平声韵。第六句第八句又与第三句仄韵相叶。第九句又换平韵,第十句又叶平韵。是换韵有固定之位次也。

又在词中,一词有分为两节以上者,其每节亦皆有固定之位次。上举冯延已《忆江南》,即是一例。

又如顾夐《杨柳枝》:

秋夜香闺思寂寥。漏迢迢。鸳帏罗幌麝烟销。烛光摇。正忆玉郎游荡去,无寻处。更闻帘外雨潇潇,滴芭蕉。

此词分为两节,每节皆为四句。第几句应为几字,各字之平仄声,某句宜入韵,某句宜叶韵换韵,皆有一定,不可妄为改易。是节之位次有定也。又如吴文英《莺啼序》:

残寒正欺病酒,掩沈香绣户。燕来晚,飞入西城,似说春事迟暮。画船载,清明过却,晴烟冉冉吴宫树。念羁情,游荡随风,化为轻絮。

十载西湖,傍柳系马,趁娇尘软雾。溯红渐,招入仙溪,锦儿偷寄幽素。倚银屏,春宽梦窄,断红湿,歌纨金缕。暝堤空,轻把斜阳,总还鸥鹭。

幽兰渐老,杜若还生,水乡尚寄旅。别后访,六桥无言,事往花萎,瘗玉埋香,几番风雨。长波妒盼,遥山羞黛,渔灯分影春江宿,记当时,短楫桃根渡。青楼仿佛,临分败壁题诗。泪墨惨淡尘土。

危亭望极,草色天涯,叹鬓侵半苎。暗点检,离痕欢唾,尚染鲛绡,骅凤迷归,破鸾慵舞。殷勤待写,书中长恨,蓝霞辽海沉过雁,漫相思,弹入哀筝柱。伤心千里江南,怨曲重招,断魂在否?

此词共有四节,各节句数,皆不相同。各节中之第几句应为几字,某字应为平声或仄声,某句宜入韵,某句宜叶韵,皆不可妄为变动。是节之位次有定也。

篇之位次,本无一定。然古人作品,一题或不止一篇。如《文选》所录《古诗十九首》,蔡琰《胡笳十八拍》,阮籍《咏怀八十二首》,陶潜《饮酒二十首》,吾人欲拟其辞,或步其韵,则必依书中原来位次,不宜有所更易,是篇之位次有定也。又如用上下平三十韵作绝句或律诗三十首,则用江韵者,必在用支韵者之前;用庚韵者,必在用阳韵者之后。是又篇之位次有定也。

此外在中国文学中,又有一种特殊之作品,即回文诗词是也。盖中国文字单音孤立,在文法上无语尾之变化,故词类互变词位更易之时,毫无他种牵掣,可以任意颠倒也。

例如明建昌妓景翩翩《闺思》回文：

> 箫吹静阁晓含情。片片飞花映日晴。寥寂泪痕双对枕，短长歌曲几停筝。桥垂绿柳侵眉淡，榻绕红云拂袖轻。遥望四山青极目，销魂黯处乱啼莺。

> 莺啼乱处黯魂销。目极青山四望遥。轻袖拂云红绕榻，淡眉侵柳绿垂桥。筝停几曲歌长短，枕对双痕泪寂寥。晴日映花飞片片，情含晓阁静吹箫。

又如纳兰性德《菩萨蛮》：

> 雾窗寒对遥天暮，暮天遥对寒窗雾。花落正啼鸦，鸦啼正落花。
> 袖罗垂影瘦，瘦影垂罗袖。风剪一丝红，红丝一剪风。

前后颠倒，皆能成文，欧西文字，绝不能为。此种作品，虽属小技。然如苏蕙《璇玑图诗》，反读，横读，斜读，交互读，退一字读，进一字读，皆能成诗。用八百四十一字，能读诗三千八百余首，亦可谓艺术界之妙品矣。

以上所论四种特点，乃其荦荦大者。

其余如离合诗及灯谜诸类文字，亦非欧西文字所能为。今举离合诗为例，以见中国文字之妙；其灯谜小道，不具论矣。孔融《离合作郡姓名字诗》曰：

> 渔父屈节，水潜匿方（离鱼字）。与时进止，出行施张（离日字。鱼日合成鲁）。吕公矶钓，阖口渭傍（离口字）。九域有圣，无土不王（离或字。口或合成国）。好是正直，女回于匡（离子字）。海女有截，隼逝鹰扬（当离乙字，恐古文与今文不同。合成孔也）。六翮将奋，羽仪未彰（离禺字）。蛇龙之蛰，俾也可忘（离虫字。合成融）。玟璇隐曜，美玉韬光（去玉成文，不须合）。无名无誉，放言深藏（离与字）。按辔安行，谁谓路长（离手字。合成举）。

二十二句，离合成字，作"鲁国孔融文举"。盖中国文字，依类象形者少，形声相益者多。其形声相益之字，皆可任意离合。如孔氏所作，虽文人游戏之笔，亦足见中国文辞之怪巧矣。

第十四篇　文学之工具

《文心雕龙·章句篇》有言："夫人之立言,因字而生句,积句而成章,积章而成篇。"《史通·叙事篇》曰："夫饰言者为文,编文者为句,句积而章立,章积而篇成。"曾国藩《与刘孟容书》云："字与字相续而成句,句与句相续而成篇。"是则吾人所谓文学作品,字句章篇四者足以尽之矣。

然四者之中,亦宜识其本末。"篇之彪炳,章无疵也;章之明靡,句无玷也;句之清英,字不妄也。振本而末从,通一而万毕。"(《文心雕龙·章句篇》语)故欲从事于文学者,必先自识字始。昔扬子云多识奇字(《汉书·扬雄传》),庾元德善于字书(《南史·孝义》上《庾持传》),韩愈亦称"凡为文辞,宜略识字"(《科斗书后记》)。诚以文学与文字不能相离,而文字实文学之工具也。观汉世之辞赋家,多为小学家。如司马相如之作《凡将》,扬雄之作《训纂》,班固之续扬雄作十三篇,则可识文学与文字之关系矣。

文字既为文学之工具,则从事于文学者,可以知所先后矣。然文字本为语言之符号,本其所自生,实以济语言之穷。各国文字之不同,实因其语言之有异。故欲明文字之组织,不可不先明语言之由来及其与文字之关系也。

溯语言之所由起,不外三方。今世语言学者,率能言之。如中文之鹓鸪隆隆,英文之 hiss, tinkle 等字,皆人类模拟物类之音。今人所谓"模拟"也。如中文之吹字,英文之 Breath 等字,表示呼吸及饮时口腔之状态,今人所谓"象征"也。如中文之吓唉呜呼等字,英文之 O, ah, eh 等字,皆人类感于喜怒哀乐,不知不觉所发出之呼声,今人所谓"感叹"也。推而言之:则日训为实。月训为缺。天训为颠。气与舌并而上升为"上",气与舌并而下降为"下"。开口呼而气宏放为"大"。撮口呼而气缩微为"小"。气平而散为"宽"。气夹而收为"狭"。此声起于形也。羊字之音近于羊鸣。牛字之音近于牛鸣。鹰字之音近于鹰鸣。蛙字之音近于蛙鸣。鸡字之音近于嗾鸡之声。狗字之音近于嗾狗之声。即足而鸣者，呼之曰雀。错错而鸣者，呼之曰鹊。亚亚者谓之鸭。岸岸者谓之雁。駕鵝则以"加我"而得名。鶡鶡则以"磔格钩辀"而得名。木字之音近于击木之声。竹字之音近于击竹之声。铜字之音近于击铜之声。板字之音近于击板之声。水声渐渐，其音近水，故水字之音，即像水流之声。风火相荡，其音近火，故火字之音，即像火炽之声。滴字之音，与雨水注阶之音相近。流字之音，与急水下注之音相近。湫字之音，近于池水之声。瀑字之音，近于瀑布之声。皆以字音像物音也。何以言马？马者武也。何以言牛？牛者事也。何以言羊？羊者祥也。何以言狗？狗者叩也。何以言人？人者仁也。何以言鬼？鬼者归也。何以言神？神者引出万物者也。何以言只？只者提出万物者也。天之言颠。地之言底。山之言宣。水之言准。火之言毁。土之言吐。金之言禁。风之言泛。此皆以德业为表者也（参看刘师培《中国文学教科书》，章太炎《文始》及《国故论衡》上《语言缘起说》，胡以鲁《国语学草创说·国音缘起》，何仲英《中国文字学大纲》第二篇）。凡斯之类，遽数难终。兹举一隅，学者可自求之。

　　大抵有形之物，其命名所自，皆有其故，必非恣意妄称也。惟禹域文字，单音孤立，与彼曲折语黏着语有别，前篇已详言之。惟其为曲折语也，故其词性依语尾变化而定。其文字之法式，亦因是滋多。如性之分阴阳，数之分单复，位之分宾主，时之分过去现在未来是也。职是之由，故英字常用者无虑数万，而字各有义，不相陵越，施用稍差，文义便误也。惟其为黏着语也，故其词性依附属语而定。如是，则施诸文学，必琐碎缴绕，颠倒反覆。故日本语言，虽能于世界占一位置，而其音少，其辞繁，其助语多，其文学遂多假助于汉文。或取其音而不取其义，或取其义而不取其音。于是侏离参错，别成一种和文矣。惟吾国语为单音，故文字可以通假；既可通假，则为数不多，而为用咸备。《说文》一书，不过九千余字，若累而成名，则数十倍于九千之数而不止。今之字典，虽日有增加；实则寻常所用，不越乎四千之数。于此亦足征此上文字之善矣。虽然，中国文字，于称谓之际，并不相混，且有时极为密致。如"持"字，通名也。而县持曰挈，胁持曰拑，阅持曰揲，握持曰挚，高而举之曰抗，俯而引之曰提，束而曳之曰捽，拥之在前曰抱,曳之自后曰拖,两手合持曰捧,肩手任持曰担,并力同举曰抬,独力引重曰扛。其意不同,则为之别名,故虽为单音,较之欧西文字,亦未见其疏也。或见异域言文一致,吾国言文分歧,遂谓孤立语不及曲折语之便俗致用。不知吾国开化四千余年,辖地二十余省,聚人四百余兆。风俗习尚,时地各殊。书诸纸者,笔画固难改移;宣诸口者,语音自多转变。今以目代耳,以笔代口,则彼此情志,仍可毕达,故不致有隔塞也。若夫欧西诸语,本道源于希腊罗马。至中古之末,各国国语,始完全成立。祀不逾千,国复甚狭,寻响相投,宜无滞碍,其言文合一,自不足怪。然至于今日,城乡村镇语尾之音,已不无少异者。安知再历年月,不将由合而复分乎?至于印度,虽与欧语同系,而地大年远,略与我国相等,语言遂分七十余种,惟文字犹守旧律,出疆数武,笔札不通,梵文废阁,未越千祀,随俗学子,多不能晓。此无他,盖曲折语宜于小邦,非大国便俗之器也。国人不察,每欲改我华风,远同彼土,是所谓削趾以适屦,戕杞柳以为杯棬者已。十数年来,国人创制注音字母,欲厉行国语统一,以收文言合一之效。是或一道也,吾将拭目俟之矣(参看《国故论衡》上《小学略说》及马宗霍《文学概论》第二篇第一章《文学与语言》)。

学者论文字之创始,凡有二说:宗教家以为起于神造,历史家以为由于人为,此欧西学者之说也。验之中土,亦莫能外。《尚书·洪范》曰:

> 天乃锡禹洪范九畴,彝伦攸叙。

《易·系辞上》曰:

> 河出图,洛出书,圣人则之。

《尚书·洪范》伪孔传曰:

> 天与禹,洛出书,神龟负文而出,列于背,有数至于九。禹遂因第之,以成九类。常道所以次序。

孔颖达《正义》曰:

> 九类各有文字,即是书也。

《易·系辞上》孔颖达《正义》曰：

《河图》有九篇，《洛书》有六篇。

又曰：

孔安国以为《河图》则八卦是也，《洛书》则九畴是也？

《汉书·五行志》亦曰：

刘歆以为宓羲氏继天而王，受《河图》，则而画之，八卦是也。禹治洪水，赐《洛书》，法而陈之，洪范是也。

郑玄《六艺论》曰：

太平嘉瑞，图书之出，必龟龙衔负焉。（《毛诗·大雅·文王》孔颖达《正义》引）

又曰：

《河图》《洛书》，皆天神言语，所以教告王者也。（《大雅·文王正义》引）

综上所引，则《河图》《洛书》皆为文字，而又皆天神所赐予，是即神造之说矣。其言荒诞，有识者当不之信。《世本》《吕氏春秋·君守篇》《淮南子·修务训》等书皆曰：

仓颉作书。

许慎《说文序》曰：

黄帝之史仓颉，见鸟兽蹄迒之迹，知分理之可相别异也，初造书契。

释道世《法苑珠林》曰：

古造书凡有三人，长名曰梵，其书右行；次曰佉庐，其书左行；少曰仓颉，其书下行。

此言文字由于人为，较前说固为可据。然道世之言，冀挟外学以短中夏，似未足信；而《世本》《吕览》《淮南》《说文》诸说，亦未可泥执。盖若以仓颉为黄帝

之史,则黄帝之前,已有文字,寻诸古书,班班可考也。《春秋·命历序》曰:

> 伏羲,燧人,始名物虫鸟兽。

按古所谓名,即文字也。故《周礼·春官》宗伯"外史掌达书名于四方"。郑玄注曰:"古曰名,今曰字,使四方知书之文字,得而读之。"又《三国志》魏三《少帝纪》淳于俊曰:

> 包羲因燧皇之图而制八卦。

按《易纬乾坤凿度》言,八卦为天地风山水火雷泽八字。法国拉克伯里谓八卦即巴比伦尼亚楔形文字之变形,而《易经》一书,即来自加尔底亚(亦译作迦勒底,即中国之葛天)之语汇(拉克伯里之言,见日本白河次郎国府种德合著之《支那文明史》),刘师培复盛倡此说,以坤屯二卦为例,谓《易经》为文字之祖(《国粹学报》乙巳第七期《小学发微》)。由是言之,则燧人伏羲之世,已有文字矣。《管子·封禅篇》曰:

> 古者封泰山禅梁父者,七十二家;而夷吾所记者,十有二焉。昔无怀氏封泰山禅云云。伏羲封泰山禅云云。神农封泰山禅云云。炎帝封泰山禅云云。黄帝封泰山禅云云。……

《史记·封禅书》《汉书·郊祀志》亦均载此言。伪房玄龄《管子注》,裴骃《史记集解》引服虔,颜师古《汉书注》引郑氏释无怀氏皆曰:"古之王者,在伏羲前。"无怀氏既前于伏羲,更应在黄帝之前;而仓颉为黄帝之史,则无怀氏亦远在仓颉之前也。又司马贞《补史记·三皇本纪》引《韩诗》谓:"自古封泰山禅梁甫者,万有余家。仲尼观之,不能尽识。"《韩诗外传》亦言:"孔子升泰山,观易姓而王可得而数者,七十余人;不得而数者万数也。"管仲孔子所以知十有二家或七十余人,必据其文字而始知之。准斯以谈,则仓颉之前,其有文字也旧矣。

寻诸书之言,虽未尽足据;然揆以文字发生之由,亦不能断为妄说。盖事自名也,声自呼也(徐干《中论·贵验篇》引子思语)。言者意之声,书者言之记(孔颖达语。见《尚书序·正义》)。天下事物之象,人目见之则心有意,意欲达之则口有声。意者,象乎事物而构之者也;声者,象乎意而宣之者也。声不能传于异地,留于异时,于是乎书之文字。文字者,所以为意与声之迹也(陈澧语,见《东塾读书记》卷十一)。上世部落时代,其人禀气怀灵,与今无殊。象事物而构意,象意而宣声,因而持筳画地,以为标识。或纵横相叠,或纵横相错。叠则成数,错则成文。其各部落各有文字,自为可能之事。迄至仓颉,见各部落文字之互异;因借黄帝之威力,整齐而划一之,亦为意中之事。故荀卿曰:"好书者众矣,而仓颉独传者一也。"(《荀子·解蔽篇》)一者何?"一于其道,异术不能乱之也。"(杨倞注)是知仓颉之造字,亦犹后代之奉敕撰书,而黄帝加以钦定而已,非自仓颉始有文字也(黄季刚先生语。见余所记《汉书·艺文志讲授记》)。

中国文字构造之条例,六书足以尽之。六书一名,始见《周礼·地官》司徒保氏条。然《魏书·江式传》载式上表则谓"《周礼》保氏教国子以六书,……盖是史颉之遗法也。"或六书古有其法,疑不能明矣。六书之名称次序,诸家各有不同。刘歆《七略》、班固《汉书·艺文志》谓为:"象形、象事、象意、象声、转注、假借。"郑众《周礼注》谓为:"象形、会意、转注、处事、假借、谐声。"许慎《说文序》则又谓为:"指事、象形、形声、会意、转注、假借。"处事、谐声立名之不当,段玉裁《说文序注》已言之。其次第段氏谓:"郑众所言非其叙。……要以刘班许所说为得其传。"然今人又有持异说者,如顾实《中国文字学》是也。究以何家为善?此乃文字学上之事,非兹编所能备论矣。至六书之解释,则许叔重有明言。《说文序》曰:

> 一曰指事。指事者,视而可识,察而见意,上下是也。
> 二曰象形。象形者,画成其物,随体诘诎,日月是也。
> 三曰形声。形声者,以事为名,取譬相成,江河是也。
> 四曰会意。会意者,比类合谊,以见指㧑,武信是也。
> 五曰转注。转注者,建类一首,同意相受,考老是也。
> 六曰假借。假借者,本无其字,依声托事,令长是也。

析而言之:指事之字,形义相兼。象形之字,专主于形。形声之字,半主义,半主声。会意之字,比合两文之谊而成。此四者,字之体也。转注之字,异字同义者也。假借之字,异义同字者也。此二者,字之用也(略本段氏《说文序注》及戴震说)。故中国文字,就一字而论,必具形声义三事,始能成立;而六书之名,亦可以形声义三者统之。学者苟能研《说文》以考字形,观《广韵》以辨字音,读《尔雅》以识字义,固可取用不穷,无所滞难矣。兹复将形声义三者与文学相关之点,略论述之,至详述三者之义例,则文字学之所有事也。

就字形而言,自有文字以后,以迄五帝三王之世,改易殊礼,均可名为古文。及周宣王太史籀著大篆十五篇,与古文或异。春秋之后,诸侯力政,不统于王。各国言语异声,文字异形,秦丞相李斯,复改之为小篆。秦烧灭经书,涤除旧典,大发吏卒兴役戍,官狱职务繁,狱吏程邈初作隶书,以趣约易。后世之真书,即变隶书之笔势而成者也。详篆之变为隶,隶有仍不抛篆者,如馬作马是也。有全与篆文相违者,如丒作乏是也。有减篆者,如齿作虐是也。有添篆者,如嘼作潮是也。有篆隶同文者,如臣作臣是也(略本林罕《字原偏旁小说序》)。原隶书之体,本为施之徒隶而作,故苟为简易,无点画俯仰之势。然后世沿用既久,实有乖谬过甚者。故乱旁为舌,揖下无耳,鼋鼍从龟,奋夺从萑,席中加带,恶上安西,鼓外没皮,凿头生毁。颜之推深嫌其非(《颜氏家训·书证篇》)。黼黻从专,辞字从舌,觉学从与,泰恭从小,匮匠从走,巢藻从果,耕籍从禾,美下为火,折旁著片,离边作禹。张守节亦讥其失(《史记正义·论字例》)。窃谓字体由繁趋简,乃文字进化必然之事。篆之变隶,隶篆之为真草,亦循斯辙。若俗人呈臆造字,不辨正讹,固为荒谬。然流俗相沿,积重难返,去泰去甚,亦已足矣。故许叔重著《说文》十四篇,纯以古道照人;其为《说文序》,亦有汉世俗字,杂厕其间。虽以颜介之博雅,犹谓"官曹文书,世间尺牍,本不违俗也"(《书证篇》)。如必准篆作隶,不爽毫厘,亦未免矫枉过正。乃今世学者,稍究文字源流,乃操柢染翰,字必洨长之书,形必《说文》所载。竞陈其僻,好为诡异。此沈约所以立易识之条(《颜氏家训·文章篇》)。刘勰所以腾字妖之诮也(《文心雕龙·练字篇》)。况在今日,莘莘学子,百科杂习,入大学而不通小学者,比比皆然;即或粗明雅训,亦难冰释理解。若责以书字必遵《说文》之点画,吾悲夫戴段钱之不世出也。且文学之事,以情性为主。能使情灵摇荡,便是佳文。字之正俗,与文之美恶,所关甚浅。诚以小学词章,本性二事。自来能诗词者,不尽精通文字;而善于《说文》之学者,亦不必兼能诗词。故东坡不辨点画之真俗，不害其诗词之美；而戴段钱王深撢小学之精微，亦未闻以文学名家也。就字声而言，九域之人，言语不同，生民以来，固常然矣。自《春秋》摽齐言之传，《离骚》目楚辞之经，齐语楚语，判于孟子，其音之异，较然可知。汉扬雄著《方言》，号为大备。然皆考名物之同异，不显声读之是非也。逮许慎造《说文》，刘熙制《释名》，高诱解《吕览》《淮南》，郑玄注经，始为譬况假借，以证字音。孙叔然创《尔雅音义》，初有反语，至于魏世，此事大行。自兹厥后，音韵锋出，各有上风。南音清举而切诣，北音沉浊而鉥钝。南以钱为涎，北以如为儒。如此之例，两失甚多（略本《颜氏家训·音辞篇》）。洎乎近世，乖乱益甚，五方之音，各有殊异。或一字二音，莫知谁正；或一语二字，声近相乱（见章太炎《新方言》）。通儒硕士，欲以《广韵》反切，昭示学人；然亦可为好古者道，难为俗人言也。司教育者，欲推行注音字母，以一国音，其功未易卒就。即幸自有成，亦仅可齐方俗，未足以言读古籍也。故吾侪处今日，若非读特种文字或撰特种文字，其平居读音，亦以得其古较为准，不必沾沾以古音自多。举例以明之：如物之精粗，谓之好恶；人之去取，谓之好恶。而好恶字，不容混同。甫者男子之美称，古书多假借为父字。除管仲范增之号外，均不得依字读。邪者未定之辞，不得呼为也字。痴钝之与飕飕，琨之与衮，洸之与汪，若斯之流，亦当别异（参看《颜氏家训·音辞篇》）。若夫平日读书，遇不字必读为分勿切，遇槁字必读为苦浩切，通人为之，固为可贵，然不能遍通于流俗也。更就字之声韵与文章之音节言之：自陆士衡有"声音迭代"之说（《文赋》），范晔亦发"宫商清浊"之论（《狱中与诸甥侄书》）。降及齐梁，此论大炽。《宋书·谢灵运传论》以"浮声切响"为训，《文心雕龙·声律篇》以"双叠飞沉"为言。绎沈刘二氏之义，殆谓一句之内，如用两同声之字，或用二同韵之字，则读时不便。一句纯用浊声，或一句纯用清声，则读时亦不便也（黄季刚先生说。见《文心雕龙·声律篇札记》）。自兹以还，声律之道，日趋精密。律诗四六文，因以成立。斯亦由偶类齐音，为中邦所独擅也。远溯前古，《诗》三百篇应用音韵之佳处，实有足令人惊异者。钱大昕《潜研堂答问》尝论之曰：

> 人有形，即有声。声音在文字之先，而文字必假声音以成。综其要，无

过叠韵双声二端。……至《诗》三百篇兴,而斯秘大启。《卷耳》之次章崔巍虺隤两叠韵,三章高冈玄黄两双声。《硕人》之次章,巧笑叠韵,美目双声。《大叔于田》之次章,上句磬控双声,下句纵送叠韵。《出其东门》之首章,綦巾双声,次章茹芦叠韵。《七月》之觱发栗烈双声兼叠韵,上下相对。《东山》之伊威蟏蛸町疃熠耀四句连用双声。佻兮达兮,哆兮侈兮,既敬既戒,既沾既足,如蜩如螗,如蛮如髦,不吴不敖,不竞不絿,允文允武,令闻令望,宜岸宜狱,式夷式已,之纲之纪,以引以翼,隔字而成双声。啴啴哼哼颙颙卬卬,叠字而成双声。与与翼翼,隔句而成双声。居居究究,隔章而成双声。死生契阔,搔首踟蹰,一句而用两双声。旅力方刚,山川悠远,一句而一叠韵一双声。其组织之工,虽七襄报章,无以过也;其音节之和,虽堹笙迭奏,莫能加也。其尤妙者,角枕粲兮,锦衾烂兮,不惟粲烂韵,而枕衾亦韵。锦衾叠韵,而角锦又双声也。不敢暴虎,不敢冯河,暴冯双声,虎河亦双声也。此岂寻常偶合者可比?

诗文之妙,全出自然。所谓"暗与理合,匪由思至"(《宋书·谢灵运传论》)。虽未可裁以四声八病之说,而其组织之工,音韵之和,诚有如晓征所云者。其与文学之关系,岂不大哉?

就字义言之,字有本义,有引伸义及假借义。斯三者不可偏废。不明本义,无以识文字之源,不达引伸义及假借义,无以通文字之用。

许君《说文》,都明本义。本义既明,然后循声韵之条贯,寻孳乳之源流,而引申义假借义乃明。例如"丰",豆之丰满也;引伸之,凡盛大皆曰丰。"罄",器中空也;引伸之凡尽皆曰罄。"琐",玉之小声也;引伸为琐碎琐细之琐。"理",治玉也;引伸为一切治理之理。凡治理皆期其有条不紊,遂又引伸为文理腠理肌理之理。更引而伸之,以至于广大精微,乃有物理情理天理之理。"弟",以皮韦束物之次弟也;引伸为凡次弟之弟。人之长幼,亦有次弟,故又引伸为兄弟之弟。所谓本义及引伸义,如是而已。

假借者,许君释为:"本无其字,依声托事。"故上举引申义各例即假借之一端。然后世声近相通,则有不限于无字之假借者。往往本字见存,而借用同声之字。例如鄙啬字止当作"啚",今则借"鄙"字为之(《说文》:"五酂为鄙。")。开启字止当作"启",今则借"启"字为之。(《说文》:"启,教也。")遂意字止当作"㒸",今则借"遂"字为之。(《说文》:"遂,亡也。")杜门字当作"敚",今则借"杜"字为之。(《说文》:"杜。甘棠也。")又如《尔雅释诂》以初哉首基为始。初首基,皆本字也。而哉则为"才"之假借(《说文》:"才,草木之初生也。")。以介纯夏幠为大。夏者,中国人,幠者,覆冒,引申皆有大义,此本字也。而介纯则为"奔奄"之假借(《说文》:"奔,大也。奄,覆也,大有余也。")。凡此本有其字而依声托事者,与许氏之说有异,故清人谓之通借。实则有其字而不用,等于本无其字,仍可谓之假借,不必妄立名目也(黄季刚先生说)。学者苟能撢本义以求审谛,采转训以期共晓。取舍之间,因文求当;抉择之际,依义弃奇,则可与正文字矣(《文心雕龙·练字篇》语)。

关于文字形声义三端,已如上述。然中国文学之用字,有较异土困难者数事。学者不可不知也。

盖自六书肇造,孳为九千。转注假借之例既立,而众字之形声义训,往往互相牵缀,故用字者因之无定。此一事也。

名无固宜,名无固实,在乎约定俗成。然造字之始,或含义本狭,而后扩充以为宽;或含义互通,而后减削以为迥。至于用之之顷,随情取舍,义界函胡。刑名文名,盖由官府定著。论学术者,亦或自定名例,以便铨说。寻常文翰,固无是也。故字义纷纶,简择无准。此二事也。

又古字虽曰九千,亦有复重,非尽特立,即其确为本字,然恒文转舍不用。取彼同类之音,以为通假;取彼同类之义,不为判分。后来造字猥多,则数逾四万;用字狭少,则只达四千。由古察今,弥为漫汗。然则字义不定。辨析尤艰。此三事也。

夫雅俗常奇,古今兴废,名成于对待,故可随情设施。岂无今世恒俗之言,或本《绝代辅轩》之语。但求实义吊当,何暇拘滞所闻。然文士裁篇用字,或贵于艰深,或趋于简易。师范古籍,则资借奇字,以成己文;依附流俗,则苟安鄙别,以求人喻。不悟字之取舍,以义之当否为标;而辨义正名,实非易业。此四事也。

　　历观自古文章，用字不定，求其所由，盖有三端。夫字有正假，任意而书；体有古今，随情而用。仁义之义本作谊，威仪之仪本作义。举本字者书仁谊，可作言旁宜；从常行者书威仪，不作羊下我。孝弟之字别作悌，欢说之字别作悦。好古文者，但书偏旁；从常行者，加心始足。此缘形而不定也。

　　字有同训者，训同则用此与彼，于义无殊。是故庶绩咸熙，易为众功皆兴可也；察其所由，易为揆厥所元可也。

　　字有殊名者，名殊即用此与彼，于实是一。是故鸠曰尸鸠，殊名也。《召南》曰鸠。《曹风》曰尸鸠。藻为聚藻，殊名也。诗人曰藻，左氏释以蕴藻。

　　字有同类者，同类则散言有别，通言不殊。礼器以白黑为素青。素本白绘，非凡白之号；青为东色，非火熏之名。缘其大类相同，所以有斯变乱。凡此三者，皆缘义而不定也。

　　诗歌叶韵，必取谐调，则用字可无定准。《诗》言母也天只，变父言天；《易》言既雨既处，变止言处。后世扬子云变梁父为梁基（《羽猎赋》），蔡伯喈用祖踪代祖武（《朱穆坟前方石碑》），皆其征也。至于声偶之文，尤贵叶律。苟不宜于迭代，即宜变以求谐。故危涕坠心，有时互易常位（江淹《恨赋》）；赪茎素毳，有时悉变本名（颜延之《三月三日曲水诗序》）。一天也，调仄句则称有昊，调平句则曰穹苍；一地也，调平句则曰媪神，调仄句则为后土。此即千殊万异，亦与字之本质何关？又况对仗既成，字取相配，苟一偏有蹉踬之患，斯两向皆在删窜之科。然则声偶之文，用字弥无常则，又奚足怪？此又缘声而不定也。综上三因，以包古今用字之情态，庶乎得其梗概矣。然文人好尚，复有乖违。察其用字之弊，犹有可言者。略举其族，盖有八焉：

　　一曰：是古非今，故为诡异。此辈文人之用字，形必泛长之书，训必苍雅所载。书攀援必写从反卝，语恒久必改为烝尘。以"叵可忍"为"不可忍"，易"不敢动"为"不敢摇"。"亹勉"过常，则"密勿"是用；"差池"习见，则"柴虒"为书。夫字异义同，何劳改作？以此求新，适为可哂。昔刘勰评曹摅诗，谓："两字诡异，大疵美篇。"（《文心雕龙·练字篇》）顾炎武讥人舍恒用字而借古字之通用者，为自盖其俚浅(《日知录》卷十九《论文人求古之病》)。韩愈《曹成王碑》用"刿韒铍掀撇掇策趾"诸字,樊绍述《绛守居园池记》有"瑶翩碧潋嵬眼倾耳"等语。格以彦和亭林之言,亦难免"诡异""自盖"之讥矣。若乃字不问古今,义不问雅俗,但使奇侅,即加采获。孙休武曌之奇字,与篆隶而共篇;短书译籍之异文,将经史而同录。以人所弗知为上,以世所共晓为下。用字之乱,无过此曹者也。

二曰:是今非古,竞为新颖。自香奁西昆体兴,后代文人,多蒙其弊。每喜将习用之语,易为新颖之字。近年以来,文学改革之说,风靡一世。新兴作家,波属云委。察其为文之地,必于"玫瑰花前";语其脱稿之时,必当"夕阳西下"。状草色则曰"天鹅绒",称天神则曰"安琪儿"。"心弦""爱神",累牍皆然;"月夜""雪朝",千篇一律。文成定型,奚有创作?革新未澈,积弊已成。较之是古非今故为诡异,亦二五之与十也。

三曰:以雅易俗,与时乖违。《史通·叙事篇》曰:"案裴景仁《秦记》,称苻坚方食,抚盘而诉;王邵《齐志》,述洛干感恩,脱帽而谢。及彦鸾撰以新史,重规删其旧录,乃易'抚盘'以'推案',变'脱帽'为'免冠'。夫近世通无案食,胡俗不施冠冕。直以事不类古,改从雅言。欲令学者何以考时俗之不同,察古今之有异?"此讥以雅易俗之谬也。然子玄所讥,于今未改,故饮茶或曰"饮荈",垂脚而云"危坐"。驰铁道曰"附轺车",乘轮舟曰"上番舶"。夫名无固宜,随时而异;约定俗成,不容擅更。若怯书今语,勇效昔言,将何以记载时宜,征信后世乎?

四曰:强弱轻重,失其权衡。盖字分强弱,义分轻重,如有偏畸,亦足为颣。刘勰有言:

> 陈思之文,群才之俊也。而《武帝诔》云:"尊灵永蛰。"《明帝颂》云:"圣体浮轻。"浮轻有似于胡蝶,永蛰颇疑于昆虫。施之尊极,岂其当乎?左思《七讽》,说孝而不从。反道若斯,余不足观矣。潘岳为才,善于哀文。然悲内兄则云"感口泽",伤弱子则云"心如疑"。《礼》文在尊极,而施之下流,辞虽足哀,义斯替矣。若夫君子拟人,必于其伦,而崔瑗之《诔李公》,比行于黄虞;向秀之《赋嵇生》,方罪于李斯。与其失也,虽宁僭无滥;然高厚之诗,不类甚矣。(《文心雕龙·指瑕篇》)

是知强弱乖宜，使人兴疑，古来名家，犹或不免，初学缀文，可不慎乎？

五曰：同部叠用，有类字书。此类用字，刘勰谓之联边。其言曰：

> 联边者，半字同文者也。状貌山川，古今咸用；施于常文，则龃龉为瑕。如不获免，可至三接；三接之外，其字林乎？（《文心雕龙·练字篇》）

黄叔琳注曰："按三接者，如张景阳《杂诗》：'洪潦浩方割。'沈休文《和谢宣城》诗'刷羽泛清源'之类。三接之外，则曹子建《杂诗》：'绮缟何缤纷。'陆士衡《日出东南隅行》：'璚佩结瑶璠。'五字而联边者四，宜有字林之讥也。"至若木华《海赋》："沖瀜沆瀁，渺弥澉漫。"郭璞《江赋》："鰝鰊鰶鮋，鯪鰩鯩鰱。"八字相属，俱隶同部。先士文制，或更有多于此者。其在辞赋，体或有然。若入常文，则难免舍人之讥矣。

六曰：割裂成语，数典忘祖。文章用典，贵在有助文采，无害辞义，用字少而涵义深，此其所以为美也。用典之工者，则文味隽永，藻彩缤纷。然自来文人，每喜割裂成语，以就檃栝，失其本义，文理弗达。斯又不善用典之弊也。昔刘知几谓：

> 诸子短书，杂家小说，论逆臣则呼为"问鼎"，称巨寇则目以"长鲸"，邦国初基，皆云"草昧"；帝王兆迹，必号"龙飞"。斯并理兼讽谕，言非指斥。异乎游、夏措词，南、董显书之义也。如魏收《代史》，吴均《齐录》，或牢笼一世，或苞举一家，自可申不刊之格言，弘至公之正说。而收称刘氏纳贡，则曰"来献百牢"；均叙元日临轩，必云"朝会万国"。夫以吴征鲁赋，禹计涂山，持彼往事，用为今说，置于文章则可，施于简册则否矣。（《史通·叙事篇》）

子玄之言，为史而发；而文人之文，实有更甚于此者。胡适称："身在滇越，亦言灞桥；虽不解阳关渭城为何物，亦皆言'阳关三叠'，'渭城离歌。'虽非吴人，不知莼鲈为何味者，亦皆自称有'莼鲈之思。'"（《文学改良刍议》）是犹不足为病。至若称在位以"曾是"，呼日月为"居诸"。以"刑于""糟糠"为妻之代名；以"孔怀""友于"为兄弟之别号。年过三十，则曰"岁逾而立"；供职官家，而云"为人作嫁"。斯真不通之甚者。以此类字句羼入篇中，弗能增妍，适足益丑矣。

七曰：杂用译语，难期共喻。近人文中，用译语者日多。如"乌托邦""辟克匿克""德谟克拉西""烟士披里纯"之类，皆译自西文；"刺戟""场合""提供""金融"之类，皆本诸日语。详译语之用，如能吊当，或可使意义确切。然终以约定俗成，人已共喻者为宜。若故为新异，以炫奇博，斯为下矣。昔陶潜尝与莲社之会，今观其诗文，鲜用梵语。是知象译之言，施于比兴之什，终嫌不当。自宋齐以还，此类始众。然"如来""招提"诸字，犹不见其粗恶。如苏轼诗云："切勿樽前'替戾冈'。"（替戾冈，羯语，出也。见《晋书·佛图澄传》。洪迈《容斋四笔》曾论此诗）。康有为诗云："幼发拉的底格里。"（见《不忍》杂志，忘其题目）斯所谓高厚之诗，不类甚矣。夫以孙许高言庄氏，犹云风骚体尽，况乎辞无友纪，弥以加厉者哉！然后生相沿，积弊难返。临文用否，固存乎其人；而取舍之间，必宜有抉择。此则吾曹所宜知者也。

八曰：官地世望，不本实情。昔刘知几有言：

> 爰及近古，其言多伪，至于碑颂所勒，茅土定名，虚引他邦，冒为己邑。若乃称袁则饰之陈郡，言杜则系之京邑。姓卯金者，咸曰彭城；氏禾女者，皆云钜鹿。在诸史传，多与同风。此乃寻流俗之常谈，忘著书之旧体矣。

注云：

> 今有姓邴者，姓弘者，以犯国讳，皆改为李氏。如书其邑里，必曰陇西赵郡。夫以假姓，犹且如斯。则真姓者，断可知矣。又今西域胡人，多有姓明及卑者。如加五等爵，或称平原公，或号东平公。为明氏出于平原，卑氏出于东平故也。夫边夷杂种，尚窃美名，则诸夏士流，固无惭德也。（《史通·邑里篇》）

陶宗仪《辍耕录》有云："凡书官衔，俱当从实。如廉访使总管之类，若改之曰监司太守，是乱其官制，久远莫可考矣。"何孟春《余冬序录》曰："今人称人姓，必以世望，称官必用前代职名，称府州县必用前代郡邑名，欲以为异。不知文字间著此，何益于工掘？此不惟于理无取，且于事复有碍矣。"

《神宗实录》万历四十三年十一月"南京都察院右都御史蔡应科乞正疏体

疏"第二条云：

> 二戒沿袭，如称辅臣，不曰王家屏沈鲤，而曰山阴归德；不曰高拱张居正，而曰新郑江陵。又或称官及地方，不曰吏部尚书礼部侍郎，而曰大冢宰少宗伯；不曰户部郎中工部员外，而曰度支郎匠作官属；不曰北直南直浙江云贵，而曰燕吴豫章越滇黔。诸如此类，沿袭已久，必竟当以为戒。

于慎行《笔麈》曰："史汉文字之佳，本自有在，非谓其官名地名之古也。今人慕其文之雅，往往取其官名地名以施于今，此应为古人笑也。史汉之文，如欲复古。何不以三代官名，施于当日，而但记其实邪？文之雅俗，固不在此，徒混淆失实，无以示远，大家不为也。"

顾亭林亦云："以今日之地为不古，而借古地名；以今日之官为不古，而借古官名，……皆文人所以自盖其俚浅也。"（《日知录》卷十九《论文人求古之病》）

诸贤所论，均有特识。然以言骈体有韵之作，或未尽当。观子玄之言，为史而发；蔡君之论，仅限疏体；则知藻饰之辞，或容假借；史传之文，宜存实录。故吾侪于此，亦应知所检别，未可以固执也。

综上八端，虽未周至；语其恒疵，略尽于此。总之：记事言理之作，必当考核名义，求其谛实。古所有今当遵之；古之所无，今撰可也。一篇之中，字无歧出；前所已见，后宜尽同。观于浮屠译经，其德业诸名以及动静状助诸字，皆有恒律。又观正史记事，大抵本于官府成言，萌俗通语，漓质趋文，大雅所笑。今之纪事言理者，必当知其利病，然后可与言文。否则研弄声调，涂饰华采，虽复工巧，等于玉卮无当者已。文饰之言，非效古固不能工妙，而人之好尚，不能尽同。此当听其自为，不必齐以一量。然效古以似为上，一句不类，一字不安，则有败绩失据之患。故效古人之文者，必用其人所经用之字，否则必用出乎其前之字，否则必用与其文相称之字。虽曰拘滞，其情在于求似也。若乃恒俗之文，取便于用，用字之准，惟在废兴。如官府文移，学校讲疏，报纸纪载，日用书疏，契约列诉之辞，平话剧曲之类，亦惟循常蹈故，不事更张可也（参看《〈文心雕龙·练字篇〉札记》及罗常培《修辞学》）

关于字声一端，除上述而外，尚有二事，为吾人所必当知者。二事维何？即

"辨四声"与"明韵部"是已。四声者,平上去入也。古代之音,惟有平入二声。故诗文叶韵,不区平仄。如《易经·坤卦》文言:"积善之家,必有余庆,积不善之家,必有余殃。"庆为去声,殃为平声,而庆殃互叶。《尚书·尧典》:"平章百姓,百姓昭明。"姓为去声,明为平声,而姓明互叶。《毛诗·卫风·氓》:"女也不爽,士贰其行。"爽为上声,行为平声,而爽行互叶。是其证也。盖古之诗歌,只分长言短言,尚无四声。顾炎武曰:"长言则今之平上去声也,短言则今之入声也。"(《音论》)至魏晋之际,平声多转为仄,入声多转为去,于是四声大备(段玉裁《六书音韵表·古四声说》)。然四声之实,虽成于魏晋之间,而四声之名,则肇自齐梁之世。《南齐书·陆厥传》曰:

> 永明末,盛为文章,吴兴沈约,陈郡谢朓,琅邪王融,以气类相推毂。汝南周颙,善识声韵。约等文皆用宫商,以平上去入为四声。以此制韵,不可增减。世呼为永明体。(《南史》本传略同)

《南史·陆厥传》曰:

> 时有王斌者,不知何许人,著四声论行于时。

《南史·周颙传》曰:

> 始著四声切韵行于时。

《南史·沈约传》曰:

> ……又撰四声谱,以为在昔词人累千载而不悟,而独得胸衿,穷其妙旨,自谓入神之作。武帝雅不好焉。尝问周舍曰:"何谓四声?"舍曰:"天子圣哲是也。"然帝竟不遵用约也。(《梁书》本传略同)

《南史·庾肩吾传》曰:

> 齐永明中,王融谢朓沈约文章始用四声以为新变,至是转拘声韵。

封演《闻见记》曰:

> 周颙好为体语,因此切字有纽,纽有平上去入之异。永明中,沈约文辞精拔,盛解音律,遂撰四声谱。时王融刘绘范云之徒,慕而扇之,由是远近

文学，转相祖述。声韵之道大行。

顾炎武《音论》曰：

> 今考江左之文，自梁天监以前，多以去入二声同用，以后则若有界限，绝不可通。是四声之论，起于永明，而定于梁陈之间也。

诸书所载，约略相同。平上去入之名，至齐梁始定；四声界限，至齐梁殆严，殆无可疑。其后陆法言撰《切韵》，分为"上平""下平""上""去""入"五卷，今之《广韵》仍之。其平声分上下者，因字多之故，无他义也。或谓此即阴平阳平之分，其说甚谬。所谓阴平阳平者，即平声之清声浊声。今试考《广韵》上平声之一东，则"东""通"清声也，"同"浊声也。"风""丰"清声也，"冯"浊声也。是东韵固兼有清浊矣。再检下平声之一先，则"颠""天"清声也，"田"浊声也。"笺""千"清声也，"前"浊声也。是先韵亦兼有清浊矣。盖上平二十八韵，下平二十九韵，每韵皆兼有清声浊声，断不能强分此韵为阴平，彼韵为阳平也。况四声为音之长短，乌得与音之清浊混为一谈乎？关于四声音势之说明，亦有多家。元和《韵谱》曰：

> 平声哀而安。上声厉而举。去声清而远。入声直而促。

释真空《玉钥匙歌诀》曰：

> 平声平道莫低昂。上声高呼猛烈强。去声分明哀远道。入声短促急收藏。

顾炎武《音论》曰：

> 平声轻迟，上去入之声重浊。

江永《音学辨微》曰：

> 平声长空，如击钟鼓，上声短实。去声如击木石。入声如石。

张成孙《说文谐声谱》曰：

> 平声长言。上声短言。去声重言。入声急言。

段玉裁《与江有诰书》曰：

> 平稍扬之则为上。入稍重之则为去。

王鸣盛《十七史商榷》曰：

> 同一声也，以舌头言之，则为平。以舌腹言之，则为上。急气言之，则为去。闭气言之，则为入。

英人艾约瑟《华语考原》曰：

> 入声为短音。平上去三声为调：平声为水平调，上声为昂上调，去声为落下调。

日人盐谷温《中国文学概论》曰：

> 平声为平发之声，上声为高呼之声，去声为柔远之声，入声为短促之声。以上四声中，唯平声是平淡之发音；其他上去入之三声，皆发音不平，故称为仄声。

诸家所论，虽各不同，然参伍而审辨之，亦可得四声发音之正矣。中国韵书，始于魏李登之《声类》。其后有吕静《韵集》，段宏《韵集》，李槩《续修音韵决疑》，李槩《音谱》，无名氏《文章音韵》，王该《五音韵》，释静洪《韵英》，周研《声韵》，周颙《四声切韵》，沈约《四声韵》，张谅《四声韵林》，夏侯咏《四声韵略》，杨休之《韵略》，杜台卿《韵略》，刘善经《四声指归》，无名氏《群玉典韵》，无名氏《纂韵钞》，潘徽《韵纂》（略见《隋书·经籍志》）。其书今皆不传。

至陆法言撰《切韵》，分为二百六部。天宝之末，孙愐订正之，改称《唐韵》。宋真宗大中祥符元年，命陈彭年等更为刊益，改名为《大宋重修广韵》。今《切韵》虽亡，而《广韵》卷首，犹题云"陆法言撰本"，故知二百六韵，仍法言旧目也。宋仁宗景祐中，命丁度等更编纂《集韵》，又撰《礼部韵略》，专供科举之用。于是一变唐以来之旧法，始许韵目之通用。金韩道昭作《五音集韵》，改二百六韵为百六十。平水王文郁并旧韵之通用者为一部，又改二六百韵为百七韵。南宋理宗淳祐间，刘渊重刊其书，称为《壬子礼部韵略》，专用于科场。所谓《平水韵》是也。及元大德中(元成宗)，阴时夫中夫兄弟撰《韵府群玉》，于百七部中，又并上声拯入迥，凡为百六部：平声三十部，分为上平下平；上声二十九部，去声三十部，入声十七部。此即今日通行之诗韵也。其后明太祖以旧日韵书，起于江左，多为吴音，命乐韶凤宋濂等更纂修之。并平上去三声各为二十二部，入声为十部，共七十六部，名曰《洪武正韵》。然终明之世，竟不能行于天下(参看莫友芝《韵学源流》)。故今日为诗赋者，仍遵用阴氏兄弟所撰定之百六韵也。然百六韵中，如"东""冬""江"三韵，仍称通韵。作律诗律赋，百六韵皆宜独用，不可互通；而作古诗赋时，如"东""冬""江"之类，仍可通用。通韵之说，详载于邵长蘅《古今韵略》。坊间《诗韵》目录之下，亦有注释。惟所谓"古通某""古转某"，不尽可据。学者用之，不可不慎。张之洞《輶轩语》论之曰：

　　古体诗可押通韵。但俗本《诗韵》，动曰古通某古转某。强分两门，已为无理，且所谓通者，并不可据，今日作古诗者，以专守官韵不用通韵为合法。何也？今之本韵，即古之通韵也。唐韵本二百六部，各注同用独用。(原注云："以韵狭不便试士，唐许敬宗奏定同用。"按封演《闻见记》曰："陆法言撰为切韵，先仙删山之类，属文之士，苦其苛细。国初许敬宗等详议，以其韵窄，奏合而用之。")经宋金元人四次并省，今合为一百六部。故今日一韵中，已兼古人数韵。虽不如《广韵》分析精密，声类清浊，尚不大远。若再推广，必致歧误。

　　……如必欲通之，莫如稍隘稍严，尚无大误。如"东冬"，如"支微"，如"鱼虞"，如"佳灰"，如"真文"，如"寒删"，如"萧肴"，如"庚青"，如"盐咸"，此类皆今读声音相近，而今韵部分相联者，通押无害。上去准此。入声部分，纠葛难明，姑言其略："屋沃觉"(通)，"质"(独)，"物月"(通)，"曷黠"(通)，"屑"(独)(原注云："屑亦半通质。因初学恐难细剖，合质独用较妥。")"药"(独)，"陌锡"(通)，"职"(独)，"缉"(独)，"合叶洽"(通)，此参用顾江段苗四家说。有决不可通者：如"江"与"阳"也，"真文"与"庚青蒸侵"也，"庚青"与"侵蒸"也，"蒸"与"庚青侵"也，"元寒删先"与"覃盐咸"也，此类俗读似近，正音迥别。即使前人偶一有之，或是方音，或本非韵，或是错误，皆不可借口。

如欲求通而不滥之理,须知通韵有半部全部之别(今本之"支"韵,半通"微齐佳灰",半通"歌"。"虞"半通"鱼",半通"尤"。"元"半通"真文",半通"寒删先"。"先"半通"真文",半通"元寒删"。"歌"少半通"麻",大半通"支"。"麻"少半通"歌",大半通"鱼"。"庚"半通"阳",半通"青",有数字通"蒸"。"尤"半通"萧肴豪",半通"虞",有数字通"支"。"覃"半通"侵",半通"盐咸"。此就经传子史韵语唐以前诗文谣谚推验而得)。此由今韵一部中并有古韵两三部在内,故一韵之声,不尽同类(如"元魂痕"三部,今并为十三"元"。"灰咍"今并为十"灰"。就本韵读之,已不能调叶,故"元"可通"寒删先","魂痕"不得通也。余仿此)。初学未尝通《说文》,看《广韵》,何从辨析此一韵中之字,孰可通某孰不可通耶?

张氏此论,可为滥押通韵者戒。《輶轩语》又曰:

若作学汉人五言诗古乐府古赋拟骚碑铭赞颂之属,则又宜知古韵。

盖张氏前段所论,为作今日之古体诗言之也,此间所谓"古韵",乃上古至秦汉之韵也。汉以前虽无韵书,验之经传子史,确有一定之韵部。故吾人读汉以前之韵文,或学作汉以前之韵文,又当明古韵也。考明古韵,肇始于宋,大明于清。宋郑庠作《古音辨》,分古韵为六部。明顾炎武作《唐韵正古音表》,分十部。清江永作《古韵标准》,分十三部。段玉裁作《六书音均表》,分十七部。戴震作《声类表》,分二十五部。孔广森作《诗声类》,分十八部。王念孙分二十一部(无专书。有《古韵二十一部》一篇,载其子引之《经义述闻》中)。上列诸家,分合不同,得失互见。大抵前修未密,后出渐精。王氏之二十一部。集戴段诸家之长,古韵之发明者,已得十之八九。及章太炎先生作《成均图》,定为二十三部。较之王氏,益为精密。黄季刚先生据章氏之说,稽之"广韵",复定为:"歌灰齐模侯豪萧咍寒先痕青唐东冬登覃添曷没屑锡铎屋沃德合帖"二十八韵,本之音理,稽之故籍.无丝毫不合(见《音略》)。今读古韵文或作古韵文,宗用其说可也。

以上专就诗赋之韵而言。其用于词曲之韵,又与此有异。宋朱希真尝拟应制词韵十六条,而外列入声韵四部。其后张辑释之,冯取洽增之。至元陶宗仪讥其混淆,欲为改定。今其书久佚,目亦无自考矣。厉鹗《论词绝句》有云:"欲呼南渡诸公起,韵本重雕绿裴轩。"注云:"曾见绍兴二年刊绿裴轩《词林要韵》一册,分'东红''邦阳'十九韵,亦有上去入三声作平声者。"于是人皆知有绿裴轩《词韵》,而又未之见。秦敦夫取阮芸台家藏《词林韵释》一名《词林要韵》,重为开雕,题曰:"宋绿裴轩刊本。"而跋中疑为元明之季谬托,又疑此书专为北曲而设。盖观其所分为十九韵,又不列入声,故疑为曲韵也。清初沈谦曾著《词韵略》一编,以"东董""江讲""支纸"等标目。平领上去,而止列平上,似未该括。其用诗韵韵目,分合之界,模糊不清。字复紊乱无次,不归一类,其音更不明晰。舛错之讥,实所难免。同时赵钥曹亮武均撰词韵,与去矜大同小异。李渔之《词韵》四卷,列二十七部,以乡音妄自分析,尤为不经。至前此胡文焕之《文会堂词韵》,平上去三声用曲韵,入声用诗韵。骑墙之见,亦无根据。又有许昂霄《词韵考略》,亦以今韵分编,平上去分十七部,入声分九部。曰古通古转,曰今通今转,曰借叶,自称本楼敬思《洗砚集》中之论。不知所谓古今者,何古何今?而又何所谓借叶?此痴人说梦,不足道也。

此外词韵之书曾风行一时者,莫如吴烺程名世诸人所著之《学宋斋词韵》。然其书字数太略,又无音切。上去两见之字,则偏收之。又"真谆臻文欣魂痕庚清蒸登侵"皆同用,"元寒桓删山仙覃谈盐沾严咸衔"凡皆并部。入声则"物迄"入"质陌"韵,"合盍业洽狎乏"入"月屑"韵,滥通取便,骖驳不堪。种种疏谬,其病百出。而郑春波复作《绿漪亭词韵》,以附会之,羽翼之,于是词韵因之而大紊矣。晚有戈载,见诸书之谬,为《词林正韵》一书。列平上去为十四部,入声为五部,共十九部。其论列古今原流得失,至详且确。自称:"取古人之名词,参酌而审定之,尽去诸弊。"吾侪倚声,即以是书为准绳可也(参看《词林正韵发凡》)。

曲韵之书,元时有周德清《中原音韵》(《词林正韵发凡》谓《中原音韵》本于宋无名氏之《中州韵》)。其书列"东锺""江阳"等十九部,隶入声字于平上去之三声中,更分平声为阴阳二种。即将十九部分为阴平阳平上声去声之四声。元代北曲,皆用此韵,其南曲微有不同。明范善溱撰《中州全韵》,清初李书云有《音韵须知》,王鵕著《音韵辑要》,皆承周氏书而广之。范氏之书,至今度曲者犹奉为圭臬。清代钦定曲谱,谓北曲宜准《中原音韵》,南曲宜准《洪武正韵》。然《洪武正韵》并未通行。故词人作曲,除南曲入声尚据《洪武正韵》外,概以《中原》《中州》二书为准也。夫韵之阴阳,在平声至易别晰;上去二声,甚不易明。故《中原音韵》,平声而外,不别阴阳。至《中州全韵》,乃将上去二声,分别阴阳,足供度曲者之参考。

若夫四声之辨,本为易事,前幅已详言之。惟人为痖音,欲调曼声,必分配于平上去三声之中,始能唱出。故南曲虽有入声,亦惟短腔速断时,能得其真相;苟在长调中,延长其音,则亦与平声无异矣。此外更有为吾人所必当知者:词韵上去虽可通用,而平入必当独押,不能与他声混淆(词中亦有以入声作平上去用者,其例见《词林正韵发凡》,此为例外)。制曲用韵,可以平上去通叶,且无入声(南曲有入声似可谓为例外),此其所异也。又《中原音韵》诸书,"支思"与"齐微"分二部,"寒山""桓欢""先天"分三部,"家麻""车遮"分二部,"盐咸""廉纤"分二部,于曲则然,于词则否。此其相异之点也。

形义音韵,已如右述。然字各分立,义不相属;若欲兼异实之名,以谕一意(《荀子·正名篇》语,据王先谦《集解》引王念孙说改谕作谕),则文法尚矣。《易》曰:"艮其辅,言有序。"(艮卦),《诗》云:"出言有章。"(《小雅·都人士》)曰章曰序,谓字句缀属得宜也。《礼记·学记》:"一年视离经辨志。"孔颖达疏曰:"离经,谓离析经理使章句断绝也。"方以智《通雅》引作:"离经辨句。"谓粗于六经,使时习之,先辨其句读也。是则古人小学,必先讲解经理断绝句读也,明矣。夫知所以断绝句读,必先明所以集字成句之理。是非文法之所有事乎?《左传》载春秋时人引诗,往往标举篇章次第。知尔时离析章句,为学者所习为。其后汉人解析众书文句,亦有章句。《易》则有施孟梁丘章句。《书》则有欧阳大小夏侯章句。《春秋》则有《公羊》《谷梁》章句左氏尹更始章句。《孟子》则有《赵岐》章句。班固贾逵作《离骚经章句》。王逸作《楚辞章句》。他书不及遍举。

原章句之体,本以辨析文理,敷畅辞义。乃末流碎义逃难,便辞巧说,驰逐不反,以多为贵。秦延君增《师法》至百万言。说《尧典》篇目两字十余万言。但说《曰若稽古》三万言。此则破析经文,与章句之本义乖矣。是以桓荣受朱普学章句四十万言，减为二十三万言，其子郁又删省成十二万言。夏侯胜称："章句小儒，破碎大道。"扬雄班固皆耻之而不为。知章句之末流，为人诟病甚矣。

然细绎章句之道，固与近日文法，有相通处。其在古代，舍是固不足以通辞理；故昔人虽病其烦琐，而亦不能遽废置之也。厥后刘勰论文，亦以章句命篇。其言曰："句者，积字以分疆。"又曰："因字而生句。"又曰："句之清英，字不妄也。"又曰："句司数字，待相接以为用。"此土人士明积字成句之理，当莫晰于彦和之言矣。然篇由章成，章由句积，句由字生。字之所由相联而不妄者，固宜有共循之途辙。华夏先哲，皆未言及。推寻其由，盖以积字成句，一字之义果明，数字之义，亦必无不明。是以中土但有训诂之书，初无文法之作。所谓"振本末从，知一万毕"。非有阙略也。为文章者，虽无文法之书，而亦能暗与理合者，则诵读古书，师范旧作；能憭古人之文义者，未有不能自正其文义者也。洎乎晚清，丹徒马建忠氏，学于西土。取彼成法，析论此方之文。成《文通》十卷。张设科条，标举品性。考验经传而无不合，驾驭众制而无不宜。茂矣哉，前世未之有也。盖声律天成，而沈约睹其秘；文法本具，而眉叔析其理。谓之绝学，岂虚也哉？《文通》而后，继作甚众。补苴罅漏，条理益密。选善拔尤，则章士钊《中等国文典》，刘复《中国文法通论》，陈承泽《国文法草创》，其上焉者也。今诸书具在，凡致思于文法者，均宜览省。兹为篇幅所限，仅以关于文法之要者著于篇，其详不及备论矣（参看《文心雕龙·章句篇札记》）。

研求文法，首宜辨析词类。词类之名，诸书互异，兹以拙著《中国文法纲要》及章氏书为准。

一曰名词。凡字之表事物之名者属之。其类有五：曰特别名词，其名为一人一物所独有，非他人他物所可借用者也。如"诸葛亮""中华民国"是也。曰普通名词。普通名词者，名词之可通用于同类者也。韩愈《获麟解》曰："角者吾知其为牛，鬣者吾知其为马。"所谓牛马者，凡"牛"皆得谓之"牛"，凡"马"皆得谓之"马"，非一牛一马所能据为私有也。曰集合名词。集合名词者，群众集合之总名也。如云："二千五百人为师，五百人为旅，五家为邻；五百家为党。"所谓师旅者，乃集合若干人之总名；所谓乡党者，乃集合若干家之总名也。曰物质名词。

物质名词者,谓其物有一定之原质,为他物之所从出者也。如《荀子·劝学篇》曰:"冰水为之而寒于水。"水为冰之所从出,则所谓"水"者,即物质名词也。曰抽象名词。抽象者,对具体而言也。"鸟兽虫鱼",确然存在,有形可指;故亦称具体名词。"黑白道德",徒存色相,不可触辨,谓之抽象名词。抽象名词,无所附丽于实体,故多由动词形容词转变而来。如孟子曰:"白马之白也,无以异于白人之白也。"(《告子上》)"白马之白"与"白人之白",上"白"字均为形容词,下"白"字皆为抽象名词也。又如马援《诫兄子书》曰:"忧人之忧,乐人之乐。"上"忧乐"字均为动词,下"忧乐"字皆抽象名词也。

　　二曰代名词。其类有四:曰人身代名词。人身代名词有三称:第一人称,如"吾我予余"等字是也。第二人称,如"尔汝子你"等字是也。第三人称,如"彼其之他"等字是也。曰指示代名词。指示代名词者,用以指示一切事物或前文之名词也。如孟子曰:"贤者亦乐此乎?"(《梁惠王上》)"此"字指前文鸿雁麋鹿而言。又如《史记·陈丞相世家》:"高帝南过曲逆,上其城。望见其屋室甚大。"两"其"字皆指曲逆,犹言曲逆之城,曲逆之屋室也。曰疑问代名词。疑问代名词者,用以发问以释己之疑者也。如"谁""孰""何""什么"等皆是。曰不定代名词。不定代名词者,其所代之人或物,非能确指,乃泛指者也。如"凡""或""某""人们""人家"等皆是。惟此种代名词,皆非发问。故与疑问代名词有别。如孟子曰:"或劳心,或劳力。"(《滕文公上》)两"或"字皆不定代名词也。

　　三曰动词。其类有三:曰自动词。其动作留于施者之自身,而不及乎外者也。如扬雄《解嘲》:"子胥死而吴亡,种蠡存而越霸。""死、亡、存、霸"四字,皆自动词也。曰他动词。其动作必有所施,故凡他动词皆有止词。如《孟子》:"舜使益掌火,益烈山泽而焚之。"(《滕文公上》)"使""掌""烈""焚"四字,皆他动词;以有"益""火""山泽""之"四者为之止词也。曰助动词。动词不能独立为一种动作,而惟言动作之形式者也。如《韩非子·说难》:"昔者郑武公欲伐胡。""欲"字即助动词也。

　　四曰形容词。形容词者,所以肖事物之形者也。形附事物而存,故形容词所状止限于名词。约有四类:曰性状形容词。性状形容词者,用以示事物之性态者也。如"孝子慈孙,孤臣孽子"。"孝、慈、孤、孽"四字皆是。曰指示形容词。凡指示代名词用作形容词者皆属之。如《孟子》:"是心足以王矣。"(《梁惠王上》)"是"字即指示形容词也。曰疑问形容词。凡疑问代名词用作形容词者,谓之疑问形容词。如《孟子·梁惠王上》:"是诚何心哉?""何"字即疑问形容词也。曰数量形容词。数量形容词者,用以示事物之数量程度者也。如"六律"(示数)、"多金"、(示量)、"大志"(示度),"六""多""大"诸字皆是也。

五曰副词。副词者,用以状动词形容词及其他副词者也。约有四类:曰普通副词。如《孟子》:"宋牼将之楚。"(《告子下》)"将"字用以表时。《汉书·陆贾传》:"君王宜郊迎北面称臣。""郊""北"二字用以表地。《汉书·韩信传》:"军殊死战。""殊"字用以表其情态。凡此皆普通副词也。曰否定副词。凡副词表示否定及禁止之意者皆属之。如《孟子·梁惠王上》:"见牛未见羊也。"(表否定)《史记·项羽本纪》:"毋妄言,族矣。"(表禁止)"未""毋"两字皆是也。曰疑问副词。疑问副词,乃由疑问代名词转来者。如《论语·先进篇》:"夫子何哂由也?""何"字是也。曰数量副词。凡副词用以表示数量者皆属之。如曹丕《与吴质书》:"徐陈应刘,一时俱逝。"《史记·封禅书》:"泾渭皆非大川。""俱""皆"两字皆是也。

六曰介词。介词者,用以连实字相关之义者也。其置于名词之前者,谓之前置介词。如《庄子·盗跖篇》;"尾生与女子期于梁下。""与""于"两字是也。其置于名词之后者,谓之后置介词。如《汉书·霍光传》:"立少子君行周公之事。""之"字是也。

七曰连词。连词者,文中有彼此相待之词与句,从而连接之之词也。约有三种,曰平列连词。平列连词者,连接独立相等之词句者也。如《孟子·梁惠王下》:"邹与鲁哄。"《史记·大宛列传》:"终不得入平城,乃罢而引归。""与""乃"二字皆是。曰陪从连词。陪从连词者,连接附属词与主词或附属句与主句之词也。如《论语·阳货》:"夫子莞尔而笑。"《史记·田儋列传》:"纵彼畏天子之诏不敢动,我独不愧于心乎?""而""纵"两字皆是。曰关联连词。关联连词者,两词前后呼应相辅而行者也。如《论语·八佾篇》云:"与其媚于奥,宁眉于灶?"又

《先进篇》云:"如用之,则吾从先进。""与"与"宁","如"与"则",相辅而用,其意始达,是即关联连词也。

八曰助词。动词形容词能写语意,而不能传语气。助词者,所以助动词形容词之不及,而用以传语气者也。其类有四:曰传信助词。传信助词者,所以表语意之已决定者也。如《论语·公冶长篇》:"朽木不可雕也。粪土之墙,不可杇也。"两"也"字皆是。曰疑问助词。疑问助词者,所以表语意之有疑难者也。如《孟子·公孙丑上》:"夫子当路于齐,管仲晏子之功,可复许乎?""乎"字是也。曰感叹助词。感叹助词者,所以表感叹之语气者也。如《论语·雍也篇》:"尧舜其犹病诸!""诸"字是也。惟此类助词,多与疑问助词相混;故必细审其上下文气,始能定之。曰命令助词。命令助词者,所以传命令之语气者也。如《尚书·舜典》:"帝曰俞!汝往哉!"《伪孔传》曰:"不许其让,敕使往宅百揆。"故此"哉"字为命令助词。

九曰感叹词。感叹词者,传声之词也。忧乐之情,借以表之。常独立而无所附。且除传声之外,亦无若何意义也。其在句首者,如《战国·赵策》:"嘻!亦太甚矣,先生之言也!""嘻"字是也。其在句中者,如《庄子·徐无鬼》:"戒之哉!嗟乎!无以汝色骄人哉!""嗟乎"两字是也。其在句末者,如《后汉书·逸民传》梁鸿《五噫歌》:"陟彼北邙兮,噫!顾览帝京兮,噫!宫室崔嵬兮,噫!人之劬劳兮,噫!辽辽未央兮,噫!"五"噫"字是也。

词之分类,数穷于九。今世人所论列,其立名或异,其实质则不逾乎此。若依其性质言之,又可并为五类:名词代名词,表实体之词也。动词,表叙述之词也。形容词副词,表区别之词也。介词连词,表关节之词也。助词感叹词,表情态之词也。

词之分类,已详于前。其配合数词以显一意而辞意已完足者,谓之句。辞意未完而语气可少顿者,谓之读。所谓读者,即句中之句。其在句中,或用如名词,或用如形容词,或用如副词。《马氏文通》言之甚详,兹不多述。

至于句之构造,则必具主格宾辞二者,始能成立。盖凡为言者,必先言所为语之事物,次言其事物所有之动静。言所为语之事物,即所谓"主格";言其事物所有之动静，即所谓"宾辞"也。例如《论语·公冶长篇》："子说。""子"，主格也；"说"，宾辞也。又如《孟子·梁惠王上》："孟子见梁惠王。""孟子"主格也；"见梁惠王"，宾辞也。辨句之法，但察其主格宾辞完具与否，即可知其大略矣。句之种类，约分为四：

一曰叙述句。此句之最普通者，就本事而直陈之者也。如《论语·学而篇》："君子务本。"此叙述句之肯定者；又如《论语·为政篇》："君子不器。"此叙述句之否定者也。

二曰疑问句。凡有疑而发问者，皆属之。例如《史记·项羽本纪》："谁为大王为此计者？"此以代名词表疑问者也。《项羽本纪》又曰："君安与项伯有故？"此以副词表疑问者也。《项羽本纪》又曰："沛公不先破关中，公岂敢入乎？"此以助词表疑问者也。

三曰命令句。凡两人对语，此方对于彼方，施以命令，谓当如此或不当如此。若此者，谓之命令句。如《孝经》："复坐！吾语汝！"是也。

四曰感叹句。凡句中见喜怒哀乐之情者，皆属之。如《论语·子路篇》："子曰：野哉由也。"此以助词表感叹之意者也。又如《项羽本纪》："唉！竖子不足与谋！"此以感叹词表感叹之意者也。句读之分，已如上述。辨之之法，惟在视其辞意完具已否。此今世之恒言，人所共知者也。然考之于古，则读实句之异名；连言句读者，乃复语而非有异义也。

按《说文》："丶，有所绝止，而识之也。"（《说文解字》第五上）施于声音，则语有所稽，宜谓之丶；施于篇籍，则文有所介，宜谓之丶。一言之逗，可以谓之丶；数言联贯，其辞已究，亦可以谓之丶。假借为读，所谓句读之读也。凡一言之停逗者用之。或作句投，或作句豆，或变作句度，其始皆但作丶耳。句之语原作乚。《说文》："乚，钩识也。从反 S。"（第十二下）是乚亦所以为识别，与丶同意。段玉裁《说文注》："褚先生补《滑稽传》：东方朔上书，凡用三千奏牍，人主从上方读之，止辄乙其处，二月乃尽。此非甲乙字，乃正乚字也。"《声转》为曲。曲古文作凵，正象句曲之形。凡书言"文曲"，言"曲折"，言"曲度"，皆言声音于此稽止也。又转为句。《说文》曰："句，曲也。"（第三上），句之名，秦汉以来众儒为训诂者乃有之。

此由讽诵经文,于此小住,正用钩识之义。故段注曰:"凡章句之句,亦取稽留可钩乙之意。"准斯以谈,则句读二字之本义,但取声气可稽,不问辞意完具与否也。故语气已完,可称为句,亦可称为读;语气未完,可称为读,亦可称为句。《文通》有句读之分,不过取便学者耳,非古义已然也。

盖文章与语言,本同一物。语言而以吟咏出之,则为诗歌。凡人语言声度,不得过长,过长则不便于喉吻,虽辞义未完,而辞气不妨稽止。验之恒习,固有然矣。文以载言,故文中句读,亦有时据辞气之便而为节奏,不尽关于文义。至于诗歌,其句度齐同,又本无甚长之句。挚虞《文章流别论》谓古诗有九言者,颜延之以为:"声度阐缓,不协金石。"(《庭诰论诗》)斯可谓谙制句之原者矣。夫诗之分句,但取声气可稽,义完与否,实非所问。如《关雎》首章四句,以文法格之,但两句耳。"关关雎鸠","窈窕淑女",但当为读,盖必合下句而义始完也。今则传家并称为句。故知诗之句,徒以声气分之也。又如《定之方中》篇:"树之榛栗,椅桐梓漆。"《七月》篇:"十月纳禾稼,黍稷重穋,禾麻菽麦。"自文法言,皆一句也;而传家仍分为二若三。此又但以声气论也。其最长者,如《韩奕》篇:"王锡韩侯,淑旗绥章,簟茀错衡,玄衮赤舄,钩膺镂钖,鞹鞃浅幭,鞗革金厄。"一句二十八字。后世韵文,如欧阳修之《祭尹师鲁文》,苏轼之《祭欧阳文忠公文》,有一句长至三十余字者。使但诵为一句,中无稽止,不几令人唇吻告劳矣乎?

诗歌既然,无韵之文亦尔。如《书·皋陶谟》曰:"予欲观古人之象日月星辰山龙华虫作会宗彝藻火粉米黼黻絺绣五彩彰施于五色作服。"自文法言亦蘆一句。然当帝舜出言时,必不能使声气蝉联,中无间断。故知自声势言,谓之数句可也。《左传》载臧僖伯谏隐公之辞,有曰:"鸟兽之肉不登于俎,皮革齿牙骨角羽毛不登于器,则公不射。"累二十四字而成一句。当其发语之时,其稽止之节,固已数矣。后世散文,如曾巩《南齐书序》有曰:"是可不谓明足以周万事之理,道足以适天下之用,智足以通难知之意,文足以叙难显之情者乎?"又曰:"是岂可不谓明不足以周万事之理,道不足以适天下之用,智不足以通难知之意,文不足以叙难显之情者乎?"又曰:"然顾以谓明不足以周万事之理,道不足以适天下之用,智不足以通难知之意,文不足以叙难显之情者,何哉?"句法奇长,非中加稽止，不便诵读也。

准上所论，句读二名，本无分别。称句称读，随意而施。研习文字者，当知句读有系于音节与系于文义之异。以文义言，虽累百名而为一句，既不治之以口，斯无嫌于冗长。句中不更分读可也。以音节言，字多则不便讽诵，随其音节以为稽止，虽非句而谓之句可也。学者目治之时，宜知文法之句读；口治之时，宜知音节之句读。乃今之好事者，又于句读之外，别立"停"名。（见《小说月报》第十七卷号外《中国文学研究》上刘大白《中国旧诗篇中的声调问题》）是徒多增纠纷，岂可谓之深察名号也哉？（参看《文心雕龙章句篇札记》）

词句之理既明，则诸词之功用，可得而论矣。《马氏文通》卷十有曰：

> 第二卷之论名字代字者，所以知起词（即主格）之所从出也。后四卷之论动静字（即形容词）者，所以知语词（即宾辞）之所由生也。七卷之论介字者，为夫起词语词之意或有不足也；则知所以足之者也。八卷之论连字者，为夫语词与语词之或相承转也；则知所以维系之者也。九卷之论助字者，为夫语词辞气之有疑有信也；则知所以传之者也。猝有所感，则辞气不及传而发而为声者，附以叹字终焉。字分九类，凡所以为起词语词者尽矣。

往作《中国文法纲要》，于各词与文学之关系，辨之甚析。今略为增删，转录如左：

> 中土文字，单音孤立。惟如是也，故有五七定形之诗，四六骈俪之文。夫文字既有定数，则为之词者，长短不同，岂能尽合？故减《三国志》为《国志》，附尧舜以唐虞；不过凑字而已，并无他意也。又中土美文，声韵是崇。平仄韵部既有定准，而字音未必尽合。故改晴天为晴昊，变室家为家室；不过调声凑韵而已，亦无他意也。尝谓增减字数，变易名称，为文家要事；然必有助文采，无害情理，方为有当也（此即名词而论，实则其他词类，亦有增减变换者，其理亦同于此）。更寻字数之所以增减与夫名称之所以变换，尚不仅因于文辞之形式及声韵二者；与读者之心理，亦有关焉。盖厌故喜新，人之常情；旧名屡见，易生玩忽。故不曰勤，而曰劳动；不曰俭，而曰节制；不曰仁，而曰良心；不曰义，而曰服务；甚至不曰感兴，而曰烟士披里纯；不

曰游宴,而曰辟克匿克;不曰科学,而曰赛因斯;不曰民本,而曰德谟克拉西。(语本《学衡》二十一期吴芳吉《再论吾人眼中之新旧文学观》)

改易旧名,并无他意,不过以新奇之名,为较易动人故耳。近来文字用此法以收效者,不一而足。其当与否,兹姑不论。然亦足见表实之字,不尽沿袭;而今人所云云者,特未深察耳。

《史通·叙事篇》曰:"叙事之工者,以简要为主。历观自古,作者权舆。《尚书》发踪,所载务于寡事;《春秋》变体,其言贵于省文。斯盖浇淳殊致,前后异迹。然则文约而事丰,此述作之尤美者也。"盖文贵简洁,自古而然。昔人所论,备以尽矣。然简之之道不一,而用代名词其一端也。夫一名屡用,在文字固嫌其复,而读者亦惮其烦,此属文者所共知也。《孟子》曰:"……是何伤哉?彼身织屦妻辟纑以易之也。"(《滕文公下》)若易"是""之"为"仲子之室""仲子之粟",易"彼"为"仲子"。则字字重书,而行文累赘矣。《马氏文通》曰:"行文所以用代字者。免重复求简洁耳。"(卷二)信哉此言。

句合主格宾辞而成,前已详之。故无论何句,必具宾辞;而宾辞之主,厥谓动词。则动词与文学之关系,从可知矣。寻诗人之用动词,其研练之工,尚有可言者:如陶潜《和戴主簿》:"神渊写时雨。晨色奏景风。"二句之神,全在"写""奏"二字。又《使都经钱溪》:"微雨洗高林,清飙矫云翮。"二句之妙,全在"洗""矫"二字。又如谢朓《和徐都曹出新渚》:"日华川上动,风光草际浮。"其妙处在"动""浮"两字。又如江总《赠袁朗别》:"露侵山扉月,霜开石露烟。"其巧处在"侵""开"两字。而所谓"写""奏"等字,皆为动词。略举数例,他亦准是。

其在词曲中,动辞以研练见工者,更累累皆是,今不多举。洪迈《容斋续笔》论诗词改字曰:"王荆公绝句云:'京口瓜州一水间,钟山只隔数重山。春风又绿江南岸,明月何时照我还?'吴中士人家藏其草。初云又到江南岸,圈去到字,注曰不好,改为过;复圈去而改为入,旋改为满。凡如是十许字,始定为绿。黄鲁直诗:'归燕略无三月事,高蝉正用一枝鸣。'用字初曰抱,又改曰占,曰在,曰带,曰要,至用字始定。予闻于钱仲仲大夫如此。今豫章所刻本,乃作'残蝉犹占一枝鸣'。"(卷八)"绿""用"两字,皆为动词。观此可知古人简练动词,不肯轻于定草。盖一句之中，善用动词，可使所咏之物，格外生动；而主宾两辞之关系，或因之更加密切矣。

《文心雕龙·情采篇》曰："夫水性虚而沦漪结，木体实而花萼振，文附质也。虎豹无文，则鞟同犬羊；犀兕有皮，而色资丹漆，质待文也。"物既如此，文亦式之。夫文之感人，半在描写。形貌山海，有俟嵯峨浩瀚之形；体势宫殿，惟赖熠耀焜煌之状。而诸词能著是功者，惟形容词副词二者而已。如《古诗十九首》："青青河畔草，郁郁园中柳，盈盈楼上女，皎皎当窗牖，娥娥粉红妆，纤纤出素手。……"六句，若去其"青青""郁郁""盈盈""皎皎""娥娥""纤纤"诸字，更去其"河畔""园中""楼上""粉红""素"等字，惟余"草""柳""女""当窗牖""妆""出""手"九字；而文学色采，全为减削。所谓"青青"、"郁郁"等字者，非形容词即副词也。尝思摹声肖貌，写情状物，为文家要事，而副词形容词能著其功；则二词之有关文学也，亦大矣。谓余不信，试检屈宋之辞，马扬之赋，稍事分析，即知余言不谬也。

介词之用，在连实字相关之义，前已言之。《文心雕龙·章句篇》曰："之而于以者，乃札句之旧体。"故介词在辞赋骈文中，其用甚大。如《离骚》："彼尧舜之耿介兮，既遵道而得路；何桀纣之昌被兮，夫唯捷径以窘步。惟党人之偷乐兮，路幽昧以险隘；岂余身之惮殃兮？恐皇舆之败绩。忽奔走以先后兮，及前王之踵武；荃不察余之中情兮，反信谗而齌怒。""之""以"诸字，几于无句不有。其与文学之关系，可想见矣。

为文敷陈事理，必有起接转戾之字，为之脉络线索。故连词之用，亦甚大也。欲提起所言，必用"夫""盖"诸字。《孟子·离娄上》："夫人必自侮，而后人侮之。……"《史记·高祖本纪》："盖闻王者莫高于周文，……"是也。欲承接上文，必用"而""则"诸字。《史记·货殖列传》："渊深而鱼生之，山深而兽往之，人富而仁义附焉。"《礼记·大学》："财聚则民散，财散则民聚。"是也。欲反上文而另转新义，必用"然""顾"诸字。《史记·高祖本纪》："上曰：王陵可，然陵少戆。"《刺客列传》"吾每念痛于骨髓，顾计不知所出耳！"是也。举此数例，他亦准是。其在辞赋中，"若乃至夫"诸字，尤为习见。其用甚著，不赘论矣。

音乐之感人,以声音之长短曲折而异。其音愈长,则其感人也愈深;其曲折愈多,则其入人心也愈易。从知古乐之所以沦亡,而胡乐之所以独盛者,非无故矣。惟文亦然。中国古代文学,分南北两派。北派之代表为《诗经》,南派之代表为《楚辞》。《楚辞》之字句,较《诗经》为长,此人所共知者也。然文章音节之长短,不仅关于字句,而助词与有力焉。盖"乎哉矣也,亦送末之常科"(《文心雕龙·章句篇》语)。余声于是乎存,故也。尝试离析全部《诗经》,《雅》《颂》之中,"兮、只"诸字绝少;持较《国风》,不及什一;而诸国之中,尤以郑卫二风,用"兮、只"诸字为多。然以儒家提倡雅乐之故,郑卫之诗,斥为浮声;淫者非他,谓其长也(《国语》韦注:淫,久也)。夫既以音长为不雅,何怪北派文学之不盛哉?反观《楚辞》,则《离骚》《九章》,二句之中,多间以"兮";《招魂》一篇,两句之末,率尾以"些"。是知楚人之音,固较北方为长也。职是之由,是以汉后辞赋,蔚此大观;而四言之诗,罕有作者;五言七言,亦由此而起,非以屈宋之故哉?准斯以谈,则助词与文学之关系,固亦大矣。

卫宏《关雎序》曰:"情动于中而形于言,言之不足,故嗟叹之。"夫文学之用,在乎抒情;而情之现于外者,则喜怒哀乐也。然喜怒哀乐之在人身,可见之于形色;其在文辞,则多半传之以声音。如是,则感叹词尚矣。前举梁鸿《五噫歌》,其文情之美,半在五"噫"之声。若去"噫"字,更复有何意味乎?由是观之,则感叹词与文学之关系,亦甚重也。惟寻古人之用叹字,皆情有所感,有不得不发之势,故其用之也寡,而位之也当。乃自欧苏以后,文人多滥用感叹词,以为发舒文气之用;于是遇有结束提开过脉处,无可转者,辄用感叹词别开议论。其弊至于近代,初学为文者,若一篇之中,不用"呜呼"等字,则文气即因之以弱;而烂套俗调,因之以生,学者应知所戒焉。(《马氏文通》卷九亦有此论)

准上所谈,文法与文学关系之大,可见一斑。然谓文法为作文之基础则可;若无论为何等文,皆株守文法,不敢尺寸易,则拘泥之弊,亦足为累。盖文法者,科学也,可应用于一切文字者也;文学者,艺术也,以新奇见功者也。明乎文法,可使文字明通,而文章作品,不仅求通而已,尤以"美"为能事。通常之文,叙事说理,其目的在使人晓然明白;而文学作品,则不仅使人明白而已,尚须使人受其感动也。惟如是也，故通常文字，其行文必合文法；而文学作品，虽不必乖于文法，然因其目的不同，实未能尽以文法律之；且时有造句违乎常轨，或颠倒文法上之词位，其文辞更见优美者。习文学者，不可不明此理也。前举江淹《恨赋》及杜甫《醉时歌》，即其最著之例（见第五篇）。杜诗又云："香稻啄余鹦鹉粒，碧梧栖老凤凰枝。"《秋兴八首》虽不谋于文法，于文学价值无损也。今人或谓韩愈《祭十二郎文》"嫂尝抚汝指吾而言曰"一句，误用"吾"字，不懂文法（《胡适文存》卷三《国语文法概论》）。又谓林纾《论古文之不当废》文中"方姚卒不之踣"一句，不合文法，可谓不通（《胡适文存》卷一《寄陈独秀》）。或谓《燕山外史》《聊斋志异》《淞隐漫录》诸书，直可谓全篇不通（钱玄同《寄陈独秀》）。夫所谓文法者，本于何种原理？果自有其历史与习惯乎？抑至近世而始定乎？为此论者，适足以见笑而自点耳，于被讥者何伤哉？语言有古今之别，词例亦有今昔之分，不可非古而是今，亦不可强今以从古也。《左传·昭公十九年》："谚所谓室于怒，市于色。"顺言当云怒于室，色于市，此句中倒字之例也。《诗·小雅·节南山》："弗问弗仕，勿罔君子。式夷式已，无小人殆。"顺言当云无殆小人。此倒字叶韵之例也。《左传·闵元年》："为吴太伯不亦可乎？犹有令名，与其及也。"顺言当云与其及也，犹有令名。此倒句之例也。《周礼·春官·宗伯》："大宗伯之职，……以肆献裸享先王。"以次第言，裸在先，献次之，肆又次之。此倒序之例也（以上倒文例）。《左传·定公四年》："楚人为食，吴人及之。奔，食而从之。"奔不言楚人，食而从之不言吴人。此蒙上省文之例也。《诗·豳风·七月》："七月在野，八月在宇，九月在户，十月蟋蟀入我床下。"在野、在宇、在户，皆谓蟋蟀也。不言者，因下省。此因下省文之例也。《左传·庄公二十二年》："敢辱高位以速官谤。"敢，不敢也。此语急省文之例也。《易·同人·九三》："同人先号咷而后笑。象曰：同人之先。以中直也。"象意当说同人之先号咷而后笑，以中直也。此因前文已具而省文之例也。《论语·乡党》篇："沽酒市脯不食。"当云沽酒不饮。此以疏略而省文之例也。《书·西伯戡黎》："我生不有命在天？"言命在天也。此反言省疑词之例也。《礼记·檀弓下》："悼公之丧，季昭子问于孟敬子，曰：为君何贪？敬子曰：食粥，天下之达礼也。吾三臣者之不能居公室也，四方莫不闻矣。

勉而为瘠则吾能,毋乃使人疑夫不以情居瘠者乎哉?我则贫食。"自吾三臣者以下,皆昭子之词。此记两人之言省曰字之例也(以上省文例)。《左传·襄公三十一年》:"缮完葺墙以待宾客。"缮、完、葺三字同义。此同义字复用之例也。《孟子·梁惠王上》:"故王之不王,非挟泰山以超北海之类也,王之不王,是折枝之类也。"此复句之例也。《诗·大雅·绵》篇:"乃慰乃止,乃左乃右。乃疆乃理,乃宣乃亩。"此语词叠用之例也。《礼记·檀弓下》:"人喜则斯陶。"既言则,复言斯,此语词复用之例也。《左传·哀公十六年》:"乞曰:不可得也。曰:市南有熊宜僚者,若得之,可以当五百人矣。"下曰字亦为乞语。此一人之词中加曰字之例也。(以上复文例)《论语·乡党》篇:"迅雷风烈必变。"揆以迅雷之文,风烈当作烈风。此用字错综之例也。《礼记·祭统》:"王后蚕于北郊以共冕服。夫人蚕于北郊以共纯服。"郑玄注:"纯服亦冕服也,互言之尔。"此互文见义之例也。《孟子·告子下》:"华周杞梁之妻,善哭其夫,而变国俗。"考之《列女传》:哭于城下七日,而城为之崩。此杞梁妻事也,而华周妻亦因以受名。此连类并称之例也。《论语·宪问》篇:"君子耻其言而过其行。"谓君子耻其言之过其行也。此两语平列而实相联之例也。《礼记·表记》:"仁有数,义有长短大小。"按数即长短小大。此两语似异而实同之例也。《诗·鄘风·柏舟》:"母也天只,不谅人只!"《毛传》:"天谓父也。"此变文叶韵之例也。《礼记·檀弓下》:"晋献公之丧,秦穆公使人吊公子重耳。……子显以致命于秦穆公。"上不言使人为谁,至后始见子显之名。此前文隐没至后始显之例也。《易·坤》文言:"地道也,臣道也,妻道也,地道无成而代有终也。"不言臣妻,此举此见彼之例也。《论语·宪问》篇:"爱之能勿劳乎?忠焉能勿诲乎?"焉即之也。此上下文语词变换之例也。《史记·周本纪》:"尹佚策祝曰:殷之末孙季纣殄废先王明德,侮蔑神祇不祀,昏暴商邑百姓,其章显闻于皇天上帝。于是武王再拜稽首。曰:膺受大命,革殷受天明命。武王又再拜稽首。"于是武王再拜稽首曰九字,夹叙于祝文之中,再拜稽首叙其事;曰者,史佚更读祝文也。此叙论并行之例也。《左传·襄公二十五年》:"盟国人于大宫,曰:所不与崔庆者"以下无文。此录语未竟之例也。(以上变文例)《左传·隐公十一年》:"天而既厌周德矣。"而,间语也。《诗·小雅·车攻》:"徒御不惊,大庖不盈。"《毛传》:"不惊,惊也。不盈,盈也。"《诗·邶风·匏有苦叶》篇:"济盈不濡轨,雉鸣求其牡。"不字用以齐句。以上三者,皆足句之例也。凡若斯类,不胜枚举。

古人之文,不尽可律以今日文法。读俞樾《古书疑义举例》、刘师培《古书疑义举要补》、杨树达《古书疑义举例补》、姚惟锐《古书疑义举例补》等书,可以识其大凡。乃今日学者,不此之睹,妄谓古人文字,某句不通,是亦见其少闻多怪,安足与论古今哉?

夫文法本于习惯,其间无理可言也。欧美文句,与日本文句之字位不同;日本文句,与中国文句之字位不同;而各能表达其意,为一国或数国人所通用。此亦各因所习,无判乎优劣也。考中国文法,六朝以来,翻译佛典,虽受印度之影响,而雅俗所作,则仍守先民之故律。近者欧化传入,二三曲士,喜新好奇,鄙弃祖国,一若自视其生于此腐败之中国为甚可耻者。于是因己身不谙祖国之文,遂欲强祖国之文,以从欧西之式,而所谓欧化国语者因之以生。若此类者,实未足以语古今之变,中外之宜,屏而置之可也。

又文法既本于习惯,无理可言。故实际文法,与吾人理想之文法,往往不相侔也。口语曰"什么",文言曰"何"。故"什么东西"为"何物","什么人"为"何人"。然既有"何人",何必更有"谁""孰"两字?若谓造"谁""孰"两字,专为代替"何人",免除烦冗,而"何求""何欲"之类,却单用一"何"字。何不另造一字,代替"何物"乎?"何求""何欲"之"何",通常皆指物言,不能指人,故"彼为谁"不能谓"彼为何"。吾人若强为分别,则作"什么"解释之"何",可归作一类,而作"什么人"解释之"谁""孰",与作"什么东西"解释之"何",互相对待,又可归作一类。然如《史记·淮阴侯列传》云:"今大王诚能反其道,任天下武勇,何所不诛?以天下城邑封功臣,何所不服?"何所不诛者,犹云所不诛者谁;何所不服者,犹云所不服者谁也。则"何"字用于"所"字之前,又可指人矣。又如"奚""胡""曷"三字,皆可作"何"用。故言"何以",可易作"奚以""胡以""曷以";言"何为",可易作"奚为""胡为""曷为"。然言"何故"之时,则止可易作"曷故",不可作"奚故""胡故"。而言"何人""何物"之时,则"奚人""胡人""曷人""奚物""胡物""曷物",均不可易(举例略本刘复《中国文法通论》)。凡此皆实际文法之习惯,与理论文法有异,学者不可不察也(此段略录旧著《中国文法纲要》)。

文法之职,在使文通,而文学作品,不仅以通为能事,尤必以美为归依,则修词学尚矣。修词之术,莫要于谋篇安章。古人所论,有足述者。陆机《文赋》曰:

> 或仰逼于先条,或俯侵于后章。或词害而理比,或言顺而义妨。离之则双美,合之则两伤。考殿最于锱铢,定去留于毫芒。苟铨衡之所裁,固应绳其必当。

此言成篇之后,犹须改定。务使义各按部,词能就班,方为当也。李善注云:"言铨衡所裁,苟有轻重,虽应绳墨,须必除之。"则定篇安章之法,谨严极矣。《文心雕龙·章句篇》曰:

> 夫裁文匠笔,篇有小大;离章合句,调有缓急。随变适会,莫见定准。句司数字,待相接以为用;章总一义,须意穷而成体。其控引情理,送迎际会,譬舞容回环,而有缀兆之位;歌声靡曼,而有抗坠之节也。寻诗人拟喻,虽断章取义;然章句在篇,如茧之抽绪。原始要终,体必鳞次。启行之辞,逆萌中篇之意;绝笔之言,追媵前句之旨。故能外文绮交,内义脉注,跗萼相衔,首尾一体。若辞失其朋,则羁旅而无友;事乖其次,则飘寓而不安。是以搜句忌于颠倒,裁章贵于顺序。斯固情趣之指归,文笔之同致也。

《熔裁篇》曰:

> 规范本体谓之熔,剪裁浮词谓之裁。裁则芜秽不生,熔则纲领昭畅。譬绳墨之审分,斧斤之斫削矣。骈拇枝指,由侈于性;附赘悬疣,实侈于形。一义两出,义之骈枝也;同辞重句,文之疣赘也。
>
> 凡思绪初发,辞采苦杂。心非权衡,势必轻重。是以草创鸿笔,先标三准:履端于始,则设情以位体;举正于中,则酌事以取类;归余于终,则撮辞以举要。然后舒华布实,献替节文。绳墨以外,美材既斫。故能首尾圆合,条贯统序。若术不素定。而委心逐辞,异端丛至,骈赘必多。
>
> 故三准既定,次讨字句。句有可削,足见其疏;字不得减,乃知其密。

精论要语,极略之体;游心窜句,极繁之体。谓繁与略,随分所好。引而申之,则两句敷为一章;约以贯之,则一章删成两句。思赡者善敷,才核者善删。善删者字去而意留,善敷者辞殊而意显。字删而意阙,则短乏而非核;辞敷而言重,则芜秽而非赡。……

《附会篇》曰:

何谓附会?谓总文理,统首尾,定与夺,合涯际,弥纶一篇,使杂而不越者也。若筑室之须基构,裁衣之待缝缉矣。夫才量学文,宜正体制。必以情志为神明,事义为骨体,辞采为肌肤,宫商为声气。然后品藻玄黄,摘振金玉,献可替否,以裁厥中。斯缀虑之恒数也。凡大体文章,类多枝派。整派者依源,理枝者循干。是以附辞会义,务总纲领。驱万涂于同归,贞百虑于一致。使众理虽繁,而无倒置之乖;群言虽多,而无棼丝之乱。扶阳而出条,顺阴而藏迹,首尾周密,表里一体,此附会之术也。夫画者谨髮而易貌,射者仪毫而失墙。锐精细巧,必疏体统。故宜诎寸以信尺,枉尺以直寻,弃偏善之巧,学具美之绩。此命篇之经略也。

夫文变多方,意见浮杂,约则义孤,博则辞叛。率故多尤,需为事贼。且才分不同,思绪各异。或制首以通尾,或尺接以寸附。然通制者盖寡,接附者甚众。若统绪失宗,辞味必乱;义脉不流,则偏枯文体。夫能悬识腠理,然后节文自会。如胶之粘木,豆之合黄矣。是以驷牡异力,而六辔如琴;并驾齐驱,而一毂统辐。驭文之法,有似于此。去留随心,修短在手,齐其步骤,总辔而已。

故善附者异旨如肝胆,拙会者同音如胡越。改章难于造篇,易字艰于代句,此已然之验也。

合观上引三篇,证以《文赋》所言,则于谋篇安章之道,可灼然无疑矣。惟"篇之彪炳,章无疵也"。故明乎安章之法,谋篇之术,可不言而喻。安章之法,要于句必比叙,义必关联。句必比叙,则浮词无所容;义必关联,则杂意不能羼。章者合句而成,凡句必须成词。集数字以成词,字与字必相比叙也,集数句以成章,则句与句必相比叙也。字与字比叙,而一句之义明,句与句比叙,而一章之义明。知安章之理无殊乎造句，则章法无紊乱之虑矣。一章所论，必为一意。一意非一句所能尽，故必累句以明之。而此诸句所言，皆趣以明彼之一意。然则诸句之间，必有相待而不能或离者也。是故前句之意，或启下文；后句之意，或足上旨。使去一句，则义因之以晦；增一句，则义因之不安。盖句中一字之增损，足以累句；章中一句之增损，亦足以累章。若知义必关联，则二意两出同词重句之弊，可以袪矣。然临文安章，每苦杌陧，操末续颠，势所不免。故彦和说安章要在定准；准则既定，奉以周旋，则首尾圆合，条贯统序，文行之后，与意合符。此则先定篇章，后乃献替节文，亦缀词之简术也。

凡篇章立意，虽有专主；而枝分条别，赖众词以成文。挥毫时既有牵缀之功，脱稿后复有补苴之事。文不加点，自古所稀；易句改章，文士恒习。是以彦和复著《附会》之篇，以明修润之术。究其要义，亦曰总纲领求统绪识朕理会节文而已。大抵文既成篇，更有增省，必须俯仰审视，细意弥缝。否则删者有断鹤之忧，补者有赘疣之消。尺接寸附，为功至烦。故曰："改章难于造篇，易字艰于代句，此已然之验也。"总之，安章之术，以句必比叙义必关联为归。命意于笔先，所以立其准；删修于成后，所以期其完。首尾周密，表里一体，盖篇章之上选乎！（节录《文心雕龙·章句篇札记》）

谋篇安章，为修词之首术。此外关于修词，犹有可言者。夫文学作品，乃作者情志之流露，与读者无与。然即其作用而言，则与读者之心理，不无关系焉。前论文学之功效，谓阳刚之文，利在刺激；阴柔之文，宜于慰藉。是则作者修辞，与读者心理，息息相通矣。今世言修词者，多本人类心理，以明修辞之术，职是故也。往者著《文章论》，中有《修辞》一篇（《文章论》未卒业。《修辞篇》载《觉灯杂志》第一期），分修辞之术为二类：一曰引起读者之注意，二曰引起读者之兴趣。其中举例，今日观之，多不惬意。兹杂录二十例于后，以为此篇之殿；至详细词例，则坊间成书甚多，不劳遍举也。

（一）清丽　例如郑谷《杏花》：

小桃初谢后，双燕恰来时。

（二）秾艳　例如杜荀鹤《春宫怨》：

风暖鸟声碎,日高花影重。

(三)典重　例如王维《和御制》:

銮舆迥出仙门柳,阁道遥看上苑花。

(四)刻琢　例如沈佺期《送人北征》:

云迎出塞马,风卷渡河旗。

(五)自然　例如贾岛《送胡道士》:

却从城里携琴去,许到山中寄药来。

(六)寒苦　例如李洞《感知上李侍郎》:

兴幽松雪见,心苦砚冰知。

(七)豪壮　例如王贞白《雨后登庚楼》:

虹截半江雨,风驱大泽云。

(八)闲适　例如方干《题睦州环溪亭》:

闲花半落犹邀蝶,白鸟双飞不避人。

(九)幽野　例如周贺《江馆书事》:

澄江月上见鱼掷,荒径叶干闻犬行。

(十)新奇　例如龚自珍《美人》:

美人清妙遗九州,独居云外之高楼。春来不作空房怨,但折梨花照暮愁。

(十一)微词　作者出语含蓄,非细心寻求,不能明其本意,是谓微词。例如杜甫《春望》:

国破山河在,城春草木深。感时花溅泪,恨别鸟惊心。

山河在,明无余物矣。草木深,明无人矣。花鸟为平时可娱之物,见之而泣,闻之而恐,则时可知矣。

(十二) 冷语　例如《史记·李广传》:

今将军尚不得夜行,何乃故也?

(十三) 愤语　例如《史记·项羽本记》:

唉,竖子不足与谋!

(十四) 夸大　例如赵至《与嵇茂齐书》:

思蹑云梯,横奋八极,披艰扫秽,荡海夷岳,蹴昆仑使西倒,蹋泰山令东覆,平涤九区,恢维宇宙。斯亦吾之鄙愿也。

(十五) 铺饰　例如杜甫《丽人行》:

三月三日天气新,长安水边多丽人。态浓意远淑且真,肌理细腻骨肉匀。绣罗衣裳照暮春,蹙金孔雀银麒麟,头上何所有?翠为匐叶垂鬓唇;背后何所见,珠压腰衱稳称身。……

此种描写,可使读者所获之印象,更加深刻也。

(十六) 烘托　烘托与铺饰不同。铺饰为作者对于其对象之本体铺叙而粉饰之;烘托则借他物以陪衬其所描写之物,使人愈觉本物之可爱或可恶也。例如李白《子夜歌》:

秦地罗敷女,采桑绿水边。素手青条上,红妆白日鲜。

素手红妆,已可爱矣。今置素手于青条之上,映红妆于白日之中,青素相宜,红白互照,岂不更可爱乎?

(十七) 假譬　例如李冶《相思怨》:

人道海水深,不及相思半。海水尚有涯,相思渺无畔。

空言相思,不足动人。借海水为比,则相思之深,便可见矣。

(十八) 虚拟　一切无知识之物,文学家咸能附之以情意。此即所谓拟人格也。例如杜牧《赠别诗》:

蜡烛有心还惜别,替人垂泪到天明。

（十九）投好　此类文字,多为一人或一部分人而作。试看《战国策》苏张辈游说诸侯之词,何一非因人主嗜好而发乎？庄子说剑,孟子说齐王好乐好勇好货好色诸段,下至七林之文,皆属此类。

（二十）嘲讽　谈言微中,亦可以解纷。故淳于庭鸟之问,饮酒之对,虽近游戏,实切讽谏。东方朔《答客难》,扬雄《解嘲》,亦此类也。

修词之例,遽数难终。以上所举,足见一斑。似此立名举例,自知难尽惬当。然自张为《诗人主客图》、齐已《风骚旨格》、魏庆之《诗人玉屑》（卷三）诸书,已皆如是。盖舍此更无良术矣。

第十五篇　文学之实质

　　文学者,以美丽之文辞,表达深挚之情感,及丰富之想像者也。此文学之定义,第一篇论之详矣。所谓"美丽之文辞",即文学之工具,前篇所述是已。所谓"深挚之情感"及"丰富之想像",即文学之实质,本篇所宜讨论者也。昔人论诗,一则曰:"哀乐之心感,而歌咏之声发。"(《汉书·艺文志·六艺略》)再则曰:"情动于中而形于言。"(《关雎序》)是情感为文学要素,先哲固早已知之。昔人论赋诗之方,一则曰:"感物联类。"(《文心雕龙·物色篇》)"托谕成章。"(《文心雕龙·比兴篇》)再则曰:"写物附意,扬言切事。"(《文心雕龙·比兴篇》)故旧日所谓"比兴",即想像之所在也。惟情感之为物,变化甚巨;而想像在文学中,亦不恒厥式。欲举二者析论无遗,至为难事。故本篇所述,止及其可言者;其所不能辨,则付之阙如。

　　论文学之情感,可分为三方面,即作者之情感,文中之情感,与读者之情感是也。

　　例如吾人读《为焦仲卿妻作》一诗,所谓情者,为读者所生之情欤?为作者作此诗时所感之情欤?抑诗中人焦仲卿刘兰芝等之情欤?吾人寻常谈论间,或兼指三者。如谓情必真挚者,意谓作者当诚感其所感也;谓某戏剧或小说能动人者,意谓其中人物有动人之力也;谓某诗恳切而深挚者,则指读者所感之情也(参看景昌极钱坤新译《温齐斯特文学批评之原理》第三十三页)。斯三者虽不宜有所轻重,然读者之情感,实生于文中之情感;而文中之情感,实来自作者之情感。故沿流讨源,当以作者之情感为最要。虽然,读者受感之浅深,以作品所含动人之力之大小为比例。吾人读古今人之诗文,非能亲见作者作诗文时之情态;其所以知作者之情感者,实由其作品推测而得。故研究文学上之情感问题,首当研究文中之情感。盖由文中之情感,始能推定作者之情感与读者之情感也。文中所含之情,至为繁赜;析而数之,实非易事。然自先儒分情为喜怒哀乐爱恶惧七种,后之论文者,亦每析文情为七。往者郑君业建著《美文作法》,论描写人情与声调之关系(三十九页至四十页),亦如是区分。其说如次:

  喜 写欣喜之情,要用纯正之音,并强放语势,使其声调长而且低。写壮快之情,声音要高朗,句调要温柔短速。

  怒 写激怒之情,声音要强高,句调要变化。写嫉妒之情,声音要上下,句调要强健。写傲慢之情,声音要强而猛烈,句调要或长或短。

  哀 写忧愁之情,声音要弱,句调要柔而长。写悲伤之情,句调要缓,不可急剧,不可放肆,声音要低柔。写痛苦之情,声音要静婉,句调要沉郁。

  乐 写娱乐之情,声音要高大,调子要长静。写满足之情,语势要稳而弱,强音不可有高低。写戚悦之情,声音语势都要出于自然。

  爱 写亲爱之情,声音不可太高,不可太低,调子要长。写感服之情,声音要缓而长。写尊敬之情,声音要弱。写谦逊之情,声音要低,调子要长而缓。

  恶 写怨恨之情,声音要由低而高,句调要由缓而急。写轻蔑之情,要长而下,不可高朗。写嘲弄之情,调子要长短相间,声音要高低不同。

  惧 写惊愕之情,声音要慢慢沉下,到吃紧处,要急而高。句调要常常变化。写疑惑之情,声音要低,调子可长缓。

  郑君所论声音句调,与本篇无关,兹弗论。惟文学中之情感,本有千差万别,不能以数名拘限之。盖其所自感者有异,其见于文字者,自亦不同。故同一喜也,而有"欣喜""壮快"等之别。同一怒也,而有"激怒""嫉妒""傲慢"等之别。同一哀也,而有"忧愁""悲伤""痛苦"等之别。同一乐也,而有"娱乐""满足""戚悦"等之别。同一爱也,而有"亲爱""感服""尊敬""谦逊"等之别。同一恶也,而有"怨恨""轻蔑""嘲弄"等之别。同一惧也,而有"惊愕""疑惑"等之别。此种分类,必不能尽当。即尽当矣,亦不足以尽文中之情。

  故温齐斯特曰:"文学所及之情,至繁且赜;析而数之。甚矣其愚。"(《文学批评之原理》第三十三页)又曰:"分析文情,难而无用。"(三十六页)温氏之言,可谓深洞文情之微者矣。且文人作品,其中情感,有时颇为含混。如李商隐诗:

> 城郭休过识者稀,哀猿啼处有柴扉。沧江白石渔樵路,日暮归来雨满衣。(《访隐者不遇成二绝》第二首)

此诗中所含情感,应属何类,殊不易断定矣。故鲁士铿(Ruskin)分诗中情感为"爱恋""敬重""赞许""愉快""憎恶""忿恨""恐惧""悲伤"诸类,温齐斯特深非之。温氏曾举《爱米儿日记》Amiel's Jonrnal 为例。

> 夜阑月上,苍苍茫茫。好风吹空,游云流天。大地悠悠,清光下照。万象岑寂,一心静乐。星辰闪烁,木叶动摇。上冒银光,下荫幽径。庄严神秘,斯为极矣。于斯时也,令人兴,令人惨,令人悲,令人慕。

温氏曰:"此中兼有爱敬赞愉以及悲伤诸情,不言可喻。案诸鲁士铿所言,则将无所适从矣。"(三十六页及三十七页)盖情感之为物,本不可捉摸。故文人作品,一篇之中,变化多端,常含有多种复杂之情感。《爱米儿日记》,已足为例。验之此土文字,亦复如是。如杜甫《北征》:

> 皇帝二载秋,闰八月初吉。杜子将北征,苍茫问家室。维时遭艰虞,朝野少暇日。顾惭恩私被,诏许归蓬荜。拜辞诣阙下,怵惕久未出。虽乏谏诤姿,恐君有遗失。君诚中兴主,经纬固密勿。东胡反未已,臣甫痛所切。

此段兼含悲伤、惭愧、忿恨诸情。其下文曰:

> 挥涕恋行在,道途犹恍惚,乾坤含疮痍,忧虞何时毕?靡靡逾阡陌,人烟眇萧瑟。所遇多被伤,呻吟更流血。回首凤翔县,旌旗晚明灭。前登寒山重,屡得饮马窟。邠郊入地底,泾水中荡潏。猛虎立我前,苍崖吼时裂。菊垂今秋花,石戴古车辙。青云动高兴,幽事亦可悦。山果多琐细,罗生杂橡栗。或红如丹砂,或黑如点漆。雨露之所濡,甘苦齐结实。缅思桃源内,益叹身世拙。

此段兼含眷恋、悲伤、欣喜、羡慕诸情。下文又曰:

> 坡陀望鄜畤,岩谷互出没。我行已水滨,我仆犹木末。鸱鸮鸣黄桑,野鼠拱乱穴。夜深经战场,寒月照白骨。潼关百万师,往者散何卒。遂令半

秦民,残害为异物。

此段兼陈哀伤、恐惧之情。下文曰:

> 况我堕胡尘,及归尽华发。经年至茅屋,妻子衣百结。恸哭松声回,悲泉共幽咽。平生所娇儿,颜色白胜雪。见耶背面啼,垢腻脚不袜。床前两小女,补绽才过膝。海图坼波涛,旧绣移曲折。天吴及紫凤,颠倒在裋褐。老夫情怀恶,数日卧呕泄。那无囊中帛,救汝寒凛栗。粉黛亦解包,衾裯稍罗列。瘦妻面复光,痴女头自栉。学母无不为,晓妆随手抹。移时施朱铅,狼借画眉阔。生还对童稚,似欲忘饥渴。问事竞挽须,谁能即嗔喝。翻思在贼愁,甘受杂乱聒。新归且慰意,生理焉能说?

此段又兼陈悲伤、嘲戏、怜爱、欣喜诸情。其下文不必具引,即此已足见文学中所含情感之复杂矣。

又情感之名,有时颇为含混。如悲伤之与痛苦,轻蔑之与嘲弄,其严格之经界,甚难画定,故呼悲伤之辞为痛苦,名轻蔑之文为嘲弄,有时或不能晓然洞见其谬误。且感情立名,各家互异。观郑君与鲁士铿所立,已见歧异。究当以何家为准?若欲使天下人尽衷于一是,殊非易事。是知言文学之情感,固无取乎博名繁称而析数之也。

文情之不宜种分类别,已如右述。然则无论何种情感均可入文乎?抑文情应有限制乎?关于此点,依托尔斯泰(Jolstoy)《艺术论》所言,则无论何种情感,均能入文。而温齐斯特则谓自私之情与苦痛之情,不得入文学范围。(三十四页)近人论文,多宗温氏之说:如沈天葆之《文学概论》,其最著者也。温氏释自私之情曰:

> 自私之情云者,或贪物以为己用,或避危以求身安,或复仇以报怨,或鸣谢以感恩,皆文学所不能有之情也。使其情在他人,我从而体贴之,未始不可引起文情。然其情之自身虽甚可欣赏,终不得为文情也。

寻温氏之言,殆为一己之见解,不足以尽律古今文人之作品。意谓此种情感不宜入文而已,非谓文人作品中均无此种情感也。若依所说,检点此土文人之作品,其不违温氏之禁条者,千百之中,恐无一二焉。盖贪物为己用,避危求身安,复仇报怨,鸣谢感恩,均出于人情之自然。文学为发引性灵之物,文人亦何能免此?况情之公私,本难分辨。"入门各自媚,谁肯相为言?"(蔡邕《饮马长城窟行》)"天涯风俗自相亲。"(杜甫《冬至》)其自媚自亲,固出于私;而天下实无人无此情者,私也而邻于公矣。且文人作品,其情感动机虽出于自私,而每能托为公正之辞;其自私之情,有绝不见于字里行间者。此土文人所作,不乏此例。温齐斯特亦非不明此理,其言曰:

> 人有赠我以金钱致我于高位者,以文谢之,则非文情;若扬人之信实与慈善,则为文情矣。

是无异谓文情可由私易而为公也。准斯以谈,则供奉之文,逸谀之作,尚不能尽汩没其文学之价值也。何也,以其文中所言,或为扬人之美善,不尽违乎文情也。

总之:据温氏所称,文学作品之出以自私之情者,以较悲天悯人之作,谓其价值不甚大则可,谓此种情感绝不能容于文学之内,则不可也。乃梅光迪之《文学概论》,直谓文学之情感为"非我的",引孔子之歌及《离骚》结语为例,谓不"伤及一身之失败";而深致讥于吾国文人"多身世之感",是亦贤者之过矣。至温氏谓苦痛之情,不宜入文,宝更有大谬不然者。试览古今文人之作品,离析其情感,其悲感或较乐感为多。故司马迁谓:"屈原放逐,乃赋《离骚》。《诗》三百篇,大底圣贤发愤之所为作也。"(《报任少卿书》)韩愈谓:"大凡物不得其平则鸣……其于人也亦然:人声之精者为言,文辞之于言,又其精也;尤择其善鸣者而假之鸣。……"(《送孟东野序》)欧阳修谓:"诗人少达而多穷,盖必穷而后工也。"(《梅圣俞诗集序》)屈原贾生以奇才而早世,岳武穆文信国以绝代英雄而无救于宋室之危亡,故令人凭吊不已。谚云:"红颜薄命。"又曰:"美人无白头。"若美人多福而白头,则古往今来多少文章,不必作矣。

中国旧日戏剧小说,多以团圆结局;其所以见诮于世人,亦正以此。梅光迪以文学之情感为失意的,其论非无故矣。(参看梅氏《文学概论》第四章)闲尝推寻其理,就作者而言,则人生一百年寿之大齐,得百年者,千无一焉。设有一者,孩提以逮昏老,几居其半矣。夜眠之所弭,昼觉之所遗,又几居其半矣。痛疾哀苦亡失忧惧,又几居其半矣。量十数年之中,迫然而自得,亡介焉之虑者。亦亡一时之中耳(《列子·杨朱篇》)。庄生亦曰:"人上寿百岁,中寿八十,下寿六十,除病瘦死丧忧患,其中开口而笑者,一月之中,不过四五日而已矣。"(《庄子·盗跖篇》)加以社会之污浊,人事之挂碍;故人生不得意事恒八九,可欢笑者无二三。其当失意之时,抒其忧愤,见诸篇章,能得他人之同情,固甚善矣;即不得今人之同情,亦可得后人之同情。故司马迁云:"人皆意有所郁结,不得通其道,故述往事思来者。"(《报任少卿书》)即终不为人所知,其忧愤既已发泄,其痛苦亦可减少。此近世心理学家言,亦有至理存焉。

屈原之言曰:"怀朕情而不发兮,余焉能忍与此终古?"(《离骚》)又曰:"恐情质之不信兮,故重著以自明。"(《九章·惜诵》)又曰:"道思作颂,聊以自救兮。"(《九章·抽思》)斯其验也。

就读者而言,人之读文,其最要之目的,在满足其心理上之需求,不仅以寻乐为目的也。故文之言赏心乐事者,固足满足人心一部分之需要;然此等每不甚为世所重,其最受欢迎者,则必其可惊可愕可悲可感,读之而生出无量噩梦,抹出无量眼泪者也。自屈原有《离骚》《九章》等作,宋玉景差贾谊东方朔严忌王褒刘向王逸诸人悲悯其志,乃有《九辩》《招魂》《大招》《惜誓》《七谏》《哀时命》《九怀》《九叹》《九思》等篇,是岂以欲乐故而然耶?

盖尝论之:人之恒情,于其所怀抱之想像,所经阅之境界,往往有行之不知习矣不察者。无论为哀为悲为怨为怒为恋为骇为忧为惭,常若知其然而不知其所以然。欲摹写其情状,而心不能自喻,口不能自宣,笔不能自传。有人焉,和盘托出,澈底而发露之。则拍案叫绝曰:"善哉善哉,如是如是!"所谓:"夫子言之,于我心有戚戚焉。"感人之深,莫此为甚。(略本梁启超《论小说与群治之关系》)《古诗十九首》之所以佳者,以其为人人心中所欲言,而人人所不能言;作《古诗十九首》者,能和盘托出,澈底而发露之,其脍炙人口,**亦此理也**。且悲喜之情,有时甚难判别。慈母爱子,良人娇妻,十年离别,一旦还乡,每见入门四顾,相对无言,而彼此泪雨涔涔。此时迸落之泪,为哀之表现耶?抑乐之表现耶?此殊不易决矣。吾人读晴雯出大观园,黛玉死潇湘馆,神魂摇荡,热泪迸流,而此时情感,亦不能决其必为悲哀。善哉马融之言曰:"甚悲而乐之。"(《长笛赋序》)可谓道破此中之神秘矣。由是言之,则苦痛之情,不惟非文情之所禁,且为文情之要素,可断言也。

此一事也,温齐斯特非不知之。故温氏又曰:

> 描写苦痛之情感与经验,未始不可为最高之文学也。悲剧之类是已。夫揆度他人之情,体贴其痛苦,未必即自感痛苦也。试观武松杀嫂,天下至可敬可怖之事也;黛玉葬花,天下至可怜可痛之事也。然而读之曷尝不乐耶?故知可慕可乐之情,每由痛苦而增;含冤负屈之事,每令读者生哀怜心也。而哀怜之心转能得乐者,又有二类:一者,若觉其所怜可加援手,则痛苦祛。否则哀怜转为痛苦矣。如一友死于非命,或苦于不救之病症,则觉其痛苦。其横被口语,而吾侪能为之解释者,则弥足自乐之类是也。二者,若知其所怜为诗歌小说中之想像,或为历史传记中之故事,则哀怜又为可乐矣。不有实力之施,而得惠及他人之乐。见其忍耐忧患则极力赞叹之,见其遭逢艰苦则扼腕咨嗟之。曾无实际可虑之苦,而乐在其中矣。英雄特色,如勇毅,豪侠,超越时势之类,非经痛苦之磨练,不可得见。其所以引起文情者,正此特色之表现,非仅痛苦也。知意志可以胜恐怖,爱情可以轻死亡,斯已足乐。天网恢恢,疏而不失,吾坐而观之,其为乐又何如耶?沙士比亚之大悲剧于此诸情,可谓兼之矣。又事虽可悲,苟于我有同情,则终必得乐,尤人所共知者。近世英大诗家之诗,固漠然于宗教上之信仰,而读者无不受感甚深。盖诗人所思所觉,实获我心。足以使人有神交千古之乐,与四海皆兄弟之思故也。是以可悲可伤之经验,为人类所共有者,每易引起快乐之同情。例如由少而老,精力日就衰颓,万事同归于尽,为人类所同感。措之得宜,即为高尚文思。由此可知佳妙文学未有率尔而表苦痛者,必将引起健全之感情。质言之,求其可乐而已。

观温氏之言,其主张实近于中庸之道。盖温氏视文学为劝诲诱掖之物,故惟恐引起读者不健全之情感也。其实苦痛之情,未必即引起不健全之情感,斯实温氏之过虑矣。

或曰：今人深致讥于无病呻吟之文，谓虚伪之情，不宜入文。其主张是耶非耶？

曰：文情之宜深挚，宜真实，古人固早有明言，不待今人而始知也。《文心雕龙·情采篇》曰：

> 夫铅黛所以饰容，而盼倩生于淑姿；文采所以饰言，而辩丽本于情性。故情者文之经，辞者理之纬，经正而后纬成，理定而后辞畅，此立文之本源也。

> 昔诗人什篇，为情而造文；辞人赋颂，为文而造情。何以明其然？盖风雅之兴，志思蓄愤，而吟咏性情，以讽其上，此为情而造文也；诸子之徒，心非郁陶，苟驰夸饰，鬻声钓世，此为文而造情也。故为情者要约而写真，为文者淫丽而烦滥。而后之作者，采滥忽真，远弃风雅，近师辞赋。故体情之制日疏，逐文之篇愈盛。故有志深轩冕，而泛咏皋壤；心缠几务，而虚述人外。真宰弗存，翩其反矣。夫桃李不言而成蹊，有实存也；男子树兰而不芳，无其情也。夫以草木之微，依情待实；况乎文章，述志为本，言与志反，文岂足征？

《日知录》卷十九《论文辞欺人》曰：

> 《黍离》之大夫，始而摇摇，中而如噎，既而如醉，无可奈何而付之苍天者，真也。汨罗之宗臣，言之重，辞之复，心烦意乱，而其词不能以次者，真也。栗里之征士，淡然若忘于世，而感愤之怀，有时不能自止而微见其情者，真也。其汲汲于自表暴而为言者，伪也。

古人论文，似此者甚多。前论文学与个性，已略征及。文情忌虚伪，贵真挚，实古今之定论也。虽然，所谓深挚真实之情，亦就读者之所感于作品中者而言；而作品中之情，未必即全为作者自身所感之情也。王国维之论元曲曰："写情则沁人心脾，写景则在人耳目，述事则如其口出。"（《宋元戏曲史》第十二章《元剧之文章》）

夫所谓沁人心脾之情,亦止谓其作品中所含之情感能沁人心脾而已;其情果出于作者自身与否,读者所不宜问也。准斯以谈,吾人若谓深挚真实之情,必出于作者之自身;其非出于作者之自身者,吾人即讥为"无病呻吟",为"虚伪",则亦不能无过矣。

盖文学作品中,如《咏怀》之诗,述情之词,固多出于作者之自感,与"深挚真实"四字相符。然遍览古今之作品,实未能尽如《咏怀》述情之诗词也。如《古诗为焦仲卿妻作》,沈德潜谓其佳处在"杂述十数人口中语,而各肖其声口性情"(《说诗晬语》卷上)。苟如前言,将谓作者同时兼具仲卿兰芝等十数人之性情乎?吾知其必不然矣。再如关汉卿作杂剧六十余种,此六十余种中之人物,声口性情,各不相同。果如前说,则其中之人物,均为汉卿之自述乎?吾知其必不然矣。更如施耐庵之《水浒传》,写梁山泊好汉之性情,各不相同。施氏一人,必不能兼具一百余人之性情。又如曹雪芹之《红楼梦》,其中所写宝玉黛玉宝钗袭人晴雯等数百人,皆有其个性。曹氏一人,必不能兼具数百人之性情。由是观之,文学作品之情感,非必作者自身所具有明矣。

或曰:苟知是,则此种情感,何自来乎?

应之曰:温齐斯特有言:"情在他人我从而体贴之。"此种情感,实由体贴而来也。情感之由体贴而来者,其体贴苟能细微周密,亦与深挚真实之情感无异;故其动人也,亦与作者自身之情感无异。自来艺术家,其摹写人情物态,殆皆有此种功夫。侯方域《马伶传》言马伶李伶二人同奏《鸣凤记》于金陵,马耻出李下,易衣而遁。去后且三年,马伶归,复与李伶更奏《鸣凤》。李忽失闻,匍匐称弟子。人过马伶曰:"子天下之善技也,然无以易李伶。李伶之为严相国至矣,子又安从授之而掩其上?"马伶曰:"固然。天下无以易李伶,李伶又不肯授我。我闻今相国崑山顾秉谦者,严相国俦也。我走京师,求为其门卒三年,日侍崑山相国于朝房。察其举止,聆其语言,久乃得之。此吾之所为师也。"

罗大经《鹤林玉露》曰:

> 曾云巢无疑工画草虫,年迈愈精。予尝问其有所传乎?无疑笑曰:是岂有法可传哉?某自少时取草虫笼而观之,穷昼夜不厌。又恐其神之不完

也,复就草地间观之,于是始得其天。方其落笔之际,不知我之为草虫,草虫之为我也。此与造化生物之机缄,盖无以异,岂有可传之法哉?

又曰:

> 唐明皇令韩幹观御府所藏画马。幹曰:不必观也。陛下厩马万匹,皆臣之师。李伯时工画马,曹辅为太仆卿,太仆廨舍御马皆在焉。伯时每过之,终日纵观,至不暇与客语。大概画马者,必先有全马在胸中。若能积精储神,赏其神骏,久久则胸中有全马焉。信意落笔自超妙。所谓用意不分乃凝于神者也。

文章之道,亦岂异此?沙克雷著《钮康氏家传》,自言叙钮康太尉之死,曾痛哭数日,其体贴人情之苦,于此可见矣。吾人读《桃花源记》而悠然神远,读《虬髯客传》而益然意壮。作者当日构思之情态,不可不回忆也。乃后进之士,于此等处,每漠然视之,致古人苦心,化为无有。李商隐诗云:"良工巧费真为累,楮叶成来不直钱。"(《一片》)玉溪之叹,岂徒然哉?

析数文学中之情感,固为至愚之事;然若遂谓文学中之情感,绝对不可类分,则又有大谬不然者。闲尝取古人作品,寻绎其旨,分析而综合之,知文学中之情感,即其发动之方式而言,大抵不外三端:一为由时间上所生之情感,一为由空间上所生之情感,三则直抒或曲陈其情感,不涉及时间空间之关系者也。例如岑参《故王维右丞堂前芍药花开凄然感怀》诗曰:

> 芍药花开出旧阑,春衫掩泪再来看。主人不在花常在,更胜青松守岁寒。

又如刘禹锡《伤愚溪》:

> 溪水悠悠春自来,草堂无主燕飞回。隔帘惟见中庭草,一树山榴依旧开。

上举二诗,其情感之表现,半在两"旧"字。盖用两"旧"字,其人亡物在之感,始显然于字里行间矣。凡感新怀旧之作,皆此类也。此其一。

又如李白《越中览古》:

越王勾践破吴归,义士还乡尽锦衣。宫女如花满春殿,只今惟有鹧鸪飞。

又如李白《苏台怀古》:

　　旧苑荒台杨柳新,菱歌清唱不胜春。只今惟有西江月,曾照吴王宫里人。

上举二诗,其情感之表现,半在"只今惟有"四字。盖有此四字,而今昔盛衰之情,始晓然于字里行间矣。凡吊古伤今之作,皆此类也。此其二。以上二类,其情感皆由时间而生。余可类推,兹不多举。

又如王勃《蜀中九日》:

　　九月九日望乡台,他席他乡送客杯。人情已厌南中苦,鸿雁新从北地来。

又如杜审言《渡湘江》:

　　迟日园林悲昔游,今春花鸟作边愁。独怜京国人南窜,不似潇湘水北流。

上举二诗。其情感之表现,半在南北二字,有此二字,其思乡怀土之情始见。此其一。

又王昌龄《送魏二》:

　　醉别江楼橘柚香,江风引雨入舟凉。忆君遥在潇湘月,愁听孤猿梦里长。

又如王维《送韦评事》:

　　欲逐将军取右贤,沙场走马向居延。遥知汉使萧关外,愁见孤城落日边。

上举二诗,其情感之表现,第一首半在"遥在"两字,第二首半在"遥知"两字。盖有此等字,其送行赠远之情始见。此其二。以上二类,其情感皆由空间而生。余可类推,不烦多举。

又如王维《与庐员外象过崔处士兴宗林亭》：

绿树重阴盖四邻，青苔日厚自无尘。科头箕踞长松下，白眼看他世上人。

此诗后二句直抒其狂傲之情，与时间空间无大关系。

又如张旭《山行留客》：

川光物态弄春晖，莫为轻阴便拟归。纵使晴明无雨色，入云深处亦沾衣。

此诗后二句曲陈其留客之情，与时间空间无大关系。凡此皆直抒或曲陈其情感，不涉及时间空间之关系者也。文学中之情感，虽千差万别，大抵不出此三类之外。试取古今文学作品分析之，即知余言之不谬；不过其文字间之表现方法有不同耳。

然又有不可不知者，此三类情感，恒互相关联，故上举诸例，若细为分析，有一诗兼具二种或三种情感者。此以某诗属某类，谓其某种情感分子较多，非谓绝无他种情感杂于其间也。文学中之情感，既不出以上三类；故文学家描写一物，其由此一物所生之情感，亦不出此三种方式之外。例如张若虚之《春江花月夜》，胡小石先生谓："咏月之作，此篇为千古绝唱。"(《张若虚事迹考略》)今析其写月之情，亦如以上所云。其诗曰：

春江潮水连海平，海上明月共潮生。滟滟随波千万里，何处春江无月明？江流宛转绕芳甸，月照花林皆似霰。空里流霜不觉飞，汀上白沙看不见。江天一色无纤尘，皎皎空中孤月轮。

以上除滟滟二句与空间有关外，大抵皆写月夜清旷，隐寓幽情。其下文曰：

江畔何人初见月？江月何年初照人？人生代代无穷已，江月年年只相似。不知江月待何人，但见长江送流水。

此数语由时间生出。下文又曰：

白云一片去悠悠，青枫浦上不胜愁。谁家今夜扁舟子？何处相思明月楼？可怜楼上月徘徊，应照离人妆镜台。玉户帘中卷不去，捣衣砧上拂还来。此时相望不相闻，愿逐月华流照君。

此数语由空间生出。下文曰：

鸿雁长飞光不度，鱼龙潜跃水成文。

此两句直抒然疑之情。下文曰：

昨夜闲潭梦落花，可怜春半不还家。江水流春去欲尽，江潭落月复西斜。

此四句又自时间生出。下文曰：

斜月沉沉藏海雾，碣石潇湘无限路。不知乘月几人归？

此三句又由空间生出。其结语曰：

落月摇情满江树。

此又直抒其情也。

情感为文学之要素，前幅已略论之。然文学之目的，不仅作者自表其情感而已；除自表之外，兼欲动读者之情感也。欲动读者之情感，必先求其情感具体而确实；欲其情感具体而确实，则非乞灵于想像不为功。吾人读《史记·赵世家》秦坑赵降卒四十余万，其受感之深，不及读《红楼梦》黛玉一人之死。是何也？《红楼梦》所表现者，具体确实，栩栩若生，灼然如在目前；而《史记》未能如是也。故文学中之情感，非有想像唤起之，不能底于具体确实之境，不易动读者之情。

例如李白《赠汪伦》：

李白乘舟将欲行，忽闻岸上踏歌声。桃花潭水深千尺，不及汪伦送我情。

"桃花潭水深千尺"，吾人所谓想像也。必有此句，汪伦送客之情，始能具体确实。

又如武则天《如意曲》：

> 看朱成碧思纷纷,憔悴支离为忆君。不信比来常下泪,开箱验取石榴裙。

看朱成碧,憔悴支离,泪落红裙,皆所以唤起"忆君"之情也。不有此数种想像,乌从动人乎?昔王国维论词,拈出"境界"二字。推境界之构成,实想像之所有事也。王氏之言曰:"红杏枝头春意闹。着一'闹'字而境界全出;云破月来花弄影。着一'弄'字而境界全出矣。"(《人间词话》)夫春意既不解闹,花影亦何所弄?叩之事理,实不可通。然作者想像既出于此,读者读之,亦弥觉杏枝云月之生动矣。

关于想像之解释,各家互有别异。爱迪生(Addison)之"想像快乐论"(参看田汉《文学概论》第二十及二十一两页),亚历山大(Alexanaar)之"诗与个性"(参看田汉《文学概论》二十二及二十三两页),波桑葵(Bernard Bosaguet)之《美学三讲》(参看汪馥泉译本间久雄《新文学概论》第三十三页),其最著者也。温齐斯特分文学中之想像为三类:一曰创造之想像,二曰联想之想像,三曰解释之想像。梅光迪沈天葆之《文学概论》,均宗其说。本间久雄亦盛称其"贯穿事实之精细"(汪译第三十四页)。今略取其说以备论焉。温氏释三类之定义如次:

> 创造之想像者,本经验中之分子,为自然之选择而组合之,使成新构之谓也。苟此组合一任己意,不循诸理,则谓之幻想矣。(六十七页)

> 联想之想像者,联想有同类之情之事物意象或感情之影像者也。若此联想不根据于同类感情,则其作用谓之幻想。(六十九页)

> 解释之想像者,洞见一物精神上之价值与意义,而抉出其精粹所在者以表见之者也。(七十一页)

关于第一类者,如陶潜之《桃花源记》,其中所用"时代""地名""渔者""桃花""芳草""桑竹""溪水""山""光""屋舍""良田""美池""鸡犬""酒""男女""黄发垂髫"等,皆平日所经验者。今选出而组合之,遂成一极乐社会,戏剧小说家之创造人物,亦悉如是。此种想像所构成之全体,薪然新创,为前此所未有者,故名之曰创造之想像。

关于第二类者,如高明《琵琶记》吃糠中之一段是已。其文如下:

（旦吃糠呕吐介）

〔双调过曲〕（孝顺儿）（旦）呕得我肝肠痛，珠泪垂，喉咙尚兀自牢嘎住。糠呵，你遭砻，被舂杵，筛你，簸扬你，吃尽控持；好似奴家身狼狈，千辛万苦皆经历。苦人吃着苦味，两苦相逢。可知道欲吞不去！

〔前腔〕（旦）糠和米，本是同依倚，却遭簸扬作两处飞，一贱与一贵，好似奴家与夫婿，终无见期。丈夫你便是米呵，米在他乡没处寻。奴家便是糠呵，怎地把糠来救得饥馁！好似儿夫出去，怎地教奴供养得公婆甘旨。

〔前腔〕（旦）思量我生无益，便死不值甚的，倒不如忍饥死了为怨鬼！只是公婆老年纪，靠奴家共依倚，只得苟活片时！片时苟活虽容易，到底日久也难相聚！漫把糠来相比！这糠尚有人吃，奴的骨头知他埋在何处！

此段文字，初以糠之产生，念及己身经历之辛苦；继因糠而念及米，糠米一贵一贱，遂以为己身似糠，丈夫似米。末则以糠尚有人吃，念及己身之不如糠。其痛苦之情，因而益彰矣。此种心理作用，与前之创造想像，非能尽同，故特名之曰联想之想像。

由此推之，想像之活动，殆纯由情感之冲激，五娘睹糠生情，思及己身；己身之情，乃益深挚。其所以能适当而和谐者，以其发诸同一之感情也。此段文字，盖因内怀深感，外睹异物，因外物而益增内感。故内感非外物所唤起，实内感唤起外物耳。然无论文中之情，或发自内心，或感物而兴，而其为想像活动之基者，则实为情感，此可断言也。凡文学作品之睹物怀人，见新感旧，由一事而念及盛衰兴废，因一物而穷尽万物变化，其中想像，大抵皆属此类。

关于第三类者，景昌极钱堃新曾举骆宾王《在狱咏蝉》为例。其诗曰：

西陆蝉声唱，南冠客思深。不堪玄鬓影，来对白头吟。露重飞难进，风多响易沉。无人信高洁，谁为表予心？

此中想像，与前述二种，又皆不同。无崭新创造之全体，无同等情感影像之回忆，惟将人情中事物之真义，直接表出而已。蝉之为物，不可以他喻，又非如他物之可以任意幻想也。乃"来对白头吟"之"玄鬓影"，可以其"高洁"，"表予心"之高洁者也。故文学家见物之真性，而本其精神描写之，亦谓之想像。虽不得视为创造或联想之作用,固亦一种解释之作用也。其初似一种直觉,继则本其精神上之价值,而出以极精确之描写者也。夫精神上价值之概念,足以增感觉经验之意义。人而无此,则人生实无甚价值矣。譬如吾人携一犬游于广平之原野,或于中夏沉寂之夜,周览六合,或立乎海畔而窥洪波之滔滔。则吾人所见,无非景色而已。此犬虽与吾人有种种不同,而眼球之构造则同。其所见者,或正与吾人等。然景色之足以动吾人励吾人者,则非犬之所能知矣。苟取其动励吾人者而分析之,则动人之物亦不可得而见。所可见者,客观方面不过岩石水草等物。更进而分析之,则为化学之原子,如是而已。夫化学上之原子,岂能怡人之神,娱人之心?其所以能怡神娱心者,整个具体之物耳,精神上不可言说之魔力耳;非分析所得而解释者也。

夫周览风景所起之情感,虽当感受程度最高之时,常含想像;若迳谓为想像,则亦不确。故文学作品纯粹描写客观之物体,不涉及作者之感情者,读之恒令人生厌。高尚之作品,必有见乎精神上之意义与价值,所以为情之真因者,其想像乃能成立。当刻意求达其所见使不失真之时,必觉想像有完全之必要。盖物性真意之所在,乃表现事物之所凭,必将明确见之,非晦昧混含所能奏效也。骆宾王谓蝉为:"露重飞难进,风多响易沉。"然螳螂蜉蝣之飞,络纬螽斯之响,亦皆如是。若以易之,则为不当。盖蝉之为物:"蜕于浊秽,以浮游尘埃之外。"(《史记·屈原贾生列传》)古用以表高洁,而高洁乃想像中蝉之真性也。故此种想像,可谓为解释的。其所以异于联想之想像者,彼以一物情感相同之影像表现其情,而此则举其足以含盖全体之精神性者而解释其物耳。换言之,即深观万物生命之谓,亦表现物之真义与其最深价值之谓也。古今作品中之想像,此类最多,今不多举。

惟关于此类想像,犹有为吾人所不可不知者。凡文之琐屑描写,不能令人亲睹其状,则恒使人厌倦。图画家有层见叠出之景,不能使之悉入图画。盖琐屑之风景,人实不能一一记忆,使常在目前也。人当忆其所见构成一图时,无论其所见者若何亲切,必知其为图,仅有数点明晰,他则暧昧混淆而无定状矣。人所谙知之风景,犹不能忆而绘之;况其未必目睹者,而可以琐碎断片成其描写乎？使有能之者，文人亦不必步学。以风景之动人，不在所见之碎屑，乃在其全体之精神或想像之势力也。是故文学家宁取解释，不愿描写。见物之精神之所在，则谨守之。知其所得之偏，实较全者为贵也。体物之想像，所以异于非想像者，以其一则孜孜写其所见，一则集中于少数特殊动人之印象而已。例如温庭筠《商山早行》：

晨起动征铎，客行悲故乡。鸡声茅店月，人迹板桥霜。槲叶落山路，枳花明驿墙。因思杜陵梦，凫雁满回塘。

夫早行所见，岂止如中两联所陈者？是知其所写者，特其最重要者耳。然吾人读此四句，早起之景，已显然在目矣。他如李白之《庐山谣》《蜀道难》，其写庐山蜀道，亦皆如是。若韩愈之《南山》诗，连用五十余"或"字，以写南山之情状，虽一丘一壑之微，无不曲形尽肖。其工力之深，诚为常人所不及。然琐碎之景，使人读未终篇，已为繁辞所困矣。非然者，其读后所感，亦适如孟郊所云"南山塞天地，日月石上生"而已。是知文人敷陈景物，固贵精要不贵繁多也。

世之言想像者，均谓与幻想有别，温齐斯特之论，亦复如是，似若幻想非文学所需要者。实则不然。即依温氏所言："幻想者，想像之自由活动，而无理知为之约束指道者也。"（六十七页）是则所谓幻想，本为想像之一部分，恶能摈之于想像之外乎？大多数之文学作品，本止诉诸感情，不必定以理智为之约束指道。故文人作品，绝不能责之以真实。温氏之论理想有曰："理想之为言，绝不背于理，亦不谬于真，特异于其实际耳。"（七十三页）然则所谓幻想者，亦求其不背乎人情可矣，恶能追究于有无之间耶？如前所举之《桃花源记》，世间实无其地，未尝不可呼之为幻想也。然此种幻想，实足以满足人生精神上之需要，文学之功用，即在乎此。是可证人类精神之要求，未必皆为真实之事也。推是言之，中国文人好写神鬼妖怪，其所写亦不背乎人类精神之要求。如《神女赋》《洛神赋》，其所寄托之神女洛神，不过理想中之美女；而文中所写之情，固世间儿女所同具也。又如《聊斋志异》中之鬼狐，固为科学家所否认；而其所写鬼狐之行动，则亦与常人无异。故胡适谓其"于理想主义之中，带写实性质"（《论短篇小说》）。盖文人之写神鬼妖怪，实以其所感于人事者，寄之于神鬼妖怪耳。吾人见其所写为神鬼妖怪,遂名之为无理之幻想;见其所写为贾宝玉林黛玉,遂名之为高尚之想像。实则神鬼妖怪与林黛玉贾宝玉,同归无有,同为一例耳。

总之:文学为情感之产物,情感无辨别真伪之力。故文学作品,止求其能满足精神需要可矣。其乖乎真实与否,读者实不暇辨,亦不必辨。此文学之领土,所以较科学哲学为大也。

上述而外,又有一事为吾人所必当知者。想像用于文学,常与情感相连。故高深之想像,恒与情感同其发达;而广博有力之想像,未有与冷涩淡薄之情感相合者也。想像之发展,既与情感相密合。倘其一有靡弱颓敝之虞,则其他亦必有相同之病矣。(《文学批评之原理》八十一页)是故其感情之纵恣放荡者,则想像恒流于虚幻,太白之诗是已。其想像高卓者,其感情亦深固而强烈,秩然有节,工部之作是也。

第十六篇　文学之分类

昔孔子删诗,以三百篇分隶《风》《雅》《颂》三类。《风》有周南召南邶鄘卫王郑齐魏唐秦陈桧曹豳之别,《雅》有小大之异。《颂》析为周鲁商。是即文学分类之所由昉也。

厥后《汉书·艺文志序》诗赋为五种。而五种之中,赋居其四:一曰屈原赋,二曰陆贾赋,三曰孙卿赋,四曰杂赋。凡隶于屈贾孙三家下者,多有主名;而杂赋之属,则不详姓氏。是知孟坚所分,大抵以人为主者也。

曹丕《典论》析文为"奏议""书论""铭诔""诗赋"四科,陆机《文赋》分为"诗""赋""碑""诔""铭""箴""颂""论""奏""说"十类。此殆论文适然,不足以括尽众制;然后来因体分类,魏文实肇其端矣。挚虞《文章流别论》,李充《翰林论》,今皆不传。依学者所辑,挚论尚存"颂""诗""七辞""赋""箴""铭""诔""哀辞""文""图谶""碑铭"诸名(张鹏一校补《挚太常遗书》卷三),李书则有"书""赞""表""驳""论""奏""盟檄"等目(严可均《全晋文》五十三),全书散亡,莫由考识矣。

任昉《文章缘起》分为八十四题,其目如下:

三言诗　四言诗　五言诗　六言诗　七言诗　九言诗　赋　歌　离骚　诏　策文　表　让表　上书　书　对策　上疏　启　奏记　笺　谢恩　令　奏　驳　论　议　反骚　弹文　荐　教　封事　白事　移书　铭　箴　封禅书　赞　颂　序引　志录　记　碑　碣　诰　誓　露布　檄　盟文　乐府　对问　传　上章　解嘲　训　辞　旨　劝进　喻难　诫　吊文　传赞　谒文　祈文　祝文　行状　哀策　哀颂　墓志　诔　悲文　祭文　哀词　挽词　七发　离合诗　连珠　篇　歌诗　遗命　图　势　约

彦升之书,《四库提要》谓为后人伪撰;今所以复称引者,亦聊以备一说耳。

寻其所分，多以题目为准，不问内蕴如何，凡篇名有异者，辄为另立一类。王得臣谓其："既载相如《喻蜀》，不录扬雄《剧秦》；录《解嘲》而不收韩非《说难》；取刘向《列女传赞》，而遗陈寿《三国志评》。"(《麈史》)盖若如是区分文类，固难免漏略之讥也。

刘勰《文心雕龙》自称："上篇以上，纲领明矣。下篇以下，毛目显矣。"(《序志篇》)所谓上篇以上者，谓书记以前二十五篇也。然此二十五篇中，自《原道》至《正纬》，皆总论文源；《辨骚》以下，始分论文体。今检此二十一篇，刘氏所分，殆有以下各类：

骚　诗　乐府　赋　颂赞　祀盟　铭箴　诔碑　哀吊　杂文（兼包对问，七，连珠，典，诰，誓，览，略，篇，章，曲，操，弄，引，吟，讽，谣，咏等体）谐隐　史传　诸子　论说　诏策　檄移　封禅　章表　奏启　议对　书记

观刘氏所分，似知以类相从，然亦未能尽善。又举古今载籍，欲尽以文学囊括之，故史传诸子等，悉以入录，是其疵也。

萧统《文选》，所录作品，固鲜瑕颣；而分体立名，亦未能臻于完善。《文选》分文为三十九类，其目如下：

赋（分京都，郊祀，耕借，畋猎，纪行，游览，宫殿，江海，物色，鸟兽，志，哀伤，论文，音乐，情十五类）。

诗（分补亡，述德，劝励，献诗，公宴，祖饯，咏史，百一，游仙，招隐，反招隐，游览，咏怀，哀伤，赠答，行旅，军戎，郊庙，乐府，挽歌，杂歌，杂诗，杂拟二十三类）。

骚　七　诏　册　令　教　文　表　上书　启　弹事　笺　奏记　书　移　檄　难　对问　设论　辞　序　颂　赞　符命　史论　史述赞　论　连珠　箴　铭　诔　哀　碑文　墓志　行状　吊文　祭文

《文选》以下，总集之著名者，有姚铉《唐文粹》，吕祖谦《宋文鉴》，庄仲方《南宋文范》《金文雅》，张金吾《金文最》，苏天爵《元文类》，薛熙《明文在》等书。分

类或愈趋碎杂，窥其意似以多为贵也。《唐文粹》之总目如下：

古赋
　　宫殿
　　　　　圣德　　失道
　　京都　郊庙　符宝　象纬　阅武　誓师　海
　　名山　华卉草木　鸟兽昆虫　古器　物景
　　决疑　修身　哀乐愁思　梦
诗
　　古今乐章
　　　　　古乐章　　今乐章
　　琴操（附）　楚骚体　效古诗　乐府辞
　　　　功成作乐　古乐　感慨　兴亡　幽怨　贞节　愁恨　艰危
　　边塞　神仙　侠少　行乐　追悼　愁苦　鸟兽花卉　古城道路
　　古歌调篇
　　古风　杂兴　伤感　怀古　怀贤　集会　饯送　行役　怀寄　失
　　意　疾病　伤悼　知己　交友　规诲　纪赠　散逸　侠少　登览
　　胜概　幽居　山居　伤叹　寺观　庙社　边塞　图画　古器物
　　乐器　草木　禽兽昆虫　道路　月明河　风雨露雪　江海泉水
　　宫禁　神仙　感遇　咏史　慨叹　感物　春感　秋感
颂
　　盛德大业　封禅　神武　时政　丰年　祥应　高世　政德
　　　古贤宰　良牧
　　兴利　灵迹　高道　宗理　祠祀　监牧
赞
　　帝王　将相功臣　庶官　孝子　古贤　名臣　浮图　图画　鸷鸟
　　绝艺　雅乐　桥梁
表奏书疏

表

 尊号　肆赦　政事　献事　配祭　教化

 请削爵　抑损外戚

书奏

 政事　傅道　崇儒　大葬　驳庙号　进贡　佛寺　边事

疏

 政事　学校　巡按　罢兵　寺观　关市　亢旱　复位　去滥赏
 去滥刑　弹奏　诛戮

奏

 尊号　赦宥　举官　府库　内人　无滥赏
 兵机　论功　檄（附）　露布（附）　制策

文

帝王

 践祚　封禅　祝寿　告谢　徽号　肆赦　戒励　恕死　谥册　哀册

后妃

 谥册　哀册

 吊古　雷霆　军政　畏途　祛疠　责檄　伤悼　（题哀辞后附）

论

 天　帝王　封禅　封建　兴亡　正统　辨析　文质　经旨　让国
 兵刑　临御　谏诤　嬖惑　前贤
 失策　降将　佞臣

议

 郊寝　明堂　雅乐　车服　刑辟　谥议　古诸侯世子谥议　历代是
 非　丧制

古文

 五原　三原　五规　二恶　书　隐书　古渔父　时议　言语对答　经
 旨　读　辩　解　说　评　符命　论兵　析微　毁誉　时事　变化

碑

　　岳渎祠庙　圣帝　先圣　大儒　高士　义士　忠烈　忠臣　纯臣　烈女　古迹　土风　遗爱　贞义　奸雄　英杰　妃主　宰辅　使相　节制　庶官　牧守　纪功　家庙　释　释道

铭

　　名迹　高道　忠孝　暴虐　浮图　桥梁　宅　井　冢　宰辅　节制　庶官　牧守　贤宰　命妇　贤母　隐居

记

　　古迹　陵庙　水石岩穴　外物　府署　堂楼亭阁　兴利　卜胜　馆舍　桥梁　井　浮图　灾沴　宴会　宴犒　书画琴故物　种植

箴诫铭

书

　　论政　论兵　论易　论礼　论国语　论制诏　论书　论史　论选举　论谏诤　论仕进　论虚无　论法乘　论服饵　论文　荐贤　师资　自荐　激发　哀鸣　怂恿　切磋规　诲　谕

序

　　集序　天地　修养　琴　博弈　鸟兽　果实　著撰　唱和联题　歌诗　钖宴　宴集　饯别

传录记事

　　题传后　假物　忠烈　隐逸　奇才　杂伎　妖惑　录　纪事

《唐文粹》分类,本较《文选》为简;惟各类子目,繁杂可笑,盖多因事而立名也。《宋文鉴》总目如次:

　　赋　　律赋　　诗

　　　　四言　乐府歌行（杂言附）五言古诗　七言古诗　五言律诗　七言律诗　五言绝句　六言绝句　七言绝句

　　杂体

　　　　星名　人名　郡名　药名　建除　八音　四声　藏头　离合　回

纹　一字至十字　两头纤纤　五杂组　了语不了语　难易言　联句　集句

骚（如骚者亦附）　诏　敕　赦文　册　御札　批答　制诰　奏疏　表笺　箴铭　颂　赞　碑　记　序　论　义　策　议　说　戒　制策　说书　经义　书　启　策问　杂著　对问　移文　连珠　琴操　上梁文　书判　题跋　乐语　哀辞　祭文　谥议　行状　墓志　墓表　神道碑铭　传　露布

《南宋文范》总目如次：

赋　骚　辞　乐章乐歌　诗
四言　乐府歌行　五言古诗　七言古诗
诏敕　册文　批答　赦　制诰　檄　奏疏　缴指挥　进故事　经筵讲义　表　笺　启　书　箴　铭　颂　赞　庙碑　御试策　试策　策问　记　序　策　议　论　说　言　辨解　史断　义　答问　讲义　题跋　劝谕文　祈谢文　上梁文　祭文　哀词　谥议　行状　传记　书事　墓铭　墓表墓碣　神道碑

《金文雅》总目如次：

赋　五言古诗　七言古诗　诏令　册文　奏疏　表　书　箴　铭　颂　赞　庙碑　上梁文　记　序引　议　论　原　说　题跋　祭文　哀辞　传　墓铭　墓表　墓碑

《金文最》总目如次：

赋　乐章　骚　诏令　册文　制诰　铁券文　策问　表　奏疏　箴　铭　赞　颂　记　序　跋　书　札子　议　论　辨　说　原　文　牒　檄　榜　指挥　关　符　碑　墓碑　塔碑　行状　哀辞　祭文　传　疏　青词朱表榜　杂著　附录

《元文类》总目如次：

赋　　骚　　诗

　　乐章　四言　五言古　乐府歌行　七言古　杂言　杂体　五言律
七言律　五言绝句　　七言绝句

　　诏敕　册文　制　奏议　表　笺　箴　铭　颂　赞　碑文　记　序
书　说　题跋　杂著　策问　启　上梁文　祝文　祭文　哀辞　谥
议　行状　墓志铭　墓碣铭　墓表　神道碑　传

《明文在》总目如次：

　　赋　朝会郊社乐章　铙歌鼓吹　琴操　古诗四言　古诗五言　古诗
七言　古诗歌行　律诗五言　律诗七言　律诗五六言断句　律诗七言断
句　骚　七　演联珠　诏　制　诰　祝　册　谕　祭文　策问　檄　露
布　颂　表　笺　启　奏疏　赞　箴　铭　原　议　论　辨　说　书
经史序　应制序　文集序　诗集序　乐府序　志谱序　忠孝序　记游序
赠贺序　送行序　寿序　节寿序　学宫记　书院记　应制记　德政记
图像记　寺庙记　书斋记　山水记　工作记　敕建碑　圣庙碑　精忠碑
勋德碑　神道碑　墓碑　墓表　墓志铭　传　行状　录　书事　杂志
铭　冠词　字词　哀词　诔词　祭文　公移　题跋

综观上目，以较《萧选》。或彼无而此有，或彼简而此繁，殆为一代作品所限，非必故为别异；然各体盛衰之消息，亦可于此中窥见。至言及分类之当否，则彼此相形，实一丘之貉，莫能相胜也。

昔苏轼论《文选》，谓其"拙于文而短于识"（《答刘沔书》），吴子良讥其"别骚于赋"（《林下偶谈》），姚鼐谓其"分体碎杂，立名可笑"（《古文辞类纂序目》）。章学诚《文史通义·诗教下》论之曰：

　　若夫封禅美新典引，皆颂也，称符命以颂功德，而别类其体为符命；则王子渊以圣主得贤臣而颂嘉会，亦当别类其体为主臣矣。班固次韵，乃《汉书》之自序也。其云述《高帝纪》第一述《陈项传》第一者，所以自序撰书之本意；史迁有作于先，故已退居于述尔。今于史论之外，别出一体，为史述赞；则迁书自序所谓作《五帝纪》第一作《伯夷传》第一者，又当别出一体为史作赞矣。汉武诏策贤良，即策问也。今以出于帝制，遂于策问之外，别名曰诏，然则制策之对，当离诸策而别名为表矣。贾谊《过秦》，盖贾子之篇目也（今传贾氏《新书》首列《过秦》上下二篇，此为后人辑定，不足为据。《汉志》贾谊五十八篇，又赋七篇，此外别无论著；则《过秦》乃贾子篇目明矣）。因陆机《辨亡》之论，规仿《过秦》，遂援左思著《论准过秦》之说，而标体为论矣（左思著论之说，须活看不可泥）。魏文《典论》，盖犹桓子《新论》王充《论衡》之以论名书耳，论文其篇目也。今与六代《辨亡》诸篇，同次于论；然则昭明自序所谓："老庄之作，管孟之流，立意为宗，不以能文为本。"其例不收诸子篇次者，岂以有取斯文。即可裁篇题论，而改子为集乎？七林之文，皆设问也。今以枚生发问有七，而遂标为七；则《九歌》《九章》《九辨》，亦可标为九乎？《难蜀父老》，亦设问也。今以篇题为《难》，而别为难体；则《客难》当与同编，而《解嘲》当别为嘲体，《宾戏》当别为戏体矣。《文选》者，辞章之圭臬，集部之准绳，而淆乱芜秽，不可弹诘；则古人流别，作者意指，流览诸集，孰是深窥而有得者乎？

萧氏之病，即在拘泥篇题形貌，实斋所论，大体不谬。《文粹》以下，或拘于所明，或滞其为用，小有差异，即为另分，故芜杂或较《萧选》为甚。盖言文学之分类，必明以简驭繁之法，立一纲而众目从之，始能有条不紊。彼诸人者，殆皆疏于是术矣。

文学分类，固贵简赅；然分之不得其方，则简而无当，谢枋得《文章轨范》分文"放胆""小心"二类，其目的在示学者以作文之法，与文学本体无关，即简而无当之流也。

真德秀撰《文章正宗》，分"辞命""议论""记事""诗歌"四类。得其方矣，然纲举而目未张也。储欣《唐宋八大家文类选》分六门三十一类，其立名虽或可议；而纲目兼备，实获分类之要矣。今依同人所分，表列如左：

奏疏第一

　　书　状　疏　札子　表　四六表

论著第二

  原 对问 论 说 议 辨 解 题 策

书状第三

  启 状 书

序记第四

  序 引 记

传记第五

  传 碑 志 铭 墓表

辞章第六

  箴 铭 哀词 祭文 赋

姚鼐为《古文辞类纂》，又合纲目而一之，统分十三类。其目如下：

  论辩类 序跋类 奏议类 书牍类 赠序类 诏令类

  传状类 碑志类 杂记类 箴铭类 颂赞类 辞赋类 哀祭类

曾国藩《经史百家杂钞》又本姚氏书稍为更易，分三门十一类，纲目又分列矣。其目如后：

  著述门

    论著类 辞赋类 序跋类

  告语门

    诏令类 诏议类 书牍类 哀祭类

  记载门

    传志类 叙记类 典志类 杂记类

吴曾祺《涵芬楼古今文钞》采姚氏分类法，于每类中，别为子目，凡二百一十三。学者可自览之。王季芗先生本其友李伟之言，合真储姚曾四家之分类法，为《古文门类各家目次异同比较表》。并以各类所属文体，附列下方，其目有"本体""附属"二者，"本体"以诠古近文体之正制，"附属"以归隶通俗文字。古今言文体之详者，当莫过乎此表。览之可增博闻之益。表长今不录（参看《古文辞通义》

卷十三)。详览曾姚诸家之分类法,实较《文选》《文粹》等书为善,惟犹未足以服吾人之心者,则以姚曾二氏之文学观念,不甚清晰也。盖若如二氏所分,则古今篇籍,鲜有不能入选者。故姚曾二书所录,以吾人之文学定义绳之,不尽有文学价值。此义已详于第三篇,兹不赘述矣。

章太炎先生以"有文学箸于竹帛者谓之文",其划定文学范围,甚为广博。故其言文学分类,亦举古今载籍而并包之。章氏曾为文学分类表如下(见《国粹学报》文篇丙午第二十二期《文学论略》):

[表一]

无句读文	图书	
	表谱	
	簿录	簿录与表谱殊者以不皆旁行缀系故
	算草	
有句读文	有韵文	赋颂——无韵之颂即入符命类述序类中
		哀诔——祭文附此
		箴铭——无韵之铭即入款识类中
		占繇——如周易易林太玄灵棋之属
		古今体诗
		词曲
	无韵文 学说	诸子
		疏证——凡随文解义及著书考古者皆属此
		平议——如史通文心雕龙及一切文评史评之属
	无韵文 历史	纪传——尚书帝典之类皆属此
		编年
		纪事本末
		国别史——如国语之属
		地志
		姓氏书

[续表]

无句读文	无韵文	历史	行状
			别传
			杂事——报章中纪事亦属此
			款识——如鼎彝碑志之属
			目录——书目之无说者别入簿录科
			学案
		公牍	诏诰——尚书康诰酒诰之类亦属此
			奏议——尚书谟训之类亦属此
			文移
			批评
			告示——一切教令皆属此
			诉状
			录供
			履历
			契约——如条约地契引帖之属其私立者即入书札类中
		典章	书志——如正史各志及通典通考之属
			官礼——如周礼六典会典之属
			律例
			公法
			仪注——如仪礼江都集书礼仪之属其经学家专门说礼者即入疏证类中
		杂文	符命——如封禅告天剧秦典引
			论说——连珠之类亦属此
			对策
			杂记
			述序
			书札——私订契约不关公牍者亦属此
			小说

据曹聚仁所编章氏演讲之《国学概论》，则章氏又有下列之分类表：

文	集内文	记事文	传,状,行述,事略
			书事,记
			碑,墓志,碣,表
		议论文	论,说,辨
			奏,议,封事
			序,(题词)跋
			书
	集外文	子	
		史	
		经	
		数典之文	官制——如周礼,唐六典,明清会典之类。
			仪注——如仪礼,唐开元礼等。
			刑法——如汉律,唐律,明律,清律之类。
			乐律——如宋律吕正义,清燕乐考原等。
			书目——如刘向别录,刘歆七略,王俭阮李绪七录七志,宋崇文书目,清四库提要之类。
		习艺之文	算术——如九章算法图法之类。
			工程——如周礼考工记,徐光启底龙骨车玉冲车之类。
			农事——如北魏齐民要术,元王桢农书,明徐光启农政全书之类。
			医书——如素问,灵枢,伤寒论,千金要方之类。
			地志——如禹贡,周礼职方志,水经,水道提纲,乾隆府厅州县志,方舆志略之类。

寻章氏后表,不列韵语;而表谱簿录之属,亦见摈弃。此盖为一时讲演便利,不足据也。若据前表,则章氏所列者,实非吾人所谓文学之分类,乃古今一切文字之分类也。今持此表以示人。少有文学知识者,皆当否认。姑置其他而不论,如图书算草等无句读之文字,吾人决不能承认其有文学价值也。故章氏此表,其价值别有所在;若举以言文学,斯无当矣。

昔刘劭《人物志·材理篇》尝分人为四家:曰道理之家,曰义理之家,曰事理之家,曰情理之家。刘熙载谓:"文之本领,只此四者尽之。"(《文概》)

今略加分析,则六经之文,以道体为主者,道理之家也。诸子之文,以思想为主者,义理之家也。史传之文,以事实为主者,事理之家也。诗赋词曲等以发抒情志为主者,情理之家也(略本马宗霍《文学概论》第三篇第三章《文学之流派》)。然四者之中,道理、义理二者,又可以一"理"字统之。如是,则可分文为"说理""叙事""述情"三类。

寻前哲论文，可作如是之归纳者，实不乏其例。宋祁《笔记》谓："贾谊善言治，晁错善言兵，董仲舒善推天人，司马迁叙事，相如扬雄文章，刘向父子博洽。"杨慎《丹铅总录》本宋说而区文为六类曰："政事之文（贾），纪事之文（迁），说理之文（董），术数之文（刘），游说之文，讽谏之文（马扬）。"杨氏所谓"说理之文""术数之文"说理之类也。所谓"政事之文""纪事之文"叙事之类也。所谓"游说之文""讽谏之文"，述情之类也（参看李笠《中国文学述评》第二编第四章《混合分类法》）。

王世贞《艺苑卮言》曰："六经也，四子也，理而辞者也。两汉也，事而辞者也，错以理而已。六朝也，辞而辞者也，错以事而已。"六朝之辞，若易之以情，亦无不可。此又以情事理三者橐括文家之制体者也。顾炎武曰："文之不可绝于天地间者，曰：明道也，纪政事也，察民隐也，乐道人之善也。"（《日知录》卷十九《论文须有益于天下》）所谓"明道"，即说理之类也。所谓"纪政事""乐道人善"，即叙事之类也。所谓"察民隐"，即述情之类也。陆世仪曰："羲文之《易》，所以述天人，即后世性理诸书是也。虞夏商周之书，孔子之《春秋》，所以纪政事，即后世史传诸书是也。商周之雅颂，十五国之风诗，所以言性情，即后世乐府诗歌之类是也。周公之周礼仪礼，汉儒之礼记，所以载典礼，即后世八书十志之类是也。"（《漫园文稿序》）性理诸书，说理之类。八书十志，即在史传之中，即叙事类。乐府诗歌，即述情之类。此又以情事理三者橐括古今文家之制体者也。王季芗先生更本曾涤生所分三门，而以情事理三者释之。其言曰："告语门者，述情之汇；记载门者，记事之汇；著述门者，说理之汇也。"（《古文辞通义》卷十三）是则以此三事统摄文体，固无往而不可通矣。

虽然，三者之中，说理叙事二者，于人心同属理智范围；其见于文字，则在增人之知识。而述情一类，于人心属感情作用，其见于文辞，则在动人之情感。故说理叙事二者，又可并为一类，与述情相对待。近人分文学为"知的文""情的文"，职是故也。详察此种分类，较前引诸说，其条理更为分明。然吾人又有不能赞同者，则以吾人所谓文学，实以情感为要素；虽不能谓文学之中，丝毫不杂事理之分子；而纯粹说理及纯粹叙事之文字（即知的文），无情感分子杂于其间者，则吾人之所屏弃也。苟依此种分类，则哲学（说理）历史（叙事）等，将尽可并入文学之科，与吾人之文学定义相悖矣。故此种分类，亦吾所不取。

黄季刚先生曰："古昔篇章，大别之为有韵无韵二类。"（《文心雕龙·明诗篇札记》）斯语也，可为文学分类之指南矣。

寻先哲论文，有韵之作，皆谓之诗；其无韵者，则名之为文。元稹《乐府古体序》曰："

> 《诗》迄于周，《离骚》迄于楚。是后诗之流为二十四名，赋，颂，铭，赞，文，诔，箴，诗，行，咏，吟，题，怨，叹，章，篇，操，引，谣，讴，歌，曲，词，调，皆诗人六义之余。

是则所谓诗者，实包尽一切有韵之作也（《国故论衡·辨诗篇》谓"有韵者皆为诗"可参看）。

张表臣《珊瑚钩诗话》曰：

> 余近作示客云：刺美风化，缓而不迫，谓之风。采摭事物，摘华布体，谓之赋。推明政治，庄语得失，谓之雅。形容盛德，扬厉休功，谓之颂。幽忧愤悱，寓之比兴，谓之骚。感触事物，托于文章，谓之辞。程事较功，考实定名，谓之铭。援古刺今，箴戒得失，谓之箴。猗迁抑扬永言谓之歌。非鼓非钟徒歌谓之谣。步骤驰骋，斐然成章，谓之行。品秩先后，叙而推之，谓之引。声音杂比，高下短长，谓之曲。吁嗟慨叹，悲忧深思，谓之吟。吟咏性情，总合而言，谓之诗。苏李而上，高简古淡，谓之古。沈宋而下，法律精切，谓之律。此诗之众体也。帝王之言，出法度以制人者，谓之制。丝纶之语，若日月之垂照者，谓之诏。制与诏同，诏亦制也。道其常而作彝宪者，谓之典。陈其谋而成嘉猷者，谓之谟。顺其理而迪之者，谓之训。属其人而告之者，谓之诰。即师众而申之者，谓之誓。因官使而命之者，谓之命。出于上者谓之教，行于下者谓之令。时而戒之者，敕也。言而喻之者，宣也。谕而扬之者，赞也。登而崇之者，册也。言其伦而析之者，论也。度其宜而揆之者，议也。别嫌疑而名之者，辨也。正是非而著之者，说也。记

者,记其事也。纪者,纪其实也。书者,缵而述焉者也(书,或作纂)。策者,条而对焉者也。传者,传而信之也。序者,绪而陈之也。碑者,披列事功而载之金石也。碣者,揭示操行而立之墓隧也。诔者,诔其素履而质之鬼神也。志者,识其行藏而谨其终始也。檄者,激发人心而喻之祸福也。移者,自近移远使之周知也。表者,布臣子之心,致君父之前也。笺者,修储君之间,申宫闱之仪也。简者,质言之而略也。启者,文言之而详也。状者,言之于公上也。牒者,用之于官府也。捷书不缄,插羽而传之者,露布也。尺牍无封,指事而陈之者,札子也。青黄黼黻,经纬以相成者,总谓之文也。此文之异名也。……

张氏所谓"诗之众名,"皆有韵之作;其所谓"文之异名",大抵无韵之类也。

惟察二氏所分,皆取"列数"形式;若如此区别文类,则必有漏略之讥。以有韵文而论,元氏所列,较张氏为多,是张氏有所漏略矣。严羽《沧浪诗话》曰:

有口号,或四句或八句。曰唱,魏武帝有《气出唱》。曰弄,古乐府有《江南弄》。以愁名者,《选》有《四愁》,《乐府》有《独处愁》。以哀名者,《选》有《七哀》,少陵有《八哀》。以思名者,太白有《静夜思》。以乐名者,齐武帝有《估客乐》,宋臧质有《名城乐》。以别名者,子美有《无家别》《垂老别》《新婚别》。……

沧浪所列尚多,今不具引。此则元张二氏均有所漏略矣。以无韵文而论,以张氏所列,较之《文选》《文粹》《文鉴》《文范》以下诸书,张氏亦有所未尽。是知随事为名,则巧历或不能数;会其有极,则百名可以一致。辨析文类,固无取乎列数也。

夫自秦汉以来,有韵之文,可以崭然独立蔚为大国者,惟"诗""赋""词""曲"四者而已。词、曲二类,体既有定,兹可不论。其诗、赋二者,恒为他体所假借。如箴铭赞颂,以四言出之者,固可以诗统之。然古人所作,实未能尽出一轨。傅玄之《太子少傅箴》(《太平御览》一百四十四),温峤之《太子侍臣箴》(《艺文类聚》十六),韩愈之《游箴》《言箴》,虽结体与赋有别,固以杂言出之也(古人所作箴文,多不尽四言,此特举其更甚者)。班固之《封燕然山铭》,寥寥数语,大似赋体。《续古文苑》载《汉镜铭》七首,第一首全是赋体,孙星衍谓"其文体似楚骚",不愧识者。《续古文苑》又载《唐镜铭》三首,第一首亦与赋无别也。汉魏六朝人所作赞体之文,多为四言,异体甚少。而晋曹毗之《黄帝赞》(《初学记》九),则与五言诗无异。至宋牟子才之《李太白脱靴图赞》、黄山谷《返棹图赞》,则又全是赋体。颂体之文,如董仲舒之《山川颂》,班固之《车骑将军窦北征颂》(《古文苑》),傅毅之《窦将军北征颂》(《艺文类聚》五十九),马融之《广成颂》(《后汉书本传》)、《东巡颂》(《全后汉文》十八),刘伶之《酒德颂》,结体散文,全同辞赋。

又如古人哀祭之作,亦恒假诗赋为之,《文选》所录,有诔哀吊文祭文等体。诔文祭文,自谢希逸《宋孝武宣贵妃诔》一首外,皆为四言,是假诗体为之也。哀文录潘岳《哀永逝文》一首,纯为赋体。颜延之《宋元皇后哀策文》,全属四言,是假诗体为之。谢玄晖《齐敬皇后哀策文》,则前幅四言,后用赋体,是又杂二体为之矣。吊文录贾谊陆机二作,与赋全无别异。《吊屈原文》,《史记》明言其为赋,则《吊魏武帝文》,断可知矣。至六朝以下,则此类尤繁。卢藏用之《祭陈伯玉文》,韩愈之《祭田横墓文》《欧阳生哀辞》《祭郴州李使君文》,欧阳修之《祭石曼卿文》,苏轼王安石之《祭欧阳文忠公文》,汪中之《哀盐船文》《吊马守真文》、《吊黄祖文》,皆假用赋体者也。举兹数例,他亦准是。是知箴铭赞颂哀祭诸韵文,诗赋足以包之;非能于诗赋之外,特然独立;其所以另立新名者,实因其施用有别耳。若夫无韵之文,古人所为,无论何体,不能出骈散二种。其各体名称所以互异者,亦因其施用有别。今若分体列数,便有绝不可通者。何也?文体无定故也。且如颂赞之作,固以韵文为多;而王褒《圣主得贤臣颂》则为散文,史书篇末之赞,又或韵或否也。又如解体之文,固以无韵者为众;而韩愈之《进学解》,则韵文也。若此之类,将何去而何从乎?

故知离析文类,宜取大名,不取项目;宜取独立成体者,不取假借为用者。今以鄙见列表如下:

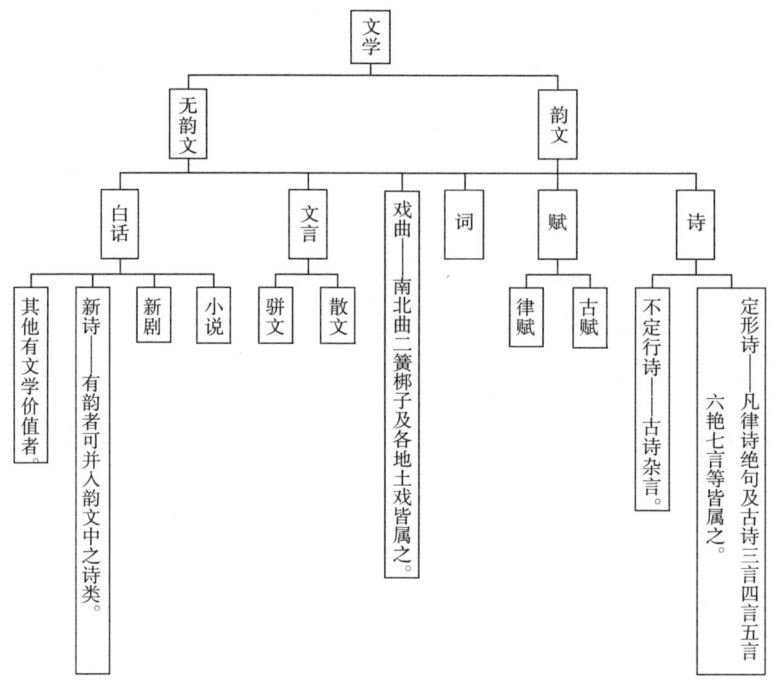

文学分类，大略如是。自知疏陋，难免遗讥；补罅纠谬，请俟异日。

第十七篇　文学之源流派别

自秦汉以来，人之为学，大抵祖述六艺，折衷孔子。故文士论文，多谓源出五经。班固论赋，推本于古诗（《艺文志》及《两都赋序》）；王充谓文人宜遵五经六艺为文（《论衡·佚文篇》）；挚虞论诗颂，举三百篇经序为证（《文章流别论》）。斯既然矣。宋齐以降，此论益炽。《文心雕龙·宗经篇》曰：

> 故论说辞序，则《易》统其首；诏策章奏，则《书》发其源；赋颂歌赞，则《诗》立其本；铭诔箴祝，则《礼》总其端；纪传铭檄，则《春秋》为根。并穷高以树表，极远以启疆；所以百家腾跃，终入环内者也。

《颜氏家训·文章篇》曰：

> 夫文章者，原出五经：诏命策檄，生于《书》者也。序述论议，生于《易》者也。歌咏赋颂，生于《诗》者也。祭祀哀诔，生于《礼》者也。书奏箴铭，生于《春秋》者也。

李耆卿《文章精义》曰：

> 《易》《诗》《书》《仪礼》《春秋》《论语》《大学》《中庸》《孟子》，皆圣贤明道经世之书，虽非为作文设，而千万文章，从是出焉。

又曰：

> 《庄子》者，《易》之变；《离骚》者，《诗》之变；《史记》者，《春秋》之变。

又曰：

> 《史记》帝纪世家，从二雅十五国风来；八书从禹贡周官来。

刘熙载《文概》曰：

> 六经，文之范围也。圣人之旨，于经观其大备；其深博无涯涘，乃《文心

雕龙》所谓"百家腾跃终入环内"者也。有道理之家,有义理之家,有事理之家,有情理之家。四家见刘劭《人物志》。文之本领,只此四者尽之;然孰非经所统摄者乎!

姚鼐《古文辞类纂序目》,论各类之原,亦多本六经。今摘录其说于左:

论辨类者,……孔孟之道与文至矣。……退之著论,取于六经孟子。

序跋类者,昔前圣作《易》,孔子为作《系辞》说卦文,言序卦杂卦之传,以推类本原,广大其义。《诗》《书》皆有序,而《仪礼》篇后有记,皆儒者所为。

奏议类者,盖唐虞三代圣贤陈说其君之辞,《尚书》具之矣,周衰列国臣子为国谋者,谊忠而辞美,皆本谟诰之遗,学者多诵之。

书说类者,昔周公之告召公,有《君奭》之篇。春秋之世,列国士大夫或面相告语,或为书相遗,其义一也。

诏令类者,原于《尚书》之《誓诰》。

碑志类者,其体本于诗歌颂功德。

赞颂类者,亦《诗·颂》之流。

辞赋类者,《风雅》之变体也。

哀祭类者,《诗》有《颂》,《风》有《黄鸟》《二子乘舟》,皆其原也。

曾国藩之《经史百家杂钞》,所选各类文字,大抵先录经典,次及后世作品。其序例中推论各类原流,较前诸说更为详明。其说如下:

论著类 著作之无韵者。经如《洪范》《大学》《中庸》《乐记》《孟子》皆是。诸子曰篇,曰训,曰览。古文家曰论,曰辨,曰议,曰说,曰解,曰原,皆是。

词赋类 著作之有韵者。经如《诗》之赋颂,书之五子作歌,皆是。后世曰赋,曰辞,曰骚,曰七,曰设论,曰符命,曰颂,曰赞,曰箴,曰铭,曰歌,皆是。

序跋类 他人之著作序述其意者。经如《易》之《系辞》,《礼记》冠义昏义,皆是。后世曰序,曰跋,曰引,曰题,曰读,曰传,曰注,曰笺,曰疏,曰说,曰解,皆是。

诏令类 上告下者,经如《甘誓》《汤誓》《牧誓》等,《大诰》《康诰》《酒诰》等皆是。后世曰诰,曰诏,曰谕,曰令,曰教,曰敕,曰玺书,曰策命,皆是。

奏议类 下告上者。经如《皋陶谟》《无逸》《召诰》及《左传》,季文子魏绛等谏君之辞皆是。后世曰书,曰疏,曰议,曰奏,曰表,曰札子,曰封事,曰弹章,曰笺,曰对策,皆是。

书牍类 同辈相告者,经如《君奭》及《左传》郑子家叔向吕相之辞皆是。后世曰书,曰启,曰移,曰牍,曰简,曰刀笔,曰帖,皆是。

哀祭类 人告于鬼神者。经如《诗》之《黄鸟》《二子乘舟》,《书》之武成金滕祝辞,《左传》荀偃赵简告辞,皆是。后世曰祭文,曰吊文,曰哀辞,曰诔,曰告祭,曰祝文,曰愿文,曰招魂,皆是。

传志类 所以记人者。经如《尧典》《舜典》,史则《本纪》《世家》《列传》,皆记载之公者也。后世记人之私者,曰墓表,曰墓志铭,曰行状,曰家传,曰神道碑,曰事略,曰年谱,皆是。

叙记类 所以记事者。经如《书》之武成金滕顾命,《左传》记大战记盟会及全编,皆记事之书。《通鉴》法《左传》,亦记事之书也。后世古文如《平淮西碑》等是,然不多见。

典志类 所以记政典者。经如《周礼》《仪礼》全书,《礼记》之王制月令明堂位,《孟子》之北宫锜章,皆是。《史记》之八书,《汉书》之十志,及三通,皆典章之书也。后世古文如《赵公救灾记》是,然不多见。

杂记类 所以记杂事者。经如《礼记》投壶深衣内则少仪,《周礼》之考工记,皆是。后世古文家修造宫室有记,游览山水有记,以及记器物记琐事,皆是。

以上所引诸说,不能遽斥其非。盖六经为中国最古之书,后世文体,或沿其名称,或袭其辞意,研讨源流,自可据以为说也。然必谓某体出于某经,为他经所不具，则有时亦不可通。"檄""奏""箴""铭"，刘颜二氏所论，已见歧异。故涤生之说，为最精矣。此外又有屏经典于不顾，而直言后世文体之始者；前篇所引任昉之《文章缘起》，即此类也。其说如左：

三言诗，晋散骑常侍夏侯湛所作。

四言诗，前汉楚王傅韦孟谏楚夷王戊诗。

五言诗，汉骑都尉李陵与苏武诗。

六言诗，汉大司农谷永作。

七言诗，汉武帝柏梁殿联句。

九言诗，魏高贵乡公所作。

赋，楚大夫宋玉所作。

歌，荆卿作易水歌。

离骚，楚屈原所作。

诏，起秦时玺文，秦始皇传国玺。

策文，汉武帝封三王策文。

表，淮南王安谏伐闽表。

让表，汉东平王苍上表让骠骑将军。

上书，秦丞相李斯上始皇书。

书，汉太史令司马迁报任少卿书。

对贤良策，汉太史家令晁错。

上疏，汉中大夫东方朔。

启，晋吏部郎山涛作选启。

奏记，汉江都董仲舒诣公孙弘奏记。

笺，汉护军班固说东平王笺。

谢恩，汉丞相魏相诣公车谢恩。

令，淮南王谢群公令。

奏，汉枚乘奏书谏吴王濞。

驳，汉侍中吾丘寿王驳公孙弘禁民不得挟弓弩议。

论,汉王褒四子讲德论。

议,汉韦玄成奏罢郡国庙议。

反骚,汉扬雄所作。

弹文,晋冀州刺史王深集杂弹文。

荐,后汉云阳令朱云荐伏湛。

教

封事,汉魏相奏霍氏专权封事。

白事,汉孔融主簿作白事书。

移书,汉刘歆移书让太常博士论左氏春秋。

铭,秦始皇登会稽山刻石铭。

箴,汉扬雄九州百官箴。

封禅书,汉文园令司马相如。

赞,司马相如荆轲赞。

颂,汉王褒作圣主得贤臣颂。

序,汉沛郡太守有邓石序。

引,琴操有箜篌引。

志录,扬雄作。

记,扬雄作蜀记。

碑,汉惠帝四皓碑。

碣,晋潘尼作潘黄门碣。

诰,汉司隶从事冯衍作。

誓,汉蔡邕作艰誓。

露布,汉贾洪为马超伐曹操作。

檄,汉丞相祭酒陈琳作檄曹操文。

明文,汉泰山太守应劭作。

乐府,古诗也。

对问,宋玉对楚王问。

传，汉东方朔作非有先生传。

上章，孔融上章谢大中大夫。

解嘲，扬雄作。

训，汉丞相主簿繁钦祠其先主训。

辞，汉武帝秋风辞。

旨，后汉崔骃作达旨。

劝进，魏尚书令荀攸劝魏王进文。

喻难，汉司马相如喻巴蜀并难蜀父老文。

诫，后汉杜笃作女诫。

吊文，贾谊吊屈原文。

告，魏阮瑀为文帝作舒告。

传赞，汉刘歆作列女传赞。

谒文，后汉别驾司马张超谒孔子文。

祈文，后汉傅毅作高阙祈文。

祝文，董仲舒祝日蚀文。

行状，汉丞相仓曹傅胡干作杨元伯行状。

哀策，汉乐安相李尤作和帝哀策。

哀颂，汉会稽东郡尉张纮作陶侯哀颂。

墓志，晋东阳太守殷仲文作从弟墓志。

诔，汉武帝公孙弘诔。

悲文，蔡邕作悲温舒文。

祭文，后汉车骑郎杜笃作祭延锺文。

哀辞，汉班固梁氏哀辞。

挽词，魏光禄勋缪袭作。

七发，汉枚乘作。

离合诗，孔融作四言离合诗。

连珠，扬雄作。

篇，汉司马相如作凡将篇。

歌诗，汉枚乘作丽人歌诗。

遗命，晋散骑常侍江统作。

图，汉河间相张人作玄图。

势，汉济北相崔瑗作草书势。

约，汉王褒作僮约。

沈骐《诗体明辨序》曰：

> 武帝制《落叶哀蝉》而有曲名，班婕妤制《怨歌》而有词名，司马相如制《封禅》而有颂名，息夫躬制《绝命》而有辞名，卓文君制《白头》而有吟名，韦孟讽谏，东方朔诫子，苏武李陵赠别，王昭君写怨，西汉之可见者如此。

凡此皆据古人作品，以为一体之所始。前篇引《沧浪诗话》论"唱""弄""愁""哀"等条，殆亦同于此类。夫古人作品，或为己所未见，或不尽传于后世，若据后起者以谈缘起，恶得不妄？任氏之说，陈无功注方望子补注，多言其失。学者可自览之。今复举刘存之说，以见各家之歧异。任以三言诗起晋夏侯湛，刘以为始于鹭于飞。任以颂起汉之王褒，刘以始于周公时迈。任以檄起汉陈琳檄曹操，刘以始于张仪檄楚。任以碑起于汉惠帝作四皓碑，刘以管子谓无怀氏封泰山刻石纪功为碑。任以铭起于始皇登会稽山，刘以蔡邕铭论黄帝有金几之铭，其始也。若此者，尚十余条（王得臣《麈史》）。盖任氏自序谓"聊以新好事者之目"，故其说未尽足宗也。

夫论文学源流，不宜仅拘于篇题形貌，尤贵明乎作品之意指。章学诚之言文学源流，即纯依作品意指立论也。《文史通义·诗教上》曰：

> 周衰文弊，六艺道息，而诸子争鸣，盖至战国而文章之变尽，……至战国而后世之文体备。故论文于战国，而升降盛衰之故可知也。战国之文，奇衺错出而裂于道，人知之；其源皆出于六艺，人不知也。后世之文，其体皆备于战国，人不知；其源多出诗教，人愈不知也。知文体备于战国，而始可与论后世之文；知诸家本于六艺，而后可与论战国之文；知战国多出于诗

教，而后可与论六艺之文；可与论六艺之文，而后可与离文而见道；可与离文而见道，而后可与奉道而析诸家之文也。

战国之文，其源皆出于六艺，何谓也？曰：道体无所不该，六艺足以尽之。诸子之为书，其持之有故而言之成理者，必有得于道体之一端；而后乃能恣肆其说，以成一家之言也。所谓一端者，无非六艺之所该，故推之而皆得其所本。非谓诸子果能服六艺之教，而出辞必衷于是也。老子说本阴阳，庄列寓言假象，《易》教也。邹衍侈言天地，关尹推衍五行，《书》教也。管商法制，义存政典，《礼》教也。申韩刑名，旨归赏罚，《春秋》教也。其他杨墨尹文之言，苏张孙吴之术，辨其原委，挹其旨趣，九流之所分部，七录之所叙论，皆于物曲人官，得其一致，而不自知为六典之遗也。

战国之文，既源于六艺，又谓多出于诗教，何谓也？曰：战国者，纵横之世也。纵横之学，本于古者行人之官。观春秋之辞命，列国大夫聘问诸侯，出使专对，盖欲文其言以达旨而已。至战国而抵掌揣摩，腾说以取富贵，其辞敷张而扬厉，变其本而加恢奇焉；不可谓非行人辞命之极也。孔子曰："诵诗三日，授之以政，不达；使于四方，不能专对。虽多奚为？"是则比兴之旨，讽谕之义，固行人之所肄也。纵横者流，推而衍之，是以能委曲而入情，微婉而善讽也。九流之学，承官曲于六典，虽或原于《书》《易》《春秋》，其质多本于礼教，为其体之有所该也；及其出而用世，必兼纵横，所以文其质也。古之文质合于一，至战国而各具之；质当其用也，必兼纵横之辞以文之，周衰文弊之效也。故曰：战国者，纵横之世也。

后世之文，其体皆备于战国，何谓也？曰：子史衰而文集之体盛，著作衰而辞章之学兴。文集者，辞章不专家，而萃聚文墨以为蛇龙之菹也。后贤承而不废者，江河道而其势不容复遏也。经学不专家，而文集有经义；史学不专家，而文集有传记；立言不专家（即诸子书也），而文集有论辨。后世之文集，舍经义与传记论辨之三体，其余莫非辞章之属也；而辞章实备于战国，承其流而代变其体制焉。学者不知，而溯挚虞所裒之流别，甚且以萧梁《文选》举为辞章之祖焉；其亦不知古今流别之义矣。今即《文选》诸体，以征战国之赅备。《京》《都》诸赋,苏张纵横六国,侈陈形势之遗也。《上林》《羽猎》,安陵之从田,龙阳之同钓也。《客难》《解嘲》,屈原之《渔父》《卜居》,庄周之惠施问难也。韩非储说,比事征偶,连珠之所肇也;而或以为始于傅毅之徒,非其质矣。孟子问齐王之大欲,历举轻暖肥甘声音采色,七林之所启也;而或以为创之枚乘,忘其祖矣。邹阳辨谤于梁王,江淹陈辞于建平,苏秦之自解忠信而获罪也。过秦王命六代辨亡诸论,抑扬往复,诗人讽谕之旨。孟荀所以称述先王儆时君也(屈原上称帝喾中述汤武下道齐桓,亦是)。淮南宾客,梁苑辞人,原尝申陵之盛举也。东方司马,侍从于西京;徐陈应刘,征逐于邺下,谈天雕龙之奇观也。遇有升沉,时有得失,畸才汇于末世,利禄萃其性灵,廊庙山林,江湖魏阙,旷世而相感,不知悲喜之何从;文人情深于诗骚,古今一也。

实斋之论,纯以意指为依归;故以《京》《都》诸赋为苏张侈陈形势之遗,七林始于孟子问齐王之大欲;甚且谓言情达志者皆本于诗,敷张扬厉者皆赋之变(见《诗教下》)。察其为论,亦不尽可通。盖吾人所谓骈文散文之别,文言白话之别,诗文之别,诗赋词曲之别,皆即外形而言也。若遗其形貌,专明意指,则同为言情达志之物,复何所谓文学之分类乎?章氏惟见他人拘守形貌之弊,而不自知拘守意指之非,此所谓见毫毛不见其睫也。今为篇幅所限,略陈骈文、散文、诗、赋、词、戏曲、小说之梗概于左方,至其详则非短笔之所能尽矣。

文之派别,其说不一。有以书分者,文选派古文派是也。有以体分者,古文派骈文派是也。有以人分者,四杰八家是也。有以时代分者,汉魏唐宋是也。有以地域分者,桐城阳湖是也。如此之类,不可枚举;用长轻短,刺刺不休;而总其所归,骈散二端,足以尽之矣。夫文之有骈俪,因于自然,不以一时一人之言而遂废。然奇偶之用,变化无方;文质之宜,所施各别。或鉴于对偶之末流,遂谓骈文为下格;或惩于俗流之恣肆,遂谓非骈体不得名文。斯皆拘滞于一偶,非闳通之论也。《文心雕龙·丽辞篇》曰:

> 造化赋形,支体必双;神理为用,事不孤立。夫心生文辞,运裁百虑,高下相须,自然成对。

此谓对偶之文依于天理,非由人力矫揉而成也。《丽辞篇》又曰:

> 唐虞之世,辞未极文,而皋陶赞云:"罪疑惟轻,功疑惟重。"益陈谟云:"满招损,谦受益。"岂营丽辞,率然对尔。

此明上古简质,文不饰雕;而出语必双,非由刻意也。《丽辞篇》又曰:

> 《易》之《文系》,圣人之妙思也。序《乾》四德,则句句相衔;龙虎类感,则字字相俪。乾坤易简,则宛转相乘;日月往来,则隔行悬合。虽字句或殊,而偶意一也。

此明对偶之文。但取配俪;不必比其句度,使语律齐同也。又曰:

> 至于诗人偶章。大夫联辞。奇偶适变,不劳经营。

此明用奇用偶,初无成律;应偶者不得不偶,犹应奇者不得不奇也。又曰:

> 若气无奇类,文乏异采;碌碌丽辞,则昏睡耳目。必使理圆事密,联璧其章,迭用奇偶,节以杂佩,乃其贵耳。

此明缀文之士,于用奇用偶,勿师成心;或舍偶用奇,或专崇俪对,皆非为文之正轨也。彦和之言明白如此,真可以息骈散之纷难,总殊轨而齐归者矣。原夫古之为文,初无定术;所可识著,文质二端;奇偶偏畸,即由此起。盖文言藻饰,用偶必多;质语简淳,用奇必众。《尚书》《春秋》,同为国史,而一则丽辞盈卷,一则丽语无闻。《周礼》《仪礼》,同为典志,而一则列数陈文,一则简辞述事。至于易传书序,相传皆孔子亲撰之书,易传多用骈词,书序皆为奇句。《洪范》《大诰》,同为外史所掌之籍,《洪范》分胪名数,《大诰》直举词言。此举六艺为征,而奇偶无定已若此。至于子史之作,更无一成之规。老庄同为道家,而柱史之作,多为对语;园吏之籍,不尽骈言。左马同属史官,而《春秋》外传,捶词多偶;太史公书,叙语皆奇。此则子史之文,用奇用偶,绝无定准者矣。总之,偏于文者好用偶,偏于质者善用奇;文质无恒,则奇偶亦无定。必求分畛,反至拘墟。

历考前文,差堪商榷。盖自楚国多才,屈宋特起,警采绝艳,隐耀深华。厥后贾谊枚乘,并瞥于汉初;相如子云,联镳于西蜀。虽或杂奇语,而丽辞为多。

中兴以还,文雅继起。平子敬通之辈,孟坚季长之伦,莫不骈音丽字,耀采腾文。建安七子,才调辈兴,三祖陈王,亦蓄盛藻,握径寸之灵珠,享千金于荆玉。至于三张二陆太冲景纯之徒,派虽弱于当涂,音尚闻夫正始。于时声病之说未起,对偶之法亦宽。又有文笔之分途,幸存文质之大介。降至齐梁以下,始染沈谢之风,致力宫商,研精对偶,孝穆振采于江南,子山蜚声于河北。次有攀龙托凤,自致于属车者,不知凡几。文已驰于新巧,义或乖于典则。斯苏绰所以拟典谟,隋炀所以非经侧,魏征所以讥流宕,子昂所以革浮侈,而退之于文,或至比之武事,有摧陷廓清之功。则骈俪之末流,亦诚有以致讥召谤者乎?观《丽辞篇》所言:"气无奇类,文乏异采,碌碌丽辞,昏睡耳目。"则骈文之弊,自彼时而已然。至刘子玄作《史通》,乃言:

> 史道陵夷,作者芜音累句,云蒸泉涌。其为史也,大抵编字不只,捶句必双。修短取均,奇偶相配。故应以一言蔽之者,辄足以二言;应以三句成文者,必分为四句。弥漫重沓,不知所裁。(《叙事篇》)

此其弊又及于史矣。文质之介,漫汗不分;骈偶之词,用之已滥。然则丽辞之末流,不亦诚有当节止者乎?唐世复古之风,始于伯玉,而大于昌黎。其后遂别有所谓古文者,其视骈文,以为衰弊之音。苏子瞻至谓昌黎起八代之衰,直举汉魏晋宋而一切抹煞之。宋子京修唐书,以为对偶之文,不可以入史策。斯又偏滞之见,不可以适变者也。观唐世裴度李翱之言,知彼时固未尝尽以对偶之文为非法而弃之;其以是自张标志者,特一方之私见,非举世之公谈也。裴与李翱书曰:

> 观弟近日制作,大旨常以时世之文多偶对俪句,属缀风云,羁束声韵,为文之病甚矣;故以雄词远致一以矫之,则是以文字为意也。且文者,圣人假人以达其心;达则已,理穷则已;非故高之下之详之略之也。昔人有见小人之违道者,耻与同形貌,共衣服;遂思倒置眉目反易冠带以异之,不知其倒之反之非也;虽失于小人,亦异于君子矣。故文之异,在气格之高下,思致之深浅,不在磔裂章句,隳废声韵也。人之异,在风神之清浊,心志之通塞,不在倒置眉目反易冠带也。

李翱《答王载言书》亦曰：

溺于时者曰：文章必当对；其病于是者曰：文章不当对。此皆情有所偏滞而不流，未识文章之所生也。古之人能极于工则已，不知其辞之对与否也。诗曰：忧心悄悄，愠于群小。此非对也。又曰：遘闵既多，受侮不少。此非不对也。学者不知其方，而称说云云如前如陈者，非吾之所敢闻也。

案翱方以古文自矜，而其言乃若此，知其服膺晋公所诲矣。今观唐世之文，大抵骈散皆有。初唐四杰，并驾一时；所为文制，丽词居多。若夫燕许之宏裁，常杨之巨制，会昌一品之集，元白长庆之编，莫不并揿龙文，联登凤阁。义山飞卿，以繁缛相高，柯古昭谏，以新博逞异。骈俪之文，斯称极致。至若宣公翰苑之集，肫挚畅遂，尤为后世所诵法；即退之集中，亦有骈文。则为古文者，亦不废斯体也。赵宋初造，鼎臣大年，犹沿唐旧；而欧苏王三子，皆古文大家，其于四六，亦复脱去恒蹊，自出机轴。谓之变古则可，谓其竟废斯体，则不可也。洎乎清世，桐城诸家，竞称唐宋古文；而于前此之文，类多讥诮；其所称述，至于晋宋而止。不悟唐人所不满意，止于大同以后轻艳之词；宋人所诋毁者，亦裁上及徐庾，下尽西昆，初非举自古丽辞一概废阁之也。自尔以后，骈散竟判若胡秦，为散文者力避对偶，为骈文者又自安于声韵对仗，而无复迭用奇偶之能，何其于彦和所论通局相妨至于如是耶？挽近以来，一二时彦，以改革创造自命，有新文学之倡，于是国人又有新文学派旧文学派之目。断断相争，迄未有已。彼所谓新文学，不过改文言之工具为白话之工具而已。苟以白话为新，则白话固华夏之旧物；昔之为语录、戏曲、小说者，均尝用之，恶在其为新乎？窃尝闻之：学术只有纯驳而无古今，文体只有古今而无新旧。盖学术随思想为转移，而文体则随时代为变迁。惟重思想，故古人之言，有可行于今者；今人之论，有可通于古者，古今人未尝不相及也。惟主时代，故唐虞三代之文，不同于汉魏；汉魏不同于六朝；六朝不同于唐宋；唐宋不同于元明清，各朝自为一风气。今人乃谓旧日文字为死文学，新近作品为活文学；夫《水浒》《红楼》，亦数百年前之旧物；今人称道之不置，遂死而复活。则文学之死不死，固视人之为不为矣。故骈散白话三者，或舍此用彼，或舍彼用此，可听作者自为，不必强齐以一体也。（参看阮元《四六丛

话序》、黄季刚先生《文心雕龙丽辞篇札记》及马宗霍《文学概论》第三篇第三章《文学之流派》）

　　文学起源，本为韵语，故诗歌所兴，宜自《生民》始也。虞夏以前，遗文莫睹。史籍所传，或由依托；诸子所载，多属寓言。既不足征信，故存而不论。洎孔子删诗，存三百篇。商颂而外，纯为周作。观其体制，虽间有杂言，大抵以四言为主也。秦汉以下，此体衰微。如韦孟之讽谏在邹，魏代三祖之《短歌》《善哉》诸行，曹植责躬，王粲赠友，以及嵇康应玚东晳潘岳二陆陶潜诸人之作，彼善于此，容或有之；以较葩经，皆庸下无足观。盖"四言正体，雅润为本"（《文心雕龙·明诗篇》语）。"每若文繁而意少"（锺嵘《诗品序》）。故汉魏以来，箴铭赞颂诸作，多承用之，而文士泛咏情怀，侮屏而不用焉。

　　闲尝论之，文学如音乐然。音乐之感人，以声音之长短曲折而异。其音愈缠绵悠永，则其感人也愈深；其回环动荡愈多，则其入人心也愈易。四言之诗，字句短促；字句短促，则声音短促；声音短促，其曲折自少。短促而少曲折，则其动人之力，自亦因之而减。此四言不得不变为五言七言之原因一也。夫诗之写情状物，贵能铺张扬厉，使所写者适如其情，所状者恰如其物。而此种作用，半寓于副词形容词之中，因两者以形容描写为专责故也。然副词形容词在一句之中，并不占主要位置。故有多数之文句，去其句中之副词形容词，其意义或仍能独立；不过所描写者，不甚真确，读之不能得深刻之印象而已。

　　试以四言为句而分析之：句主必为名词，至少需一字也。动词至少需一字也。苟动词为他动词，则必有止词，止词必为名词，至少需一字也。三者俱备，句始成立。苟名词动词之中，有一非二字不能成立者，则四言之数已足，无加副词形容词之机会矣。无副词形容词，其所描写者，即不能真确，读之不能得深刻之印象。故《诗经》每以加副词形容词之故，分一句为两句，"关关雎鸠，在河之洲"是也。此二句若在五言及七言诗，或能合为一句；即不能合为一句，则其所加之副词形容词，必较此二句为多。易言之，则其所描写者，必更能真确，读之必更能使人得深刻之印象。此四言不得不变为五言七言之原因二也。（略录旧著《中国文学二源论》）

　　五言诗之起原，古今论者多家，大抵可分为二说。其一摘取古诗中一二句，谓"后世演之,遂以为篇"(《文章流别论》)。《文章流别论》曰:"五言者,谁谓雀无角何以穿我屋之类是也。"《文心雕龙·明诗篇》曰:"按召南行露,始肇半草;孺子沧浪,亦有全曲。"《诗品序》曰:"夏歌曰:郁陶乎予心。楚谣曰:名予曰正则。虽诗体未全,然是五言之滥觞也。"若以此法证五言之始,则伊耆氏《蜡辞》"草木归其泽"一句,更在诸例之前。惟既非全篇五言,兹可不论。其二则举古人成篇,证其所始。《文章缘起》谓:"五言诗,汉骑都尉李陵与苏武诗。"《诗品序》谓:"逮汉李陵,始著五言之目。"此其举证,皆据成篇;今兹所论,即属此类。按《文心雕龙·明诗篇》曰:"古诗佳丽,或称枚叔;其孤竹一篇,则傅毅之辞。比采而推,两汉之作乎。"《诗品序》曰:"古诗眇邈,人世难详。推其文体,固是炎汉之制,非衰周之倡也。"《文选》李善注云:"并云古诗,盖不知作者。或云枚乘,疑不能明也。诗云:驱车上东门。又云:游戏宛与洛。此即辞兼东都,非尽是乘明矣。"寻李注所言,是古有以十九首皆枚乘所作者,故云:"非尽是乘。"徐陵撰《玉台新咏》,以"青青河畔草""西北有高楼""涉江采芙蓉""庭中有奇树""迢迢牵牛星""东城高且长""明日何皎皎""行行重行行"八首为枚乘作(又有"兰若生春阳"一首,亦云枚乘作),亦因其余句多与时序不合耳。然枚乘之诗,汉志既未明言;昭明仲伟在孝穆前,或并称古诗,或云人世难详;即彦和亦空抒疑词,未敢直指;则徐氏所为,当属诬妄,未能取信于人也。惟案十九首中《明月皎夜光》一诗;其称节序,皆是太初未改历以前之言。诗云:"玉衡指孟冬",而上云:"促织鸣东壁",下云:"秋蝉鸣树间,玄鸟逝安适?"是此孟冬正夏正之孟秋。若在改历以还,称节序者,不应如是。然则此诗乃汉初之作矣。又《凛凛岁云暮》一诗,言"凉风率已厉"。据《礼记·月令》:"孟秋之月,凉风至。"则凉风之至,候在孟秋;而此云岁暮,是亦太初以前之词也。又《东城高且长》一诗,言:"岁暮一何速。"上云:"秋草萋已绿。"下云:"蟋蟀伤局促。"其时序亦与前二首同。盖尝考之,五言之作,在西汉则歌谣乐府为多;而辞人文士,犹未肯相率模效。如《紫宫谚》,长安为尹赏作歌,成帝时黄爵谣,皆歌谣之五言者也。《汉书·艺文志》云:"自孝武立乐府而采歌谣,于是有代赵之讴,秦楚之风。皆感于哀乐,缘事而发,亦可以观风俗知厚薄云。"今考歌诗二十八家中,除诸不系于地者,有吴楚汝南歌诗,燕代讴,雁门云中陇西歌诗,邯郸河间歌诗,齐郑歌诗,淮南歌诗,左冯翊秦歌诗,京兆尹秦歌诗,河东蒲反歌诗,洛阳歌诗,河南周歌诗(河南周歌声曲折),周谣歌诗(周谣歌诗声曲折),周歌诗,南郡歌诗,都凡十余家。此与陈诗观风,初无二致。然则汉世歌谣之有十余家,无殊于诗三百篇之有十五国风也。《文章流别论》曰:"五言者……于徘谐倡乐多用之。"所谓徘谐倡乐,谓非大礼所用者也。以挚氏之言推之,则五言固徘谐倡乐所多有。《艺文志》所列诸方歌谣,宜在徘谐倡乐之内。今考乐府有《鸡鸣》,《陌上桑》,《长歌行》,《君子行》,《豫章行》,《相逢行》,《长安有狭斜行》,《陇西行》,《伤歌行》,《步出夏门行》,《折杨柳行》,《艳歌行》,《白头吟》,《怨诗行》,《枯鱼过河泣》,《上留田》("里中有啼儿"一首),古人变歌,离歌,艳歌,艳歌何尝行,古咄唶歌,古歌辞,古艳歌,黄门倡歌,乐府。又有无名人诗《上山采蘼芜》等八首,古诗《采葵莫伤根》等八首及《茅山父老歌》,大抵淳厚清婉,其辞近于国风。此等容有东汉所造,然武帝乐府所录,宜多存者。而《文心雕龙·明诗篇》谓云:"成帝品录三百余篇,朝章国采,亦云周备;而辞人遗翰,莫见五言,所以李陵班婕妤见疑于后代也。"此以当世文士不为五言,并疑乐府歌谣亦无五言也。

今世论五言诗之起源者,多谓不始于西汉;或且假异土人之论,以助其武断之论(《小说月报》第十七卷第五号有陈延杰译日本铃木虎雄《五言诗发生时期之疑问》一文,可参看)。其最要理由,即为今日所传西汉有主名之五言诗,多为伪作。实则西汉有主名诗之伪与不伪,与五言诗之起源,无大关系。故即举虞美人《答项王歌》,戚夫人《春歌》(除前二句,皆五言),枚乘诗,卓文君《白头吟》,李延年歌(除宁不知倾城与倾国一句外,皆五言),李陵诗,苏武诗,班婕妤《怨歌行》,尽能证明其伪,而五言诗之源于西汉自若也。何则?盖虽能证明有主名者之伪,而无主名之乐府歌谣,不能尽伪;况有主名者,亦不能尽明其伪哉?

或曰:然则五言所始,究在何时?前后时代,能为画定否乎?

曰:由前所言,当发生在太初之前。更据十九首中《涉江采芙蓉》一首,其辞多本《楚辞》,则当发生在屈宋之后。由是推之,大抵当在初汉矣。洎于东汉,文士渐有五言之作。除乐府歌谣外,其作品有主名者,有班固《咏史诗》一首,傅毅

《冉冉孤生竹》一首(《文心雕龙·明诗篇》以此首为傅毅之词,似未为定论,兹姑列之),张衡《同声歌》一首,秦嘉《赠妇诗》三首,徐淑《答秦嘉诗》一首,郦炎《见志诗》二首,赵壹《疾邪诗》二首,蔡邕《翠鸟》一首,《饮马长城窟行》一首(《玉台新咏》以为蔡邕作,今姑列之),蔡琰《悲愤诗》一首,孔融《杂诗》二首,《临终诗》一首,应亨《赠四王冠诗》一首,辛延年《羽林郎》一首,宋子侯《董娇饶》一首,共二十首。此可证五言诗源于歌谣乐府,渐及于文人,其发达之径路,固甚分明也(铃本虎雄谓五言诗发达之径路不明,非是)。下逮魏世,五言腾踊。武帝诸作,慷慨苍凉。所以收束汉音,振发魏响。文帝兄弟所撰,乐府为多。虽体有不同,而词贵独创;句不变古,而采自己舒。若其述欢宴,愍乱离,敦友朋,笃匹偶,虽篇题杂沓,而同以古诗为宗;文采缤纷,尚不离歌谣之质。故其称物则不尚雕饰,叙情则唯求诚恳。斯所以兼笼前美作范后来者也。寻魏文以往,无以五言见诸品藻者。至文帝《与吴质书》,始称:"公幹五言诗之善者,妙绝时人。"盖五言始兴,惟乐歌为众;辞人竞效,隆自建安。既作者滋多,故工拙之数,可得而论也。自此以后,历晋宋齐梁陈隋,文士所作,殆不可以数计。其间由绮丽而玄言,由玄言而田舍,由田舍而山川云物,由山川云物变为宫体,已略见于第八篇,兹不赘述。自唐迄今,此体弗衰;其修辞之术,大抵不能出汉魏六朝人范围之外也。七言诗之起源,《文章流别论》谓始于"交交黄鸟止于桑"。案此从鸟字断句亦可,非七言也。任昉谓始于"汉武帝柏梁殿联句"。今存柏梁联句,实为伪作。其中时代官名,多有不合,顾炎武《日知录》已详言之(卷二十一),亦不足据。《日知录》又论七言之始曰:

> 昔人谓《招魂》《大招》,去其些只,即是七言诗。余考七言之兴,自汉以前,固多有之。如《灵枢经》刺节真邪篇:凡刺小邪日以大,补其不足乃无害,视其所在迎之界。凡刺寒邪日以温,徐往徐来致其神。门户已闭气不分,虚实得调其气存。宋玉《神女赋》:罗纨绮缋盛文章,极服妙采照万方,此皆七言之祖。

案:《招魂》《大招》实非七言。《灵枢经》南宋时始传于世,当是伪书。《神女赋》二句,确为七言,然非全篇也。今若在汉以前韵文中摘取一句或数句以为七言之例,如老子曰:"视之不见名曰夷,听之不闻名曰希,搏之不得名曰微。"(十四章)又如《楚辞·天问》:"简狄在台喾何宜?玄鸟致贻女何嘉?""迁藏就歧何能依?殷有惑妇何所讥?""师望在肆昌何识,鼓刀扬声后何喜?武发杀殷何所悒?载尸集战何所急,""彭铿斟雉帝何飨?寿命永多夫何长?中央共牧后何怒?蜂蚁微命方何固?惊女采薇鹿何佑?北至回水萃何喜?兄有噬犬弟何欲?""薄暮雷电归何忧?厥严不奉帝何求?伏匿穴处爰何云?荆勋作师夫何长?"此类殆不可枚举。若举全篇七言,则亦不乏其例。如孔子《临河歌》《获麟歌》,伯牙《水仙操》,《灵宝谣》,其最著者也。然此等作品,多为后人所造,殆不足据。故言七言诗起源,仍宜自汉世寻其端绪。沈德潜曰:"《大风》《柏梁》,七言权舆也。"(《说诗晬语》)其举《大风》为例,甚可注意。按:《大风》为楚调,楚人之辞,每杂七言;《楚辞》所录,几篇篇有之。此调至战国末年,北人已能为之,《易水》之歌是也。刘邦项籍,均为楚人,故《大风》《垓下》,袭用其调。两歌句中,皆夹用兮字。寻兮字之用,在文辞则用以足句,在歌唱则用以助声;故《大风》后二句去其兮字,即与七言诗无异。其后汉武帝《秋风辞》《瓠子歌》,亦同于此。今存《柏梁》联句,固为伪作,然当时或有真者,殆亦"秋风""瓠子"之比乎?洎乎东汉,张衡为《四愁诗》,首句犹带兮字,以下则纯为七言(《四愁诗序》自言效屈原,又傅玄拟《四愁诗序》谓《四愁诗》体小而俗,七言类也)。灵帝《招商》曲,亦复如是。其蜕变之迹,昭然可指矣。又平子《思玄赋》,模效骚经,其为篇末系语,即七言诗,益可证与《楚辞》有关也。下逮魏世,文帝有《燕歌行》二首,缠绵悱恻,可泣鬼神。始全易《楚骚》之面目,崭然自成一体矣。自是迄于陈隋,七言作者渐多。傅玄陆机张载刘铄谢灵运谢惠连吴迈远汤惠休鲍照梁简文帝元帝沈约张率吴均王筠刘孝威萧子显朱超沈君攸陈后主徐陵陆瑜张正见顾野王傅縡岑之敬徐伯阳萧诠贺循王褒庾信隋炀帝江总阮卓薛道衡辛德源虞茂之流,皆优为之。寻其辞采,大抵出以自然,不杂传记名物之言,盖犹与歌谣相邻也。唐世此体大盛,作者亦多能自辟境界,不相因袭。凡七言诗中之变化,唐人殆无不有之。宋元明清人所为,均不能出其范围也。

又有杂言一体,一篇中每句字数,略无定准。此体殆亦源于古之歌谣,宁戚饮牛,已足自标一帜。汉代乐府,多有其体。陈琳《饮马长城窟行》,开后人无限法门。六朝文人,尤喜为之;鲍照沈约,其最著者也。唐人歌行,多用杂言;能极其变而神其技者,惟李太白一人。故观乐府歌行至李太白,当有曾经沧海之叹矣。惟详察魏晋以来为此体者,其篇中仍以七言为多。故自来选诗家,多以之纳入七言古诗类中,兹不细论。以上所言,皆古诗也。

自陆机尚绮靡之习,沈约倡声律之论。由是偶俪精切,声调妍美,迄于初唐,遂有律诗之名。论者以其别于古诗,或以近体称之,其实一也。近体约可分为五言律、七言律,五言绝句、七言绝句,五言排律、七言排律数种。马位《秋窗随笔》曰:"陆云相谑之词:所谓日下荀鸣鹤,云间陆士龙,是五言律联。江淹《别赋》:春宫閟此青苔色,秋帐含兹明月光,是七言律联。此近体之发端。"钱木庵《唐音审体》曰:"律诗始于初唐,至沈宋而其格始备。……齐梁体二句一联,律诗因之。加以平仄相俪,用韵必双,不用单韵。"黄节谓:"范云《巫山高》为五律之滥觞。庾信《乌夜啼》为七律之滥觞。"《诗学》律诗嬗变之迹,大约如是。

绝句起原,约有二说:一谓绝句犹截句。"五言绝句,截五言律诗之半也。有截前四句者,如:'移舟泊烟渚,日暮客愁新。野旷天低树,江清月近人。'是也。有截后四句者,如:'功盖三分国,名成八阵图。江流石不转,遗恨失吞吴。'是也。有截中四句者,如:'白日依山尽,黄河入海流。欲穷千里目,更上一层楼。'是也。有截前后四句者,如:'山中相送罢,日暮掩柴扉。春草年年绿,王孙归不归?'是也。七绝亦然"(无名氏《岘佣说诗》)。一谓:"五言绝句自五言古诗来,七言绝句自歌行来。此二体本在律诗之前,律诗从此出,演令充畅耳。"(王夫之《姜斋诗话》)按:若如第一说,则绝句之生,必在律诗之后。夷考其实,大谬不然。《藁砧今何在》等四首,《玉台新咏》名之为古绝句,则绝句之名,已远在隋以前矣。古诗《采葵莫伤根》之类及孙绰《碧玉歌》,王献之《桃叶歌》、《子夜四时歌》等,皆绝句之前道。魏收《挟瑟歌》、梁简文帝《乌栖曲》、萧子显《春别》等,与唐人格调益近。至隋无名氏之"杨柳青青着地垂"一首,则直与律绝无异。故绝句实滥觞于汉魏,历六代至唐而大成,非截律诗为之也。

排律之名,创自高棅《唐诗品汇》,盖自颜谢以后,为诗者多通篇对偶,沿至初唐，律诗既成；触类而长之，则排律生矣。杜甫所作，可称古今独步。元白更蔓延至百韵以上，其风力终有不逮。唐后文人，作者亦夥，大抵皆少陵元白义山诸人之台隶。惟刘师培作《癸丑纪行诗》，至六百八十八韵之多。其良窳可置弗论，亦诗界之大观也。七言排律，唐人作者较少。少陵集中，亦仅数篇。后世一二好奇之士，或偶为之。其作品既少，故可得而略焉。总之：诸近体诗，除五言绝句外，皆渊源于晋宋，胚胎于齐梁陈隋，大成于唐代，此其大较也。

至于试帖诗，本律诗之一种。朝廷取士，用以拘限士子；既无文学价值，不足评其优劣。挚虞有三言六言九言之说，前人又有回文离合辘轳诸体，文士或偶作之。既不能穷高树表，极远启疆，故亦可屏而不论。后世又有一言二言八言十言十一言之说，皆摘取古人一二句为例，自矜博异，更无叙述之价值矣。

诗之派别，有以时分者，盛唐晚唐是也。有以地分者，江西派公安派是也。有以人分者，李杜苏黄是也。有合人与时而分者，大历十才子弘正七才子是也。有合地与人而分者，吴中四子公安三袁是也。又有以诗之妍蚩分上中下者，锺嵘《诗品》是也。又有分诗人为主客者，张为诗人主客图是也。又有以诗之实质分派者，清人所谓神韵派、性灵派、格调派是也。若此之类，遽数难终。

近年以来，又有新诗发生。其字句或整或否，或韵或不韵。其文体多为白话。盖恶旧诗之拘束限制，而趋于极端之自由者也。章太炎先生《答曹聚仁论白话诗》，曾详论之。(《华国月刊》第一卷第四期)今转录如左：

> 诗之有韵，古今无所变。惟周《颂》有数首，似无韵者，则以古诗用韵，错综无定，其排列不尽同今人。以孔氏诗声类法求之，仍非无韵也。来书疑仆所论(案所论大旨见坊间刊行《国学概论》中)，只问形式，不论精神。夫文辞之体甚多，而形式各异。非求之形式，则彼此无以为辨。形式已定，乃问其精神耳；非能脱然于形式外也。仆所谓形式者，亦只以有韵无韵为界。若夫属句长短不齐，则乐府已然，所不论已。来书言："女子不著裙，不失为女子；诗无韵，亦不失为诗。"所引非其例。女子自然之物，不以著裙得名；诗乃人造之物，正以有韵得名。不可相喻。来书又疑百家姓等虽有韵，不得为诗。不知以狭义言，诗之名，则限于古今体诗，旁及赋与词曲而止

耳。以广义言，凡有韵者，皆诗之流。箴诔哀辞，悉入诗类。百家姓者，昉于宋人姓氏急就篇，其源则史游急就篇开之。胪列事物，比而成句；编比各句，合而成韵。百家姓然，医方歌括亦然。以工拙论，诗人或不为；以体裁论，亦不得谓非诗之流也。若夫无韵之作，仆非故欲摧折之。只以诗本旧名，当用旧式。若改作新式，自可别造新名。如日本有和歌、俳句二体，和歌者，彼土之诗也；俳句者，彼土之燕语也。缘情体物，亦自不殊；而有韵无韵则异，其称名亦别矣。中国自古无无韵之诗，有之自胡人史思明始。思明得樱桃，未知诗而欲作诗。乃曰："樱桃一篮子，一半青，一半黄。一半与怀王（思明之子），一半与周挚。"（思明用事之臣）人曰："何不以怀王周挚上下易之，则成韵矣。"思明大怒曰："岂可使周挚居我儿上耶？"此事相传，以为笑柄。今若以无韵诗家之说评之，则思明乃不误，而笑之者真误也。然乎否乎？必谓依韵成章，束缚情性，不得自如，故厌而去之。则不知樵歌小曲，亦无不有韵者，此正触口而出，何尝自寻束缚耶？绝句不过二三韵，近体不过四五韵，古体语虽烦复，用韵转换，亦得自由。惟词之用韵稍多，而小令亦只数语。绝无束缚情性之事。若并此厌之，无妨如日本人之称俳句；若不欲用日本名词，无妨称为燕语。不当以新式强合旧名，如史思明所为也。苟取欧美偶有之事为例，此亦欧美人之纰漏耳，何足法焉？

章氏所见，亦自不谬。惟新诗之名既立，若必欲废除之，吾人固无力布禁令于天下，岂能强天下人以从我哉？鄙意以为此种作品之有韵者，自可与旧诗同列；其无韵者，可予以新诗之名（白话诗一名，甚为不当。因中国旧诗，亦有为白话者）。惟须知其与旧日之诗，无历史源流之关系耳。

昔人论赋，多谓源本古诗，其说肇自刘安。安叙《离骚传》有曰："国风好色而不淫，小雅怨诽而不乱，若《离骚》者，可谓兼之矣。"此乃以诗比骚，非谓骚源于诗。然后人赋出于诗之说，实基于此。《汉书·王褒传》宣帝曰："辞赋大者与古诗向义。"扬子《法言·吾子篇》曰："诗人之赋丽以则，辞人之赋丽以淫。"班固《两都赋序》曰："或曰：赋者，古诗之流也。"《汉书·艺文志》曰："大儒孙卿及楚臣屈原，离谗忧国，皆作赋以风，咸有恻隐古诗之义。"其后皇甫谧《三都赋序》、挚虞《文章流别论》、李白《大猎赋序》、晁补之《离骚新序》等，大抵皆承用此说。直至近世，论文之士，犹未敢稍持异议。盖三百篇，韵文也；后世之赋，亦韵文也。就其同为韵文而观之，其性质自可相通；本其发生之先后而言之，又似有父子之关系。欲攻破之，殊不易也。

然自文学之起源论之，古初文学，本为韵语；此世界之公论，非一人之私言。故后世各体韵文，胥当源于古初韵语。三百篇亦古初韵语之子孙，焉能当百世不迁之宗乎？且就赋之本身言之，最初以赋著称者，孙卿屈原也。孙卿之赋，质朴无文，不能脱尽北方文学之本色，谓其源于《诗经》犹可（实则孙卿之赋，亦受楚人影响）。至屈原之赋，则命意修辞，与北方文学全异，俨然南派正宗。吾实不敢效尊经者故为穿凿傅会之论，谓之为源于三百篇也（略本旧著《释赋》）。考南方文学，自成一系，旧文虽鲜，犹足借证。老庄书中，恒见韵语；虽与《楚辞》有别，亦自有相似者在。《九辩》之名，见于《离骚》；宋玉所作，不过沿袭旧名，非创始者也。见存《九歌》，虽题屈原，实南郢祀神之旧曲。屈原不过更定其辞，去其亵慢淫荒之杂耳（语本朱熹《楚辞集注》），亦非灵均自著也。《楚狂》《凤兮》之歌，与《楚辞》相类，惟音调差短。然因此更可证南方文学之音节，由短而长，自有其进化史在也。《孺子》《沧浪》之歌，体式全同《楚辞》。其文自《渔父篇》而外，虽更见于北人孟轲之书；然沧浪之水，即汉水之下流，先儒已有定说。其为南方谣谚，更可疑乎？《说苑》载楚译越人之歌，其音辞与《楚辞》全同（《善说篇》）。《吴越春秋》载《渔父歌》，亦与《楚辞》相似（《王僚使公子光传》）。《史记》载优孟歌孙叔敖事，先于屈宋，亦南土之旧音也（《滑稽列传》）。此间所举，或有未尽。即此已足证南方文学，自成统系。屈宋之前，固有旧文；其蔚为辞赋之祖，非偶然矣（略本旧著《中国文学二源论》）。故三百篇与赋之关系，与其谓为父母子女，不若谓为兄弟长幼之为愈也。《汉志》辞赋为四家，屈原言情，孙卿体物，陆贾《杂赋》之属，其辞多不传。孙卿五赋，写物效情；蚕箴诸篇，与《橘颂》异趣。其后如洞箫、长笛、鹦鹉、焦鹪、琴笙、雪月之伦，宜法孙卿；而审其辞义，咸不相类。故为赋者多宗灵均，而兰陵之体微矣。《文心雕龙·时序篇》曰："爰自汉室，迄至成哀，虽世渐百龄，辞人九变；而大抵所归，祖述《楚辞》，灵均余影，于是乎在。"此论西汉，固有然矣。推之东京以后，名篇佳制，其遣辞疏密浓淡，容有变异；而源其飙流所始，固莫不同祖楚骚。岂独西汉为然哉？盖后世言情之作，多本于骚经《九章》《九歌》；其铺陈物类之制，则由《招魂》《大招》演变而成。验之历代，莫能外此二者也。

依世代论之，其在西汉，相如子云，为之魁杰。体大声洪，多形似之言，余杭章氏所谓"其道与故训相俪"者也（《国故论衡辨诗》）。自来论赋之士，多崇汉代，于汉则多宗扬马。今检二家之作，不本情性，徒尚艳藻；所谓"碌碌丽辞。昏睡耳目"。人或诮以供奉文学，非过谈矣。洎于东汉，渐改前辙。《两都》《二京》，其色泽犹与西京相近；而《思玄》《归田》诸篇，已开魏晋清丽之端。其风迄鲍谢为止。所谓"以情纬文，以文被质；文而不淫，质而非野"。故最合中道。曹王潘陆，实此时之豪俊。其灵光景福三都江海之作，犹未免尚辞遗情之弊也。齐梁迄陈，赋道已极；江淹庾信，为其冠冕。别恨诸赋，皋文讥为俗笔（《七十家赋钞》）；而掩抑沉怨，亦其所长。简文湘东，杂以诗句；至于子山，其靡有加。则变而无可变矣。继隋而降，古赋衰微。四杰之作，效梁陈而不及。明堂三大礼，不过马扬之台隶。世多称《阿房宫》《前后赤壁》，辨其体制，实类论记。汴都北京，题目宏大，而辞气或不足以振之。独张惠言承千年绝业，作《黄山》诸赋。虽未远至，亦云难能。至于唐后律赋，则朝廷取士，用便程式，命题贵巧，限韵贵险，其精采尽于声律对仗之间，不足评其优劣矣（略录旧著《赋选序》）。往为赋学，于赋之名称体裁封略源流诸端，辨之甚晰。兹以限于篇幅，繁辞碎义，不能具引，仅陈其崖略焉（张惠言《七十家赋钞序》论赋之流派甚详，可参看）。

昔人论词，或谓渊源于三百篇（彭孙遹《词统源流》及徐釚《词苑丛谈》引《药园闲话》说），寻三百篇中固多参差不齐之长短句；然实与词句平仄有定格者不同。且与词之时代，相去太远，焉容强为傅会哉。

考词之成立，其所因实非一端：有因于乐府者，梁武帝之《江南弄》，沈约之《六忆》，其声调圆美，已足为倚声之权舆。至隋炀帝之《望江南》，则直成词谱矣。有因于五七言诗者，李太白之《菩萨蛮》，合五七言而成；张志和之《渔歌子》，则举七言而去其一字。至如李端之《拜新月词》，几同五绝，王丽真之《字字双》词,又近于七绝矣。有由新声谱词者,如温廷筠之《河传》《蕃女怨》等,集合杂言,自成新体,与五七言诗绝不相蒙,其声调亦非因于古乐府也。就其演进之历史言之,大抵渊源于六朝,滥觞于唐世,滋衍于五代,而造极于两宋,此其显然易见者也。唐世为词者,李张温而外,有韦应物戴叔伦王建韩翃白居易刘禹锡诸家,皆能自创新词,为后世宗。至于五代,此道尤盛,南唐二主,其词凄惋动人,所谓亡国之音哀以思也。冯延巳所为,思深词丽,韵逸调新。韦庄之词,婉秀不减飞卿,世以温韦并称,良有以也。此外如皇甫松毛文锡和凝牛希济薛昭蕴等,亦各精巧浓艳,为后世所莫及,《花间》一集,殆几于字字珠玉矣。逮于有宋,以词为乐章,因之更大进步。小令中调之外,又出以长调,而其体大备。盖宋之于词,犹唐之于诗,帝王如太宗徽宗,大臣如寇准范仲淹韩琦司马光,推而至于武夫女子释子羽流,多能通晓音律,制腔填词。熙宁中立大晟府,为雅乐寮,选用词人及音律家,日制新曲。今传词调,多成于此际。有是倡率,故宋于词学,称极盛时代。其间著名作家,有晏殊晏几道张先柳永欧阳修苏轼贺铸秦观周邦彦李易安辛弃疾姜夔史达祖刘过张辑吴文英蒋捷周密张炎王沂孙等,其余词家,殆可以百计,今不能细述矣。大抵北宋崇尚自然,南宋渐事雕琢,至吴梦窗而极,昔人所谓:"七宝楼台,眩人眼目,折碎下来,不成片段。"(张玉田《词源》语)洵不诬也。世称晏氏父子耆卿子野美成少游易安,为词之正宗。温韦艳而促,黄九精而刻,长公丽而壮,幼安辨而奇,为词之变体。盖词体大约有二,一体婉约,一体豪放。婉约者其词调慰藉,豪放者其气象恢宏。前者沿花间之遗,一称南派;后者袭苏辛之风,一称北派。俞文豹《吹剑录》称:

  东坡在玉堂日,有幕士善歌,因问我词比柳耆卿何如。对曰:柳郎中词,只好十七八女孩儿按执红牙板,歌"杨柳岸晓风残月"。学士词,须关西大汉执铁绰板,唱"大江东去"。公为之绝倒。

此不特苏柳之异,南北派之别,亦在是矣。词至南宋始极其变,历金元而衰,至明而大敝。清室既兴,词亦蔚起。如吴梅村毛大可朱竹垞陈其年王贻上彭羡门之伦,均善倚声。而纳兰容若之《饮水词》《侧帽词》,独为一时之冠。盖其情致旖旎不徒模拟古人,亦所自得者多也。干嘉之际,张皋文宛邻兄弟起,所谓沉郁疏快,悱恻缠绵,所谓常州词派者是也。其友人恽敬丁履恒陆继辂黄景仁李兆洛等,亦皆一时作者。金应城金式玉学于皋文而颇有所得,董士锡以皋文之甥而传其业,周济友于士锡,亦恪守皋文之旨趣,为词纯雅疏宕,足以比肩茗柯。后起者则有龚自珍杨传第项鸿祚许宗衡蒋春霖蒋敦复姚燮王錫振诸家,各标宗尚,亦道咸间之卓卓者。清季及近来诸词人,大抵多宗法白石梦窗,然或貌合神离,但如李于麟之拟古矣(参看曾毅《中国文学史》及谢无量《中国大文学史》)。

中国文人,向以戏剧为小道,故为之辨章源流者,罕有其人。然戏剧虽为小道,而起源则甚古。遐稽史籍,每以歌舞并言;古者诗乐舞本为一事,歌以传情,舞以象容,以之与音乐相配,犹之今日戏曲以乐器与歌舞相应也。又楚人祀神,扬枹拊鼓,五音繁会,偃蹇姣服,女倡容与,缓节安歌,传芭代舞(见《九歌·东皇太一》、《礼魂》)。是与后世戏剧何异哉?虽然,今日所谓戏曲者,谓以歌舞演故事也。上世及楚人所为,其音乐与歌舞合一,固历历可证;然其所演,未必即为故事,故与后世戏曲有异也。其后汉之角抵,于鱼龙百戏外,兼扮演古人物。张衡《西京赋》言之甚详。然所演者,实仙怪之事,不得云故事也。演故事者,始于唐之大面、拨头、踏摇娘等戏。代面(即大面)出于北齐,拨头出西域,踏摇娘生于隋末,俱详《旧唐书·音乐志》。宋陈旸《乐书》昭宗光化中,孙德昭之徒刃刘季述,始作樊哙排剧。此唐代戏曲之大略也。至宋初扮演,较为任意。孔道辅奉使契丹,契丹宴使者,优人以文宣王为戏,道辅艴然径出(《宋史·孔道辅传》)。又祥符大禧中,杨大年钱文僖晏元献刘子仪以文章立朝,为诗皆宗李羲山,后进多窃义山语句。尝内宴,优人有为义山者,衣服败裂。告人曰:吾为诸馆职挦扯至此,闻者欢笑(刘攽《中山诗话》)。至南宋时,洪迈《夷坚志》、叶绍翁《四朝闻见录》所载优伶调谑之事,尚与此相类。虽扮演古人物,然果有歌词与故事否?若有歌词,与故事相应否?今不可考。要之,此时尚无金元间所谓戏曲,则固可决也。夫后世所谓戏曲,必与歌曲相表里。宋之歌曲为词,其源流已详于前。宋人宴集,多歌词以侑觞;然大率徒歌而不舞,其歌亦以一阕为率。其有连续歌此一曲者,如欧阳公之《采桑子》,凡十一首;赵德麟之《商调蝶恋花》,凡十首。一述西湖之胜,一咏会真之事,皆徒歌而不舞。其所以异于普通之词者,不过重叠此曲以咏一事而已。其歌舞相兼者，则谓之转踏。秦观晁无咎毛滂郑仅等，均曾为之。德麟之词，毛西河《词话》已视为戏曲之祖，然犹用通行词调，与元曲有异。至曾布所撰《水调歌头·大曲》咏冯燕事，与词之《水调歌头》，字数韵数，均不相合，且有平仄通押之处。董颖作道宫薄媚大曲咏西子事亦然。今以曾董大曲与后世戏曲相比较，则舞大曲时之动作，皆有定制，未必与所演之人物所需之动作相适合。其词亦系旁观者之言，而非所演之人物之言。此其所异也。若夫由叙事体变为代言体，配合数曲以代一人，则自杨诚斋《归去来辞引》始。由此观之，曾董大曲，实开董解元之先河；诚斋所为，乃套数杂剧之祖。故戏曲不始于金元，实胚胎于宋代也。金元之曲，分南北二种。北曲发生较早，南曲稍后。其两派之不同处，魏际端伯子论文，言之甚。前已引及，今不复赘。

元时杂剧，大抵皆四折。若四折不足以尽其事，则首著楔子以为发端。以科白叙事，以曲文代言。其体裁大约如是。所谓传奇者，与杂剧实为一物，不过较为复杂耳。元时剧本为传奇者，《琵琶记》其最著者也。元杂剧甚多，其著名者，大抵萃于臧晋叔《元曲选》一书，学者可自览之。逮明嘉隆间，崐山有魏良辅者，革去旧习，始备众乐器，而剧场几如大成，谓之昆曲。及明末，北曲几近于废，惟昆曲盛行，盖吴人重南故也。清代曲家，亦不乏人。其最脍炙人口者，惟《桃花扇》《长生殿》二传奇。李笠翁之《十种曲》，蒋士铨之《红雪楼》九种，非其匹也。曲至今日，几不通行。不惟能演者甚少，能听者亦不多。推原其故，盖以音律太严，文辞过雅，较之二黄梆子，适如山歌村曲之与《清庙》《生民》。一般平民，多不能解。此其不能通行之最大原因也。

中国戏曲之内容，明宁献王《太和正音谱》分为十二科，一曰神仙道化，二曰隐居乐道，三曰披袍秉笏（即君臣杂剧），四曰忠臣烈士，五曰孝义廉节，六曰叱奸骂谗，七曰逐臣孤子，八曰铍刀赶棒，九曰风花雪月，十曰悲欢离合，十一曰烟花粉黛（即花旦杂剧），十二曰神头鬼面（即神佛杂剧）。此虽就杂剧而言，实则昆曲及二黄梆子，亦不能出此十二科之外也。

近年以来，又有新剧产生。其化装与旧日粉墨冠带有异，其剧辞皆为平话，不叶音韵，且无锣鼓丝竹以节其腔调步骤，盖纯粹注重写实者也。以与旧剧相较,若就其作用而言,大抵新剧作家,多以改革社会移易风俗为宗旨。故对于旧制度旧风俗,多所讥诮攻击;与世道人心,关系甚大。较之旧剧多以为茶前酒后消愁解闷之具者,实不可同日而语。

若就艺术之本身言之,则旧剧似较新剧为高。盖旧剧之腔调举动,必与锣鼓丝竹相合,不若新剧之自由。故习旧剧者,非有数年工力,不能登场;而新剧虽亦有工夫深浅之关系,则远不如旧剧之繁琐。即同为新剧,其艺术性较高者,今日演新剧者亦多惮于排演。如郭沫若之《湘累》,即其明证。吾甚愿今之从事新剧者,努力以求进步也(参看刘师培《原戏》,王国维《戏曲考原》《宋元戏曲史》及曾毅《中国文学史》)。

昔《汉书·艺文志》列诸子为十家,附小说于其末,为之论曰:"诸子十家,其可观者,九家而已。"《明史·艺文志》录小说至一百二十七部、三千三百七卷,皆琐谈杂记。清《四库全书》小说家类仅分杂事、异闻、琐记三类。其所录殆皆小说之下下者;吾人所视为有价值之小说,俱见屏弃。即此已可见此土文人鄙视小说之情及其小说观念之错误也。

案:小说实源于古之神话,初民知识短浅,见天地万物,变异不常,其诸现象,又出于人力所能以上,于是造神怪之说以解释之;今传《山海经》,即其最著者也。更寻诸经史子集中,亦多有近于小说者。孔子之过泰山,兴哀于苛政;孟子之讥齐人,见泣于妻妾。春秋之五大战争,《国策》中苏秦之喻桃梗、土偶。《列子》汤问杨朱诸篇,庄子《逍遥游》《齐物论》《马蹄》《渔父》《说剑》等篇,下及韩非之言和氏献璧,与屈原《天问》《卜居》《渔父》诸篇。诸如此类,不能枚举。或为小说之材料,或即绝妙之小说也。逮于汉世,小说专书甚多。其最著者,有东方朔《神异经》《十洲记》,班固《汉武故事》《汉武内传》,郭宪《汉武洞冥记》,刘歆《西京杂记》,伶玄《飞燕外传》及无名氏《杂事秘辛》。惟皆出后人伪托,不可置信。至如《史记》滑稽刺客等传,则实与小说相邻也。降及六朝,文士所为小说,多鬼神怪异之谈。如张华《博物志》,干宝《搜神记》,陶潜《搜神后记》,王嘉《拾遗记》,刘敬叔《异苑》,刘义庆《幽明录》,吴均《续齐谐记》,即其最著名者。惟多荒诞不经,且琐屑细碎,不成篇段,故有小说价值者甚鲜。刘义庆之《世说新语》，所言皆为人事，与谈鬼神怪异有别。然亦止有小说意味，无小说结构，非小说上品。故言六朝小说，当以《桃花源记》为第一篇也（此篇亦载《搜神后记》中。《搜神后记》实为伪书，非渊明作）。唐代文人，喜为小说，故小说作品甚众，且多佳品。如张说之《虬髯客传》，沈既济之《枕中记》，沈亚之之《湘中怨》，陈鸿之《长恨歌传》，白行简之《李娃传》，元稹之《莺莺传》，蒋防之《霍小玉传》，许尧佐之《柳氏传》，李公佐之《南柯太守传》《谢小娥传》，布局遣辞，均较前人为善。盖至唐人始有意为小说，唐人之小说影响于后世始大，今人之论，洵不虚也（参看鲁迅《中国小说史略》第八篇）。宋之小说，于神鬼琐事之外，又别辟径路，且改文言为白话，今世所传《五代史平话》《京本通俗小说》是也。此外又有为吾人所当注意者，即汉以来之小说，率皆短章，至宋元间始为联贯之叙述，变短篇为章回。《大唐三藏法师取经记》《大宋宣和遗事》，实肇其端。施耐庵之《水浒传》，罗贯中之《三国演义》，其体裁皆祖述此二书也。

明代小说最著名者，有吴承恩之《西游记》，某氏之《封神传》，罗懋登之《三宝太监西洋记》，王世贞之《金瓶梅》，某氏之《玉娇李》，及空观主人之《拍案惊奇》，抱瓮老人之《今古奇观》。世以《西游记》《金瓶梅》与《水浒传》《三国演义》，合称中国小说四大奇书。此四书较之率尔操觚者，实不可同年而语；然《西游》涉于怪，《金瓶梅》近于淫，《三国》笔法，亦时有呆滞之处，均非《水浒》之比也。

清之小说，名著甚多。其沿袭晋唐短篇之作者，有蒲松龄之《聊斋志异》，王韬之《淞隐漫录》，纪昀之《阅微草堂笔记》等。其主于讽刺谴责者，有吴敬梓之《儒林外史》，吴沃尧之《二十年目睹之怪现状》，李宝嘉之《官场现形记》，刘鹗之《老残游记》，曾朴之《孽海花》等。言情小说，则有曹雪芹之《红楼梦》。其书无《金瓶梅》之秽亵，得《西厢记》之温柔。中国言情小说，无过乎此书者。直至今日止，犹无愧空前绝后一语。《红楼》本止八十回，非完书；今本百二十回，其后四十回，乃高鹗所续。此书出世后，续作甚多。有《后红楼梦》，《红楼后梦》，《续红楼梦》，《红楼复梦》，《红楼梦补》，《红楼补梦》，《红楼重梦》，《红楼再梦》，《红楼幻梦》，《红楼圆梦》，《增补红楼》，《鬼红楼》，《红楼梦影》等，诸书虽不足观，亦足见《红楼梦》感人之深矣。其述狭邪行为者，有陈森书之《品花宝鉴》，魏子安之《花月痕》，俞达之《青楼梦》，韩子云之《海上花列传》等。其以小说见才学者，则有夏敬渠之《野叟曝言》，屠绅之《蟫史》，陈球之《燕山外史》，李汝珍之《镜花缘》等。其写侠义行为者，有文康之《儿女英雄传》，石玉琨之《三侠五义》（俞樾重编改名《七侠五义》），与《三侠五义》相类似者，则有《小五义》《续小五义》《永庆升平》《圣朝鼎盛万年青》《英雄大八义》《英雄小八义》《七剑十三侠》《七剑十八义》等书。其继明人之《包公案》而作者，则有《施公案》（施世纶），《彭公案》（彭鹏），《刘公案》（刘墉），《李公案》（李秉衡）等书。《施公案》续至十集，《彭公案》续至十七集，《七侠五义》则续至二十四集。今日武剧，多取材于此等书。其书千篇一律，语多不通，甚至一人性格，先后顿异；盖历经众手，漫不加察，遂多矛盾矣。

其继《三国演义》、明人《开辟演义》《东周列国志》《西周志》等书而为历史小说者，亦不乏其人。如《二十四史通俗演义》《隋炀艳史》《说岳全传》等，其最著者也。

近年以来，短篇小说大盛，章回体几废。览诸文人所为，实较旧日短篇小说为佳。盖旧日短篇小说，受史传之影响，多平铺直叙，先言爵里姓氏，次述事实，末加论语，篇篇相袭，读之生厌。近人所作，大抵效法西洋，布局描写，变化无常，读之颇觉有味也。

至小说之派别，若依其体裁而分，则有短篇章回二派。前已明之，无庸多述。若依作者之动机及小说之内容而分，亦可别为数端：方政治之弊，举世是非赏罚，不得其正，人民憔悴困苦而不自聊；于是为小说者，乃因群众之心理，述游侠大盗报善行义之事，以快其意，此一派也。婚姻之弊，多怨偶之祸；于是为小说者，乃述男女慕悦，婚姻离合之事，此又一派也。学校之弊，极于八股试帖，束缚士人之思想，出于一途，文章议论，陈陈相因；于是为小说者，乃刻画学究迂酸之态，以刺讥之，此又一派也。风俗之弊，机诈相矜，淫靡相尚，朝叩贵门，暮随肥马，奴颜婢膝，寡廉鲜耻；于是为小说者，乃描写社会险恶之情，以警惕之，此又一派也。淫欲之害，足以丧道败德，覆家亡身；于是为小说者，乃描写荒淫之祸，以恐吓之，此又一派也。亦有伤世道之乱离，干净无地，哀人力之有限，飞潜乏术；因创为神仙方外妖巫鬼狐之说，以振发耳目，涤荡牢愁者；更有叹人心不古，苛刻凉薄，云翻雨覆，害人利己；因创为因果报应之说，以图提撕挽救者，此又两派也。

总之，一切小说，皆非无因而作；此间所言，不过其流派之大较耳。（参看傅严《小说通论》，鲁迅《中国小说史略》及马宗霍《文学概论》第三篇第三章。敦煌千佛洞所发见唐五代人所写之卷子，与小说、戏剧之发达史，关系甚大。参看《小说月报》二十卷三号郑振铎《敦煌的俗文学》及陈炳堃《最近三十年中国文学史》）。

第十八篇 结 论

中国文学之各种问题,前十七篇中,已约略论及矣。然世界无绝对完善之事物,有其利必有其弊;人之论断事物,各有所主,有所主则有所偏。依前者而言,中国文学必有其缺点;依后者而言,则近人论文之弊,犹有可言者。兹以二者分述于后,以为此编之结论焉。

梅光迪《文学概论》谓中国文学之缺点,在中国人缺少天才(第十五章)。此捕风捉影之论,无当于实际也。窃以中国文学之缺点,第一即为其文字之缺点;因其文字之缺点,乃影响于文学之形式方面。刘永济《中国文学通论》所论,有足述者。盖重形文字,非绝对不重音也。且文字之用,原以代言,则音声之于文字,尤为密切。但我国制字,既多本于象形。后世为文者,欲摹写人声,必至弃字形于不顾;弃字形于不顾,则用字无准的;用字无准的,则字义必混淆。此在古代已极感困难;而今世之人,欲读古书,若不知古音通假之谊,亦多误会疑惑之处。即如"逶迤"二字,异形同音,见诸古书者,略数之,有三十二种(此三十二种中,有因形变,有因音变者)。

逶迤 委蛇 蜲蛇 逶蛇 委佗 遗蛇 逶它 倭迟
倭夷 威夷 威迟 郁夷 祎隋 䢍迤 祎它 倭他
委移 归邪 鄌隋 委陀 逯俿 委维 委瓃 靡㢽
逯迤 威𢓊 逶𢓜 跮跎 逶迤 蝛𧉻 逶迤 遗迤

他如石鼓文。"其鱼维何"。作"其鱼佳可"。盖"维"从"佳"得声,"何"从"可"得声,古人只求声存,遂不顾形异矣。此可见古人闻声可以思义。而后人重形既久,则目睹"佳可"之形,不知即"维何"之义矣。又中国文字有急声慢声长言短言之别,亦足变异字形,惟求声似。如长言则为"蒺藜",短言则为"茨";长言则为"窟窿",短言则为"孔"。急声则"者焉"为"旃",慢声则"诸"为"者与"。

此类之多，殆不可数。又有同音之字，即随意通用者。如"家""姑"古为同音，则"曹大姑"可作"曹大家"；"宓""伏"古为同音，则"宓子贱"可作"伏子贱"。又"明诸""孟诸"，实是一地；"陈氏""田氏"，本为一姓。如此之类，触目皆是。盖重形文字，不能摹写人声；因摹写人声，必不顾字形；不顾字形，则异时异地之人，望文生义，容易误会；而单音孤立之字，点画稍异，即不可识。此中国文学工具之缺点一也。自汉武崇儒以还，中国学术统于一尊。虽有少数文人，放浪于儒术之外，以发展其高尚文学之天才。然人主既以儒术取士，而系心利禄之文人，即不能不为所拘囿。于是吟咏情性，反拟《内则》之篇；操笔写志，更摹《酒诰》之作。迟迟春日，翻学归藏；湛湛江水，遂同大传（梁简文帝《与湘东王书》语）。加以唐宋儒者，力倡文以载道之说。沿及清世，理学与文学，遂合而为一。桐城派之文章，即此类之代表者。甚至小说作品，其篇末论语，亦必与儒术相牵合。盖文学之末流，乃横被儒祸矣。此中国文学之缺点二也。以上二事，皆其荦荦大者，其他碎旨琐义；或已详于前篇，兹不赘述矣。

近人论文之弊，约举其要，盖有五端：

夫文学内容，各体互同；其所异者，只在外形耳。今人论文，多忽视外形，专重内容。故有"诗无韵不失为诗"之论。苟如是，则文辞各体之异，将何以为判乎？其弊一也。

中国文学，既有数千年之历史，其源流派别，自与异土不同。而今人论文，每谓某人为写实派，某人为浪漫派。夫国情既异，何必妄为比附？此削足适屦之谈也。其弊二也。

吾人研究古人作品，必以作品本身之所表现者为主；且必观其全体，始能得其真相。而今人研究古人作品，每先自立标准，然后从事研究。取其同者，舍其异者；甚或同为一篇，遗其前幅，留其后段，必使古人合其标准而后已。此立鹄自投之法也。其弊三也。

文体不一，鲜能备善。此宜各求深造，以图树立。何必敝帚自珍，被异己以恶名？乃今之旧派，每斥新派为"颓废"，为"鄙俚"；而新派亦呼旧派为"妖孽"，为"谬种"。此魏文所谓"文人相轻，不自见之愚也"。其弊四也。

多数文人之作品,不能脱离时间空间之限制。然文人之出类拔萃卓然独立者,亦不必皆受时间空间之限制。汉唐本为经学极盛时代,其时学者,多拘囿于儒家思想;而王充刘知几二人,独能有问孔惑经之作,此不受时间空间限制之明验也。乃今人研究古人作品,必以时间空间限制文人。凡遇作品与当时环境不合者,辄断其为伪作。于是《离骚》《九章》,均属伪造;甚且谓屈原为理想之人物矣。夫屈原之所以为伟大之文学家者,正以其有此伟大之作品,不受时间空间之限制耳。而今人乃云如彼,甚矣人之好矜奇立异也。其弊五也。

　　以上五事,鄙生此编,亦或未免;然甚愿今之从事斯业者,不蹈此弊也。

《中国文学概论》终

整理后记

祖父段凌辰,生于1900年,1923年毕业于武昌高等师范学校。1924年任教于西北大学,1926年在河南中州大学文史系任副教授,1929年任教广东国立中山大学,1930年被聘为河南大学文学院教授,1935年担任河南大学出版委员会成员,同年在山东省建设厅担任秘书,1936年兼职齐鲁大学教授。抗战爆发后,他随河南大学辗转播迁于河南镇平、嵩县潭头和陕西宝鸡,始终讲筵不辍,成为河南大学古代文学教学的台柱子,抗战胜利后复校回到开封,1947年因突发脑溢血过早离世。

祖父去世时,父亲段佩简还不到十岁,因此我们关于祖父的记忆,大都是来自父亲儿时有些模糊的记忆和祖母在世时偶尔提及的一些零星散乱片段。祖母与父亲、叔父们每每说起祖父时,常常便会翻开家里的老相册,端详着那几张发黄的老照片,我们也聚在一旁好奇地看着,照片中祖父眉宇间的英气穿过尘封岁月扑面而来,令年少的我们也感觉到祖父的与众不同。

我工作以后,出差开会常遇到河南大学的教师,与他们提及祖父,却多是一脸茫然。毕竟,祖父1947年病故,正值多事之秋,他早年辛勤笔耕所留下的不少著述和诗稿大都散落难以寻觅,又无人整理,逐渐被人淡忘也在情理之中。祖父的名字虽在河南大学《校志》中存简单记述,也多有错讹。但是,祖父的当年的同事和学生并没有忘记祖父及其遗作。20世纪80年代,祖父当年的好友,河南大学老教授于安澜先生托人转交给我父亲一封信,特意谈起祖父遗留的手稿,希望我父亲能整理出来,他和祖父的学生愿为校勘并帮助出版。信中说道:

　　念他一生辛勤学术,沉心钻研,写不了(少)的精炼文章,曾登载在各刊物学报中。更皇(遑)在抗战八年中,人口多,负担重,吃不少的苦,仅看到解放胜利就逝世了,享年四十八岁,不到下寿。前些年(转眼六禾年了)我看到国家领道关怀旧学,有些旧书得到重印,还有些杂志也登载些古典方面的文章。我曾给佩蘅去信,提出你父亲的遗著如《汉书》笔记、《文选》笔记等能汇集起来,幸旧人多在学校,如景昌、庸懋等,大家分任校勘,把它搞一个集子,以便流传,实为门生所应作。

于先生信中还深情道及祖父的教泽:

近来看到各县修地方志,又有专业志。省教育志就在本校办公楼上,分期也登载些教育设置和教育方面人物。因想到你爸在大学任教廿余年,又是著名的古典作家,也教出不少学生,本省教育志中应有其地位。我希望你若回郑州去,可和你母亲、小儿科大夫(段佩兰)和佩蘅谈谈,都各自回忆他的事迹言行和治学的语言……生卒年月写篇事略寄来,以便交教育志的编辑们。

记得父亲拿着信读给祖母听,而祖母则神色黯然,只报以深深的叹息。其实,"文革"后祖父门生宋景昌教授重回河大中文系任教,也曾多次跟祖母联系,索求老师的手稿以整理重新出版,并在1997年写下三阕《浣溪沙》来怀念祖父的教泽:

余恩师段凌辰先生学贯经史,旁及百氏,潜研《萧选》,尤为精湛,著《文选学》六种,独抒己见。惜此宏著及诗文多卷,均以时乱未能付梓。1947年夏,先生积劳病逝,年仅48岁。抗战期间,河南大学播迁潭头,余从先生学,多蒙教诲,铭记在心。"十年浩劫",先生所遗藏书、手稿俱毁,毕生心血,荡然无存。(见《宋景昌诗文集·诗词杂缀》,河南大学出版社2005年版)

经过半个世纪的颠沛流离,不仅祖父当年留下的藏书荡然无存,祖母曾精心保存的祖父呕心沥血写下的论著、论文和诗稿经历"文革"浩劫也所剩无几。每提及此事,年迈的祖母都有难以言说的伤痛。祖母在祖父四十周年忌辰时曾写诗纪念:

……

记否?漫峪岭上,山高路陡。君任教河大,赴嵩潭,避夷寇。五载于此,夜来油灯如豆。听君咏,望断中原田亩。

　　记否？嵩洛战火来骤。仓慌奔向何处！荆紫关,暂留住。房低屋漏。夜未半,群鼠起舞,野狼墙外吼。儿女惊惧,你我双眉皱。

　　……

　　记否？夷寇败走,梁苑新居,净几明牖。君健笔纵横,夜以继昼。催君眠,怜君清瘦,立君书案右。

　　别来四十正朔,此情此景犹如昨。人生剧耳,一出出,一幕幕。何须怨,无端风雨变幻恶。

　　泉下如有灵,应记取,来生约。

我想,祖母慨叹的是那"净几明牖、伏案纵横"的日子,祖父却没能享用多少。抗战胜利,生活稍稍安定,祖父毅然承担起多门课程的讲授,终于积劳成疾,突发脑溢血而溘然长逝。面对无情世事变幻,几十年后祖母只有一句"何须怨,无端风雨变幻恶"。每当想要整理祖父的遗著时却心有余而力不足,只能慨然长叹,这成了祖母心中永远的痛。

有一年,父亲的学生郑黎阳在旧书摊上买到老舍先生的《文学概论讲义》,书中大段引用祖父的著作:

　　段凌辰先生说的好:"德行颜渊、闵子骞、冉伯牛、仲弓,言语宰我、子贡,政事冉有、季路,文学子游子夏。"此所谓孔门四科也。详"文学"与"德行""言语""政事"对举,殆泛指一切知识学问,与今日所谓"文学"者有别。故邢昺《论语疏》曰:"文章博学,则有子游子夏二人也。"此解可谓达其旨矣。更以游夏二子之自身证之。据《论语·阳货篇》:"子之武城,闻弦歌之声。"诗乐相通,子游似为文学之士。然乐本为儒家治世之具,其事亦无足怪。若证以《礼记·檀弓》,则子游实明礼之士耳。至于子夏,《论语·八佾篇》虽称其"可与言诗"。然据《史记·仲尼弟子列传》:"孔子既没,子夏居西河教授,为魏文侯师。"又汉代经师,多谓源出子夏;则子夏乃传经之士也。《论语》其他论文之处甚多,其义亦同于斯。如《学而篇》孔子曰:行有余力,则以学"文"。何晏《集解》引马融曰:文者,古之遗文。邢昺疏曰:注

> 言古之遗文者,则《诗》《书》《礼》《乐》《易》《春秋》六经是也。是则以六经为"文"矣。又如《雍也篇》孔子曰:君子博学于"文",约之以礼。亦可以弗畔矣夫。邢昺疏曰:此章言君子若博学于先王之遗文,复用礼以自检约,则不违道也。此又以先王之遗文为"文"矣。又如《公冶长篇》子贡曰:夫子之"文章",可得而闻也;夫子之言性与天道,不可得而闻也。邢昺疏曰:子贡言夫子之述作威仪礼法,有文采形质著明,可以耳听目视,依循学习,故可得而闻也。朱熹《论语集注》亦曰:文章,德之见乎外者。威仪文辞皆是也。是则所谓"文章",又越乎述作文辞之外。与《八佾篇》称:"周监于二代,郁郁乎文哉!"《泰伯篇》称:"焕乎其有文章!"《子罕篇》称:"文王既没,文不在兹乎!"兼礼乐法度而言,其义相类。故《公冶长篇》子贡问曰:孔文子,何以谓之"文"也?孔子答曰:敏而好学,不耻下问,是以谓之"文"也。足见孔氏于"文"字之解释,固甚广泛矣。
>
> 舒舍予《文学概论讲义》第五页

这段引文后注明是祖父的《中国文学概论》第二篇。父亲看后非常激动,此前,祖母也写过一首小诗《读老舍遗作〈密云记游〉》:

> 满目繁荣书不尽,伊人拾翠自成春。多年不见好文笔,泪读舒君记密云。

诗后注释回忆道:"老舍在山东齐鲁大学任教时(1935 年),尝与先夫段凌辰过往。"祖母看到祖父的旧著被老舍先生大段引用,家中却没有存片纸以示子孙,感慨万千。当时信息闭塞,祖父去世时父亲尚年幼,相关记忆已很模糊,对于祖父的治学更不了解;只记得当年祖父在书房里读书写作的时候,孩子们都不许进去随意打扰,否则就会受到祖父严厉的呵斥。此亦可见祖父当年治学之认真与勤奋。20 世纪 60 年代父亲大学毕业后分到平顶山任教,与祖母不在一地生活,与河南大学旧交也来往甚少,故无从找到祖父 1929 年出版的《中国文学概论》。

近些年网络技术发展迅速,全国各大图书馆馆藏信息都上了网,出于好奇,我在工作之余也试着在网络上搜寻关于祖父的信息,还真搜到了一些,但令人失望的是关于《中国文学概论》只查到一些图书馆存有下卷,却到处找不到上卷的信息。不过,那时搜集这些信息只是想加深对自己祖父的了解,也没认真去进一步查证。

2008年暑假,我们学院的秦方奇教授见到我,突然很认真地对我说:"你应该把你爷爷的东西整理一下,很有意义。"使我深感意外。虽然我也在高校从事教学,但对文献整理工作并未涉及,况且祖母和父亲都认为是无法完成的事情,就从来没有考虑来承担这个重任。秦方奇教授多年从事民国时期新诗人徐玉诺的研究,在搜集资料的过程中见到有关祖父著作的信息,细心保留了下来,他鼓励我说:至少《中国文学概论》应该能够找齐。经秦方奇教授的指点,居然在国家图书馆的馆藏信息中搜集到祖父的《中国文学概论》上册,这可真是天大的好消息,我第一时间将这个好消息报给了父亲,令他悲喜交集:喜的是终于有了将爷爷的著作整理的可能性;悲的是,我的祖母已经去世多年,不能亲耳听到这个好消息,不能亲眼见到祖父当年辛苦写就的著作再版了。

有了整理祖父遗著的信心,一切就水到渠成了。据网上的信息,祖父的《中国文学概论》最早由国立中山大学出版部作为讲义教材出版,上下卷各一册,但这个版本我们未能找到。正式出版存世较多,上册是在1929年7月由瑞安集古斋书社发行,上海中华书局印刷,下卷于1933年由北平著者书店出版,题为"掇英楼文学丛书"之一。在上册的卷首,有祖父的业师黄侃先生的序言。北京师范大学焦洪涛博士帮我找到了北师大图书馆存的《中国文学概论》下册,然后他又找朋友,在清华图书馆找到了存世不多的上册,或下载或拍照或复印,2009年夏天,我终于将《中国文学概论》上下册的复印件搜集齐全。父亲此时也将祖母保留的祖父诗稿、杂志、剪贴本搜集到一起。我清楚地记得,父亲将那一沓发黄的纸张郑重交到我手里时的表情。在这一沓发黄的旧纸中,有祖父当年亲自用蝇头小楷抄录并认真装订的论文、诗稿,有祖父手题"凌辰自存"的1946年河南大学文史系参与主办的刊物《儒效月刊》,以及当年祖父自己精心将已发表的部分论文剪贴的小册子,上面亲手题录"掇英楼文丛",正与他已经出版的《中国文学概论》封面所用的一样。祖父生前曾自号"掇英楼主",想来祖父早已准备将自己的著述辑录成集,但因多年随河南大学躲避战乱,条件艰苦未能如愿,好容易回到开封,"净几明牖、伏案纵横",正欲大有作为,但不幸猝然而逝,成终生遗憾,也令祖父的同事、好友和学生们扼腕叹息。在这一沓发黄而柔软的宣纸手稿中,我还惊讶地看到一沓现代稿纸已经开始泛黄,上面用工整的钢笔字誊写着祖父旧时的论文,但没有完工。原来祖母当年也曾经尝试着亲自整理祖父遗稿,可惜未能如愿。

我开始将祖父的著作一字一字敲入电脑中。一直以为祖父只是一个传统的中国古代文学的教授,但在这本书中,我们可以看到现代人非常熟悉的西方文论影响。而在20世纪20年代,中国古代文论的研究尚未自成体系,祖父授课时深感其难,尝试着立足中国文学,借鉴西方文论的框架,努力地摸索、建构起自己的中国古代文论研究体系。在当时这应该是一个颇具开创性的工程,对此后古代文论的研究曾产生较大的影响。

祖父在自序中说道:

> 甲子乙丑以来,承乏中州大学,授《中国文学概论》。苦坊间无善本,辄披简先哲故言,纂成是编。剿袭补缀,自知无当;惟以索子贯散钱,或略有整齐之功。大雅君子有以教之,则幸甚矣。

此书后作为中州大学讲义印发使用,时间大概在1927~1928年之间。翻检当时学界《中国文学概论》,确实为数不多。黄侃先生在1929年本书二版序(瑞安集古斋书社出版)中有这样的评价:

> 汲段凌辰有《中国文学概论》问世。予尝谓中国哲学史最难为,以其腹大如洞庭湖;文学史最难为,以其尾大如扬子江。今段生之为,其将扬帆鼓柂以泛此浩洋之津耶?是未可知也。予虽无似,愿为水手焉,长年焉。送君者自崖而反,君自此远矣。

2009年底,经过半年的紧张工作,电脑录入工作由我和外子鲁书喜共同完成,经过几遍认真校对,又请我院文献整理专家叶爱欣女士进行三校,并对文中所引古典文献做了进一步的整理与核对,《中国文学概论》整理初稿终于完成了。父亲与我都认为,书稿交由现在的河南大学出版社再版是最合适不过的了。经秦方奇教授介绍,联系到河大出版社特约编辑谢景和老师,报请社内领导、专家核准,河南大学出版社决定将此书作为"百年河大国学旧著新刊"出版。

这本书终于即将再版,作为孙辈,我的心情颇为激动。收集、整理、出版祖父的书稿,不管是对于自己的段氏家族还是对于祖父任教多年的河南大学来说,都是一件极有意义的事情。我想等到新版的《中国文学概论》成书之后,再陪父亲到祖父祖母墓前,以此书来告慰他们的在天之灵。

段　纳
2011 年 2 月 17 日